Peter Wehle

# Kommt Zeit, kommt Mord

Ein Wien-Krimi

Peter Wehle

# Kommt Zeit, kommt Mord

Meinem Vater, zu seinem 100. Geburtstag.

HAYMON taschenbuch 165

Auflage:
4 3
2017 2016 2015 2014

**HAYMON** tb **165**

Originalausgabe

www.haymonverlag.at



**ISBN 978-3-85218-965-9**

Umschlaggestaltung:
Eisele Grafik·Design, München, unter Verwendung eines Fotos von Jordan McAlister
Buchgestaltung, Satz:
hœretzeder grafische gestaltung, Scheffau/Tirol
Autorenfoto: Kurt-Michael Westermann

Gedruckt auf umweltfreundlichem, chlor- und säurefrei gebleichtem Papier.

## Vor Jahren ...

Endlich begann etwas von dem Zeug zu wirken.

Er hatte verschimmelte Rinde und Insekten hinuntergewürgt und gerade so viel brackiges Wasser getrunken, dass er es nicht wieder auskotzen musste.

Er hatte Glück!

Er spürte, wie eine lebensnotwendige Funktion nach der anderen in seinem Körper versagte. Nur seine Augen und Ohren funktionierten gerade noch so lange, dass er schemenhaft wahrnahm, wie einer der Teufel den Säbel hob und hysterisch in die Videokamera kreischte. Und dann kam der Hieb ... und das Blut.

So unendlich viel ...

## Montag, 6. Mai 2013, 9.15 Uhr

„Herr Franz!"

Nichts.

„Herr Ober!"

Wieder nichts.

„Herr Franz, es tut mir ja leid, aber ich bin doch auch nur ein Mensch! Wollen Sie mich wirklich verdursten lassen, noch dazu an einem Tag, so wunderschön wie heute? ... und an dem ich so entsetzlich nervös bin, dass mir das vorhin so herausgerutscht ist. Ich hab's wirklich nicht so gemeint, wie es vielleicht geklungen hat, aber trotzdem entschuldige ich mich dafür! So, Herr Franz, jetzt aber – jetzt bringen Sie mir doch bitte endlich meinen Tee!"

Ludwig Halb war es nicht gewohnt, solche Wortkaskaden von sich zu geben. Dass er das soeben getan hatte, war ein deutliches Zeichen dafür, wie angespannt er heute war.

„Bitte schön, Herr Hofrat, eine kleine Kanne Darjeeling Puttabong first flush Flugtee für den Herrn Magister!"

Mit feiner, leicht gekränkter Ironie in der Stimme und vollendeter Serviergeste stellte der Ober das silberne Tablett vor den Stammgast, den er als kleinen Buben kennengelernt hatte. Damals, vor rund vierzig Jahren, war noch keine Rede davon gewesen, dass aus diesem schüchternen Knaben einmal ein „mordsmäßiger Mörderjäger" (diesen Spitznamen hatte ihm eine Tageszeitung bei seinem letzten spektakulären Fall verpasst) werden würde.

„Ein klassischer Tee für den Herrn Hofrat! Wohl bekomm's, Herr Magister!"

Ein anderer als der angesprochene „Magister Hofrat“ hätte angesichts der wiederholten, doppelten Beleidigung selbst einen „Stammober“ wie den Herrn Franz grob zurechtgewiesen. Aber mit der Routine eines altgedienten Ermittlers der Wiener Mordkommission tat Ludwig Halb auch diesmal seinem Gegenüber nicht den Gefallen, so zu reagieren, wie dieser es erwartet hätte.

„Herr Magister“ und „Herr Hofrat“ – wenn der Herr Franz glaubte, ihn, der es hasste, mit seinem akademischen Grad oder seinem Amtstitel angesprochen zu werden, auf die Art provozieren zu können, sollte er sich getäuscht haben!

„Danke, Herr Franz! Lieb von Ihnen, Herr Franz! Ja, das sind halt die Dinge im Leben, die einem selbst an einem so wunderschönen Tag wie heute alles noch herrlicher erscheinen lassen. Eine so edle Tasse Tee auf so vollendete Art an einem so traumhaften Ort serviert zu bekommen ... perfekt!“

Nicht nur, weil ihm die Verherrlichungsadjektive schön langsam ausgingen, sondern auch, weil ihn das verblüffte Gesicht des Obers fast lautlos lachen ließ, hörte Ludwig Halb mit seiner Verbalinjurie der verkehrten Art auf.

Der Ober stand drei Sekunden still, bis er eine passende Retourkutsche gefunden hatte.

„Herr Halb, also, so beleidigen müssen Sie mich aber jetzt wirklich nicht! Beim Reinkommen bereits das Mich-Anknurren, und jetzt das? Bei anderen Gästen bin ich das ja gewohnt, aber bei Ihnen? Nein, Herr Magister, bei Ihnen, Herr Hofrat – das enttäuscht mich jetzt schon!“

Mit einer zackig-eleganten Drehung auf seiner rechten Ferse, die einem nordkoreanischen General mit

Ballettausbildung zur Ehre gereicht hätte, wandte sich das gekränkte Faktotum um und strafte selbst noch mit der Gestik seiner Rückenmuskulatur seinen heute so aufmüpfigen Stammgast mit Verachtung.

Halb sah ihm mit belustigtem Groll nach, bevor er seinen Blick aus dem Fenster über den Wiener Ring schweifen ließ. Diese Aussicht über einige der schönsten und berühmtesten Prunkbauten der ehemaligen Kaiserstadt hatte ihn schon getröstet, wenn er voller Sorgen auf seinen geliebten Opa, seinen Großvater, gewartet hatte. Halb hasste zwar jede Form nostalgischer Sentimentalität, aber jetzt musste auch er einen tiefen Seufzer unterdrücken.

Was hätte ihm nicht alles passieren können, wenn nicht sein Großvater mütterlicherseits da gewesen wäre? Damals, Ende der 1960er Jahre, als seine Eltern bei einem Straßenbahnunfall mitten in Wien ums Leben gekommen waren. Er konnte sich noch gut daran erinnern, wie dumm ihm die Tröstungsversuche der Erwachsenen vorgekommen waren. „Deine Eltern, die sind jetzt beim lieben Gott da oben, als Engerln geht's ihnen viel besser als hier auf der Erde." Er hatte damals den Herrn Pfarrer und alle, die es „... ja nur gut ..." mit ihm gemeint hatten, angebrüllt, dass sich der liebe Gott gefälligst hinten anstellen solle! Er habe ein Recht darauf, dass seine Eltern bei ihm seien. Er allein! Und nicht der liebe Gott! Und außerdem ... seine Eltern seien sehr, sehr gerne auf der Erde gewesen! Bei ihm! Und der Papa bei der Mama und die Mama beim Papa! Die wollten keine „Engerln" sein, ganz sicher nicht!

Alle waren entsetzt vor ihm zurückgewichen – dass er das doch nicht sagen dürfe! Dass er das doch gar nicht verstehen würde! Dass er jetzt aber ein ganz ein böses Kind sei! Pfui!

Nur sein Opa, also der „Mama-Papa", der hatte kurz geschwiegen, dann ein knappes „Recht hast'!" geseufzt, ihn einfach an der Hand genommen und zu sich nach Hause geführt. Die Oma war leider schon vor Jahren gestorben gewesen. Und die Papa-Eltern waren im Krieg umgekommen. Also blieb er jetzt bei seinem Opa.

Das Jugendamt hatte keine Probleme mit dieser Lösung gehabt. Nur ein kurzer Besuch einer sehr strengen Sozialarbeiterin, bewaffnet mit einem ganzen Fragenkatalog ... ob sein Enkel ein eigenes Bett habe? Wortlos hatte sein Opa „das Kontrollorgan", wie sie später die gestrenge Herrin über das Kindeswohl nannten, in das große Kinderzimmer geführt, in dem schon Halbs Mutter ihre, von den Kriegsjahren abgesehen, glückliche Kindheit verbracht hatte, und der Fürsorgerin das Piratenschiff-Bett gezeigt, das ihm sein Opa gebaut hatte.

... was für diesen keine Hexerei gewesen war, denn sein Großvater hatte zwei goldene Hände gehabt, wenn es um Handwerkliches ging. Das war auch der Grund gewesen, warum er vom einfachen Elektriker zum Chef der kompletten Beleuchtungsanlage des Wiener Burgtheaters aufgestiegen war. Und weil er eben als Genie nicht nur im Umgang mit Stromleitungen, Steckdosen und Sicherungskästen galt, sondern auch Tischler-, Installateur- und Tapeziererwerkzeuge mit einer Überlegenheit sondergleichen handhaben konnte, war sein Opa zum Lieblingshandwerker von Generationen von „komischen Alten", „jugendlichen Naiven", „strahlenden Helden" und sonstigen Burgschauspielerinnen und Burgschauspielern geworden ... die diversen Burgtheaterdirektoren nicht zu vergessen. Sein Großvater hatte fast alle ihre Großwohnungen und Villen „im Pfusch" Wochenende für Wochenende grundrenoviert und verschönert. Dieses rechtlich höchst zweifelhafte, sozial gleichzeitig höchst anerkannte Verhalten hatte seinen Opa zu einer der wichtigsten und vermutlich auch wohlhabendsten Persönlichkeiten des Wiener Burgtheaters der Nachkriegszeit werden lassen.

... und so war er eben zu seinem Piratenschiff-Bett gekommen, weil er es sich gewünscht und sein Großvater es ihm ohne große Mühe, dafür mit wachsender Begeisterung gebaut hatte.

Noch ein Seufzer entkam der gegenüber solchen Äußerungen an und für sich sehr kritischen Kehle Halbs.

Beinahe panisch drehte er sich um – hatte jemand seinen Gefühlsüberschwang mitgekriegt? Erleichtert sank er zurück – um ihn herum herrschte so hektisches Kaffeehaustreiben, dass ihn niemand zur Kenntnis genommen hätte, selbst wenn er weinend über der Marmortischplatte zusammengebrochen wäre.

Kurz überlegte Halb, ob er das vielleicht tatsächlich tun sollte – übermütig genug wäre er heute. Wie würden ihn wohl alle die, die ihn hier seit Jahrzehnten als kontrolliert-überlegten Zyniker kannten, anstarren, wenn er plötzlich großes Gefühlskino gezeigt hätte.

Entgeistert? Fassungslos?

Andererseits – selbst an einem so bemerkenswerten Tag durfte man zwar übermütig, aber doch nicht gleich so ... so ... so überemotionalisiert übermütig sein.

Nein, das durfte man nicht!

Abgesehen davon war er dazu gar nicht fähig.

Schon damals, als er als frisch gebackene Vollwaise mit zitternden Knien an genau diesem Tisch auf seinen Großvater gewartet hatte, der ihn der Einfachheit halber nach seinen Nachmittagsproben-Beleuchterdiensten hier im Kaffeehaus mit einem meist üppigen

Nachtmahl ernährt hatte, wäre er lieber vor Scham im Erdboden versunken, als dass er auch nur irgendwen einen Blick auf sein – damals oft tränenreiches – Nervenkleid hätte werfen lassen. Noch heute, sechsundvierzig Jahre später, ließ der Gedanke Halb erschauern.

Sein Innerstes preisgeben?

Einem anderen Menschen?

Undenkbar!

Wobei ... aber seine Eltern zählten nicht, denn die waren ja schon tot gewesen, als er ihnen über die Jahre nächtelang seine persönlichsten Gedanken und Gefühle preisgegeben hatte.

Und ... ja, doch – widerwillig musste sich Halb eingestehen, dass er auch seinem Großvater gegenüber immer wieder offen über seine Ängste und Sehnsüchte gesprochen hatte.

Und ...

Jetzt schaffte es Halb doch, dass ihn die zwei weitgereisten Wienbegeisterten am Nachbartisch verblüfft anstarrten, denn plötzlich begann er sich wie ein nasser Hund zu schütteln. Einen Vorteil hatte der Gedanke, der ihn zu ebendieser, für ihn absolut atypischen spontanen Gefühlsäußerung verleitet hatte – er nahm ihn für einige Sekunden dermaßen gefangen, dass er das Erstaunen seiner Umgebung gar nicht bemerkte. Und das war gut so, denn sonst hätte er sich nicht nur geärgert, dass ihm nach langer Zeit wieder dieser unglückselige Name eingefallen war, er wäre auch noch wütend darüber geworden, dass ihn schlichte zwei Buchstaben immer noch so deplatziert wirken lassen konnten.

Ein N und ein A.

Ja, das hatte zu ihr gepasst!

„Na!" ... was in seinem Heimatdialekt für „Nein" stand.

Gut, er musste zugeben, das war nur die Hälfte ihres Namens gewesen.

Anna!

Und doch – in seiner Erinnerung hatte sie nicht mehr als diese zwei Buchstaben verdient. Nicht, dass er etwas gegen den im Grund wunderschönen Namen „Anna“ gehabt hätte.

Nein, wirklich nicht.

Er hatte einmal eine besonders kluge und höfliche Kollegin dieses Namens gehabt. Und für die Christenheit war „Anna“ einer der edelsten Namen überhaupt – immerhin hatte so die Großmutter Jesu Christi geheißen, der Name stammte vom hebräischen „Hannah“ und bedeutete soviel wie „Liebreiz“ und „Gnade“.

Seine Anna von einst aber musste ihre Namenswurzeln in Begriffen wie Eifersucht, Bösartigkeit und Habgier gehabt haben. Ja ... „Maledicta“, die Verdammte – der Name hätte zu ihr gepasst!

Noch bevor Halb in ein – seine Nachbartische durchaus unterhaltendes – Grinsen verfiel, durchzuckte ihn ein entsetzlicher Gedanke.

„Seine“ Anna?

Hatte er in Gedanken wirklich gerade die Worte „seine Anna“ verwendet?

Vor Bestürzung ließ er seine breiten und überaus trainierten Schultern sinken.

Nein! Schluss! Aus!

Sie war nie „seine“ Anna gewesen! Nicht einmal damals, als sie im Gewirr der Vorlesungen und Seminare der Jurisprudenz einander gefunden zu haben geglaubt hatten.

Nicht einmal damals.

Noch ein Wie-ein-nasser-Hund-Schütteln durchfuhr ihn.

Denn in eben diesem Moment waren alle Wände, die er über die Jahre bis in die hintersten Winkel seiner Seele errichtet hatte, eingestürzt. Und damit quälten ihn plötzlich wieder all die hässlichen Erinnerungsstücke, deren Anblick er jahrelang nur ganz selten hatte ertragen müssen.

Zuerst Anna.

Und jetzt auch noch Nina!

Fast automatisch holte Halb tief Luft, spannte seine Muskeln an und begann zu zählen ... eins, zwei, drei, vier, fünf. Nach diesen fünf Sekunden der Anspannungsphase blies er lange und mit aller Kraft jeden noch so kleinen Lufthauch aus sich heraus und zwang sich, dabei seine Muskeln bis in die tiefsten Faserschichten zu entspannen. Diese Technik hatte ihm ein ehemaliger Weltmeister beigebracht, damals, als Halb – quasi als Belohnung für seinen Titel als österreichischer Meister im Kugelstoßen – an einem internationalen Leichtathletikwettkampf in der ehemaligen Tschechoslowakei hatte teilnehmen dürfen. Anfang der achtziger Jahre hatte zwar jeder über die brutalen Dopingpraktiken, vor allem unter den Ostblockathleten, Bescheid gewusst, aber trotzdem hatten Namen wie der des zweifachen Olympiamedaillengewinners Alexander Baryschnikow für Halb einen ähnlichen Klang gehabt wie für andere Elvis Presley oder James Dean.

... und anspannen.

... und ausatmen.

Nina!

Nein, heute nicht!

Seufzend erhob er sich aus seiner Marmortisch-Nische. Er war von den Bildern der Vergangenheit wie auch von den Ereignissen, die in den nächsten Stunden sein Leben vollkommen verändern würden, dermaßen gelähmt und bewegt, dass er nicht einmal die Aufregung am rechten Nachbartisch bemerkte, als er einfach aufstand und ging.

Was schade war, denn er fiel um den Genuss um, miterleben zu dürfen, wie der Herr Franz nun versuchte, der aufgebrachten, überraschenderweise kein Wort Englisch sprechenden fernöstlichen Reisegruppe zu erklären, dass „... this gentleman, yes, the one over there, yes ... Hofrat Magister Halb, a very famous criminal inspector ... I mean, detective ... yes, like Sherlock Holmes, you know ...“ kein gefürchteter Zechpreller war, sondern das Privileg genoss, einmal im Monat seine Gesamtrechnung zu bezahlen. Wobei Herr Franz den ganz speziellen Modus dieser Pauschalierung gar nicht erst zu erklären begann. Denn wie hätte er den Touristen mit Händen und Füßen übersetzen sollen, dass Hofrat Halb jeweils am Anfang des Monats eine erkleckliche Summe im Voraus bezahlte ... und sich am Monatsende nie danach erkundigte, ob er den Betrag überhaupt „auf-konsumiert“ hatte.

**Montag, 6. Mai 2013, 10.30 Uhr**

„Ludwig, du spinnst!“

„Mir war's noch nie so ernst, Ernst.“

„Bitte keine billigen Schmäh', Luzi!“

Jetzt musste Halb doch grinsen. Denn wieder einmal hatten die wunderbaren Mechanismen funktioniert, derer sich sein Vorgesetzter und er über all die Jahre in kritischen Situationen bedient hatten. Humor und ihre Fähigkeit zur „Quit-Essenz“ – also das Wissen, wann jeder von beiden die verbalen Waffen zu strecken hatte, weil sie einander zu gleichen Teilen beleidigt hatten – ließen sie auch diesmal sofort innehalten.

Halb wusste natürlich genau, dass sein Chef, Hofrat Doktor Ernst Straka, nichts so sehr hasste, wie wenn man mit seinen Namen Wortspiele machte. Egal, ob man auf die Bedeutung seines Familiennamens im Tschechischen bzw. Slowakischen – „Straka" hieß „die Elster" – hinwies und dann den sich nun einmal anbietenden Scherz von „der diebischen Elster als Leiter des ‚Büro 3.2. – Allgemeine Kriminalität' zum hunderttausendsten Mal machte, oder ob man den Vergleich seines Vornamens mit dem Adverb „ernst" bemühte – Hofrat Doktor Ernst Straka hatte selbst über die Jahrzehnte nur mühsam erlernt, sich bei solchen Witzchen nicht explosionsartig aufzuregen, wie es sonst seine Art war.

Auf der anderen Seite hatte es sich in den entsprechenden Wiener Kreisen – vom Landesgericht für Strafsachen über die Exekutive bis hin zur Unterwelt – hinlänglich herumgesprochen, dass man ihn mit nichts so sehr zur Weißglut treiben konnte wie mit der Verniedlichungsanrede „Luzi".

Mit nichts ... außer vielleicht mit der noch lieblicheren Koseform „Locken-Luzi", die auf Halbs inzwischen bereits stahlgraue Naturlockenpracht anspielte – Halbs letztes äußerliches Relikt seiner einstigen Begeisterung für die Flowerpower-Ideale.

Gegenüber Freunden pflegte er seine wallende Mähne auch mit biblischen Vorbildern zu begründen, wenngleich er die zwiespältige Figur des Samson dabei meistens unerwähnt ließ.

Allerdings hatte er sich vor kurzem ein wenig mit seinem Kose-Spottnamen versöhnt. Ein bei so einer Schmähung zufällig anwesender deutscher Universitätsprofessor hatte ihn kurz darauf gefragt, wieso er denn gerade eben mit Beethoven gleichgesetzt worden sei? Auf Halbs völlig verblüfften Blick hin hatte sich der westfälische Gelehrte sofort zu erklären beeilt, dass „Locken-Luzi" doch nur eine Anspielung an eine Fähigkeit Halbs sein könne, die ihn, über die idente Haarpracht und den gemeinsamen Vornamen hinaus, mit Ludwig van Beethoven verbinden würde.

Ob er, Halb, auch komponiere?

Oder ob in ihm pianistische Talente schlummern würden?

Da Halb binnen Sekunden klar geworden war, dass sein durch-und-durch-akademisches Gegenüber nicht im Geringsten beabsichtigte, über ihn zu spotten, hatte er seinen aufwallenden Zornausbruch unter einer Löschschicht aus Menschenkenntnis erstickt und dem Herrn freundlichst versichert, dass dem ganz und gar nicht so sei.

Aber er danke natürlich sehr für den Hinweis, dass möglicherweise einst auch Ludwig van Beethoven in vertrauten Kreisen „Locken-Luzi" genannt worden sei.

Die erstaunte Antwort des Beethovenkenners – „Oh nein, das hätte dieser sich sicher nie gefallen lassen, denn er war ein ziemlicher Choleriker!" – hatte Halb letztlich veranlasst, sich im Geheimen alle Beethoven-Klaviersonaten auf CD zu kaufen und nicht mehr nur seine siebziger- und achtziger-Jahre-Langspielplatten zu hören. Und tatsächlich – bei einigen Stellen der späten Sonaten hatte er langsam einige Parallelen zwischen Denken und Fühlen des Musiktitanen und seinen manchmal so wirren, manchmal aber auch beunruhigend präzise strukturierten Gefühlen und Gedanken zu entdecken geglaubt.

Seither hatte er das als Beleidigungs-Steigerungsform gedachte „Locken-Luzi" fast zu lieben gelernt.

Aber eben nur „Locken-Luzi“.

„Luzi“ allein ... nie!

„Hallo, ist da oben wer zu Hause? Geh, Ludwig, wenn du schon wieder einmal in deinen Tagträumen herumreist, dann such dir wenigstens ein schönes Ziel aus und nimm mich mit!“ – die leicht verärgerte, aber im Grundton eher belustigte Stimme seines Chefs riss Halb wieder in die Realität des hässlichen Zimmers im österreichischen Bundeskriminalamt zurück.

„Ludwig, was soll das?“ – das Blatt, das ihm Halb vorgelegt hatte, wischte Hofrat Straka wie ein lästiges Insekt über den Tisch.

„Das ist ein schriftliches Gesuch ... mit der Bitte um Kenntnisnahme meines Dienstaustritts mit Ende des dritten Quartals, per 30. September.“

„Ja, danke. Lesen kann ich auch! Aber ich habe dich nicht gefragt, was da steht, sondern was das soll?“

„Willst du die lange Version oder die Kurzfassung?“

„Die, die es mir ermöglicht, diesen Blödsinn zu verstehen! Ludwig, du bist Anfang fünfzig, willst du wirklich aus dem Dienst austreten, deine fixe Anstellung, dein fixes Gehalt, deine fixe Pension ... einfach alles über den Haufen werfen?“

„Fixe Pension? Dass ich nicht lache! Du glaubst wirklich noch, dass wir eine fixe Pension beziehen werden? Bei den Staatsfinanzen?“

„Ja, doch, das glaub ich! Aber selbst wenn nicht ... umso weniger verstehe ich dann, wieso du einfach so gehen willst? Nach ... wie viele Dienstjahre hast du schon auf dem Buckel?“

„Dreiunddreißig.“

„Ah so, ich verstehe. Midlifecrisis! Deine innere ‚Ein Mann muss tun, was ein Mann tun muss‘-Heldenuhr tickt, daher musst du jetzt noch alles auf eine Karte setzen und auf diversen Pferderücken sitzend quer durch Kanada Lachse fischen und Grizzlybären verstehen lernen! So was in der Art?"

„Ernst, bitte bleib sachlich! Du weißt genau, dass ich mich vor Pferden fürchte. Und dass ich auf jegliche Heldenallüren spätestens seit der Mogvan-Geschichte vor zehn Monaten aber so was von freiwillig verzichte, kannst du dir auch denken."

Mit Befriedigung nahm Halb zur Kenntnis, dass seinem Chef bei der Erwähnung dieses Namens sofort die Röte ins Gesicht geschossen war.

„Entschuldige, Ludwig, ich wollte nicht ... ich meine, es war nicht meine Absicht, diese alten Wunden wieder ... also, was ich sagen will ..."

„Alte Wunden? Ernst, darf ich dich daran erinnern, dass ich erst vor vier Tagen wieder in den aktiven Dienst zurückgekehrt bin, nachdem ich neun Monate im Krankenhaus gelegen beziehungsweise auf Rehabilitation gewesen bin, weil mir dieser – entschuldige schon – Scheißkerl drei Kugeln in meine Wirbelsäule gejagt hat!"

„Ja, natürlich, du hast schon Recht. Das war entsetzlich. Aber ... na ja, dann verstehe ich noch weniger, warum du mit einundfünfzig offensichtlich einen Neuanfang wagen willst? Wenn es nicht einmal die Sehnsucht nach Prärien, Canyons und sonstigen Abenteuerspielplätzen für alternde ewig-Junggebliebene ist – wieso denn dann? Oder ... nein! Oder doch? Ludwig, sag bloß, dass du ... also – na ja, das ist natürlich etwas ganz anderes! Herzlichen Glückwunsch!"

Bevor ihn sein plötzlich vor Freude erstrahlter Chef umarmen konnte, bellte ihn Halb verzweifelt an.

„Ernst, wovon um Gottes Willen sprichst du? Was meinst du mit ‚Herzlichen Glückwunsch‘?“

Der rüde Tonfall hatte seinen Zweck erfüllt. Hofrat Doktor Ernst Straka war mit zum „Bruderkuss“ bereits gefährlich geöffneten Armen mitten am Weg um seinen Schreibtisch herum wie schockgefrostet stehen geblieben.

„Ja, wie? Wieso? Na, Ludwig – bist du nicht drauf und dran, die Schritte deines Lebensweges in einem neuen Rhythmus zu gehen, und sie dabei im Gleichklang der Gefühle ...“

Obwohl ihm auch diesmal beinahe übel wurde, als er einen der gottlob nur seltenen Poesieausbrüche seines Vorgesetzten ertragen musste, begriff Halb in der Sekunde, was sein Chef meinte.

„Oh nein, Ernst, du irrst dich gewaltig! Nein, ich habe nicht vor zu heiraten!“ – Halb konnte nicht anders, instinktiv musste er sich wieder schütteln.

Er ... heiraten?

Schrecklich!

Aber erfreulicherweise blieb seinem Gegenüber und Langzeitehemann seine allzu deutlich gemachte Meinung über diese „... durch den Ehevertrag gegründeten Familienverhältnisse ...“ – so ähnlich war es in Paragraph 44 des österreichischen „Allgemeinen Bürgerlichen Gesetzbuches“ formuliert – verborgen, da er sich bereits in Richtung seines Chefsessels hinter dem Schreibtisch umgedreht hatte.

„Nein, ich werde kein Ehemann, ich bin plötzlich ein Erbe!“

„Du hast geerbt?“

„Ja. Und zwar ein ziemlich großes Zinshaus mit insgesamt elf Wohnungen. Altbau, eh klar!“

„Wo steht das Traumhaus?“

„Das ist kein Traumhaus, das ist vollkommen real … und zwar im achtzehnten Bezirk. In der Guehrtelegg-Gasse.“

„Eine noble Adresse.“

„Lieb von dir, dass du das sagst. Aber die Hausnummer kenne ich noch nicht.“

„Und wann erfährst du sie?“

„In …“ – Halb hob mit dramatischer Geste seinen Arm und ließ den Blick wie ein siegreicher Feldherr über seine Uhr streichen – „genau zwei Stunden. Da habe ich den Termin beim Notar.“

„Und … darf ich fragen, wer dir diese neue finanzielle Unabhängigkeit vererbt hat?“

„Das ist wirklich lustig! Also, natürlich ist es nicht lustig, dass mein Onkel Alois gestorben ist, aber …“

„Der Tod eines geliebten Menschen ist immer ein Anlass der Trauer.“

„Bitte, Ernst, lass das Pathos! Zum einen – um ehrlich zu sein, habe ich Onkel Alois seit Jahrzehnten nicht mehr gesehen. Zum Zweiten ist er siebenundachtzig Jahre alt geworden. Und zum Dritten … und das ist das lustige, das ich vorher gemeint habe: Onkel Alois hat mir einen Brief geschrieben, den ich nach seinem Tod vor vier Wochen bekommen habe … er hätte mir … – und jetzt gebe ich ziemlich genau wieder, was mir der Notar am Telefon erzählt hat … der konnte sich auch kaum das Lachen verkneifen. Also, mein Onkel Alois hat mir das Haus vererbt, weil er sich sicher war, dass auch ich in meiner Position unter den Idiotien und Idioten der österreichischen Justiz und Exekutive dermaßen zu leiden habe, dass mir ein Leben ohne Arbeit, dafür aber als Hausbesitzer und Vermieter, nur gut tun könne!“

„Ludwig, dein Onkel scheint unsereins nicht sehr geschätzt zu haben ... um es vorsichtig auszudrücken."

„Was kein Wunder war! Denn ... und jetzt wirst du gleich über meine entsetzliche Verwandtschaft lästern – mein Onkel Alois hat in den siebziger Jahren wegen schwerer Steuerhinterziehung eine zweijährige Haftstrafe verbüßt. Und spätestens seit damals hat er alles, was irgendwie nach Gesetz und Ordnungshüter gerochen hat, abgrundtief gehasst. Bezeichnenderweise hat er sich dann noch vor neunzehn Jahren mit einer neuerlichen millionenschweren Steuerschuld nach Venezuela abgesetzt – soweit ich weiß, hat er die nie mehr beglichen."

„Das versteh ich aber jetzt erst recht nicht."

„Was denn?"

„Wenn dein Onkel uns Kriminalisten verabscheut hat – wieso hat er dann ausgerechnet dir sein Zinshaus vererbt?"

Halb stutzte ... und verfluchte sich innerlich. Er war von der Freude über das Erbe und den heutigen Notartermin derart abgelenkt gewesen, dass er sich unversehens und höchstselbst in die folgende Peinlichkeit hineinmanövriert hatte.

„Ludwig?"

„Ja ... Ernst ... also ... das ... ja, das ist das eigentlich Lustige an der ganzen Sache."

Fieberhaft dachte Halb über eine elegante, aber trotzdem plausible Ausrede nach. Aber die Wahrheit blockierte ihn völlig, er konnte daher nicht anders, als sich zu blamieren.

„Also gut! Ernst, gerade du, der du so besonderen Wert auf den guten Ruf der Polizei legst, der du so bedacht bist auf eine glänzende Außenwirkung, der du ..."

„Ludwig, bitte keine Ausflüchte. Jetzt erzähl schon!"

„... gerade du wirst jetzt ziemlich sauer sein. Aber andererseits ist das ja gar nicht schlecht, weil dann bist du wenigstens nicht mehr böse, dass ich den Dienst quittiere und ...“

„LUDWIG!“ – Hofrat Doktor Strakas Stimme konnte, wenn ihm der Kragen platzte, mühelos mit dem Gekreische betrunkener Jugendlicher bei einer Halloweenparty konkurrieren.

Halb gab sich endgültig geschlagen.

„Die Geschichte ist folgende. Du weißt doch, dass ich früher bei der ‚Sitte‘ gearbeitet habe.“

„Ja, natürlich. Das war die Zeit, in der du auch wie ein Zuhälter angezogen warst. Grässlich! Und?“

„Na ja, also, wie gesagt, meinen Onkel Alois hab ich das letzte Mal vor Jahrzehnten gesehen. Um genau zu sein, vor zwei Jahrzehnten – knapp vor seiner Flucht nach Venezuela. Ich kann mich noch gut erinnern – plötzlich blieb da ein älterer Herr neben mir am Gehsteig stehen und starrte mich an. Dann hat er mich gefragt, ‚bist du der Ludwig?‘ Na ja, was hätt ich sagen sollen? ‚Ja‘, hab ich geantwortet. Daraufhin hat er wie ein Hutschpferd zu grinsen begonnen und ist mir um den Hals gefallen. ‚Ludwig, erkennst’ mich nicht?‘, hat er dann gebrüllt. ‚Ich bin’s doch, dein Onkel Alois.‘ Und da hab ich mich dunkel erinnert, dass er mich bei meiner Maturafeier gesehen hat ... irgendein um drei Ecken angeheirateter Beuteonkel, den mein Großvater als dunkelschwarzes Schaf der entfernteren Verwandtschaft bezeichnet hat. Und dann haben wir einander erst wieder dreizehn Jahre später – also eben vor zwanzig Jahren – zufällig auf der Straße getroffen. Offenbar war er sehr reich – auf jeden Fall hat er mich sofort ins nächste Restaurant gezerrt. ‚Das müssen wir feiern! Ich lad dich ein!‘ Ja – so war das.“

„Na und?“

„Kanntest du das ‚Zum Hungerleider‘?“

„Das war doch das Lokal neben dem Nobel-Stundenhotel in der Innenstadt?“

„Genau – dort hat er mich hineingezerrt. Und wie's der Teufel will ... wer kommt genau in dem Moment aus dem ‚Hungerleider‘?“

„Wer?“

„Der ‚schöne Heinzi‘!“

„Das war doch der Zuhälter, der vor ... warte, das muss vor fünfzehn Jahren gewesen sein ... erschossen worden ist?“

„Fast! Er ist vor siebzehn Jahren erstochen worden. Aber ... egal. Na, und wie mich der schöne Heinzi sieht, macht er sofort ein angewidertes Gesicht und sagt laut zu seiner Begleitung: ‚Jetzt kann man nicht einmal mehr hierher gehen ... bei dem miesen Publikum!‘ Natürlich hat er den Polizisten in mir gemeint, aber mein Onkel muss das missverstanden haben. Oder ... sagen wir so, er hat einen völlig falschen Schluss gezogen. Nämlich den, dass ich ein erfolgreicher Konkurrent vom schönen Heinzi sein müsse. Außerdem – mein Onkel war ein eingefleischter Wiener vom alten Schlag. Für den konnte doch ein Halbseidener, wie ich damals einer war und der noch dazu wirklich Ludwig hieß, nur ein echter ‚Wiggerl‘ sein.“

„Bitte, das musst du mir jetzt erklären. Wieso musste ein echter Wiener vom alten Schlag ... eben so jemand wie dein Onkel – warum musste der vor zwanzig Jahren einen Halbseidenen prinzipiell für jemanden halten, der nur mit einer Verniedlichung seines Vornamens anzureden war? Oder anders gefragt – warum hätte dein Onkel nicht weiterhin Ludwig zu dir sagen können?“

Trotz des mühsam zu enträtselnden Satzbaus seines Chefs musste Halb jetzt grinsen. Es war ihm selbst in dieser Situation gelungen, den Spieß umzudrehen. War noch bis vor einer Sekunde sein moralinsaurer Chef auf dem hohen Ross der Gesprächsüberlegenheit gesessen, so hatte nun Halb den Dialog mit einem ganz einfachen Trick unter seine Kontrolle gebracht, denn jetzt konnte er allein durch eine feine Nuancierung seines Tonfalls seinem Gegenüber dessen Unterlegenheit zeigen.

„Entschuldige bitte, Ernst, ich vergesse immer noch, dass du ja kein Wiener bist und daher nie so vertraut wurdest mit den Wiener Unterweltsausdrücken. In der Wiener Gaunersprache, da steht die Koseform des Vornamens Ludwig, also ‚Wickerl' oder auch ‚Wiggerl', für einen Zuhälter. Also ... die Tatsache, dass ich zufällig wirklich ‚Wickerl' hieß und heiße, war – neben den anderen schon erwähnten Gründen – vielleicht auch eine Anregung für meinen Onkel Alois, mich in dem Moment für einen ‚beruflichen Wiggerl', eben einen Zuhälter zu halten. Na ja, und als er mich dann beim Essen mit vergnügtem Augenzwinkern gefragt hat, wie viele Horizontale für mich arbeiten würden, da hab ich ihn eben in dem Glauben gelassen und erzählt, wie mühsam das Leben eines Zuhälters geworden sei. Bei all den Schikanen von den Kieberern – also, von Polizisten wie uns – komme man ja kaum mehr ordentlich über die halblegalen Runden. Und wie ich das Wort ‚halb' noch vielsagend und schäbig lächelnd betont hab, da hat er dann so schallend gelacht, dass er mich von dem Moment an endgültig für den ‚Wickerl Halb-Wiggerl' gehalten hat! Und da er sich dann kurz darauf ins ferne Ausland abgesetzt hat, hat er nie mehr erfahren, wer ich wirklich war."

Einen kurzen Moment fürchtete Halb, er habe es übertrieben, denn er hatte seinen Chef in all den Jahren nie so am Boden zerstört gesehen wie in dieser Minute.

„Ludwig! Das darf doch nicht wahr sein!“

„Ja, Ernst ... also, doch. Du hast ja im Grunde Recht. Aber ich fand das damals witzig, dass mich mein Onkel dermaßen falsch einschätzen kann. Mein Gott, ich war halt noch jung und dumm!“

„Kein Wunder, wenn unsere Gesellschaft den Bach hinuntergeht! Dass du damals jung und dumm genug warst, um diesen entsetzlich unmoralischen Irrtum unwidersprochen stehen zu lassen, das ... na ja, das kann ich ja zur Not noch irgendwie nachvollziehen. Aber dass du heute, zwanzig Jahre später, dafür auch noch derart belohnt wirst, das ... nein, da kann ich nicht mehr mit. Das finde ich einfach ...“ – die Bestürzung, mit der Hofrat Doktor Straka seine Stimme wie sein Haupt sinken ließ, war nicht im Geringsten gespielt. Er hatte es tatsächlich geschafft, dass Halb fast schon wieder so etwas wie Mitleid mit seinem Vorgesetzten verspürte.

„Schau, Ernst, sieh es doch positiv! Ich war am besten Weg, zu einem verbitterten alten Zyniker zu verkommen. Hättest du das wollen? Nein, sicher nicht! Jetzt habe ich die Chance, wieder etwas Freude in meinen grauen Alltag zu bringen. Und weil ich weiß, dass du mich im Grund magst, weiß ich auch, dass du dich mit mir darüber freust. Oder? Also sei bitte so lieb und sieh mein Austrittsgesuch da vor dir am Schreibtisch als meinen Lottoschein fürs Lebensglück an.“

Dass er sich zu solch einer poetischen Formulierung verstiegen hatte, lag nur daran, dass er dem ewigen Romantiker vor sich eine letzte Freude machen wollte. Offenbar hatte er den richtigen Tonfall getroffen, denn sein langjähriger Vorgesetzter, der in einigen, wenn auch seltenen Momenten der letzten Jahrzehnte kurzfristig fast so etwas wie ein Freund geworden war, nahm das Rücktrittsschreiben seines Mitarbeiters liebevoll zwischen die Finger, bevor er es in einem der unzählbaren Pultordner auf seinem Schreibtisch verschwinden ließ.

„Ludwig, ich lass den Zettel noch ein bisschen liegen. Weil wer weiß, vielleicht ...“

Halb hätte es sich nie träumen lassen, dass ihn seine Stimme aus wehmütiger Verlegenheit jemals im Stich lassen könnte. Und dass ihm das gerade heute zum ersten Mal in seinem Leben passieren würde, das hätte er sich noch weniger vorstellen können.

Aber genau das geschah.

Um nicht mit gebrochener Stimme ein letztes „Auf Wiedersehen“ stammeln zu müssen, tat Halb etwas, was ein uninformierter Beobachter für den peinlichen Missbrauch eines für viele schon überholten Rituals gehalten hätte.

Aber das war Hofrat Magister Ludwig Halb in dem Moment vollkommen egal! Und mit einem wehen Lächeln erkannte er, dass auch Hofrat Doktor Ernst Straka auf genau diesen Gedanken gekommen war. Woraufhin sie beide genau dasselbe in derselben Sekunde taten, so wie sie es als junge Polizisten gelernt hatten.

Die Hand rechts oben an der Stirn salutierten sie beide.

## Montag, 6. Mai 2013, 14 Uhr

Er hatte jegliches Zeitgefühl verloren.

Er stand einfach da und starrte das Haus gegenüber an.

Guehrtelegg-Gasse? Im Villenviertel?

Von wegen!

Bei dieser Hörfehlleistung war wohl der Wunsch der Vater des Gedankens gewesen.

Die über Jahre gewachsene Abneigung gegen seinen – einst so geliebten – Beruf, für die bösartig-korrupte und parteipolitisch gefärbte Reformen des Polizeiwesens wie auch die Angst der letzten Monate, vom Hals abwärts gelähmt zu bleiben, gesorgt hatten, schien ihm einen bitterbösen akustischen Streich gespielt zu haben.

Und das ihm! Gegen ihn, der über Jahrzehnte sein Gehör darauf trainiert hatte, feinste Zwischentöne in scheinbar nebensächlichen Verhörsätzen präzise zu erfassen und zu analysieren – gegen ihn hatten sich seine eigenen Ohren verschworen und ihn in die Falle einiger Wochen süßer Illusionen über seine Zukunft gelockt.

Er hatte wirklich Lust, sich seine eigenen Ohren abzureißen.

Aber das hätte auch nichts genützt, da er auch ohne Ohren noch den Lärm gehört hätte, denn er stand an einer der meistbefahrenen Straßen Wiens, auf der in fünf parallelen Spuren pro Fahrtrichtung hunderttausende Autos pro Tag vorbeidonnerten oder sich hupend und stinkend stundenlang stauten.

Trotz seiner akuten Verzweiflung versuchte Halb zu rekonstruieren, wie es zu diesem Missverständnis gekommen war. Vor vier Wochen hatte ihn der skurril-unheimliche Brief seines Onkels erreicht.

*Lieber Ludwig!*
*Wenn Du diese Zeilen liest, bin ich tot! Aber – ganz ehrlich – es gibt nicht den geringsten Grund für Dich, traurig zu sein.*

*... und zwar aus zwei Gründen.*

*Erstens ... ich habe die letzten neunzehn Jahre wie Gott in Frankreich gelebt! Um genau zu sein – wie Gott in Venezuela. Ein wunderschönes Land ... zumindest für jemanden mit Geld. Dort geht Dir keine Steuerbehörde auf die Nerven, du kannst mit Deinem Geld fast alles erreichen – wie gesagt, ein Traumland! Und über die entsprechenden Kontakte kann man von dort aus sogar sein Wiener Vermögen verwalten.*

*... womit wir bei „zweitens" wären: Ich habe Dir mein Zinshaus im achtzehnten Bezirk vererbt. Und es ist sogar bestandsfrei ... leer, ganz ohne Mieter! Und vollständig renoviert ist es auch ... bezugsfertig!*

*Offen gestanden ist genau der Moment, in dem du diese Worte liest, der Moment, in dem ich doch ein wenig bedaure, nicht mehr unter den Lebenden zu weilen – weil jetzt würde ich schon ganz gern Dein Gesicht sehen. Aber vielleicht kann ich ja von hier oben (oder – wohl eher – von hier unten) einen Blick auf Dein strahlendes Lächeln werfen.*

*Warum ich gerade Dir dieses Haus vererbt habe?*

*Na ja, zum einen aus schlechtem Gewissen ... ja, ich hätte mich nach dem Tod Deiner Eltern mehr um Dich kümmern müssen, aber ... ...*

*Nein! Wenigstens in meinen letzten Zeilen will ich nicht mehr lügen: Ich habe es nicht getan, weil ich ein schäbiger Egoist war ... ansonsten habe ich keine Entschuldigungen anzubieten.*

*Außerdem hat mir imponiert, welche berufliche Laufbahn Du ergriffen hast. Und da habe ich mir gedacht, dass gerade jemand wie Du ... also, in Deinem Gewerbe ... ... also, dass Dir inzwischen die Zuhälterei so auf die Nerven gehen könnte (was ich gut verstehen kann – der Umgang mit diesen selbstherrlichen Kieberern und dem ganzen blasierten Juristenhaufen kann einem das Leben sicher zur Hölle machen ... ich kann nicht nur ein Lied, nein, ganze Arien kann ich davon singen!) und dass Du daher nichts dagegen hättest, ab nun ein sehr viel friedlicheres Leben als Hausherr und Vermieter zu führen. Du wirst sehen, die meisten Deiner zukünftigen Mieterinnen zahlen pünktlich und viel ... und alles andere muss Dich dann ja nicht mehr interessieren.*

*Wann immer Du auf Deinen Kontoauszügen die Renditen dieses Hauses siehst, trink ein Glas Champagner (aber einen wirklich teuren ... nicht so ein Sektgesöff!) und denk an Deinen*

*Onkel Alois*

Zuerst hielt er den Brief für einen blöden Scherz, aber zwei Tage später hatte ihn der Notar zur Testamentseröffnung eingeladen.

Da hatte bereits dieses Vorfreudekribbeln begonnen – und dass er eigentlich nicht verstand, warum es in seinem Zinshaus derzeit gar keine Mieter gäbe und warum er in Zukunft nur weibliche Mieter haben sollte, hatte Halb eben infolge des „Ich-werde-auf-Wolken-schweben-und-himmlisch-leben“-Gefühls vollkommen verdrängt.

Natürlich war er viel zu ungeduldig gewesen, um nicht sofort wissen zu wollen, wo denn sein zukünftiges Einkommen in Zinshausform stünde. Achtzehnter Bezirk? ... das konnte so manches bedeuten. Also hatte er die Sekretärin im Notariat gebeten, ihm doch die Adresse seiner zukünftigen Altersversorgung zu nennen. Anfangs hatte er nur ein „Aber Herr Hofrat, Sie wissen doch, dass ich Ihnen das nicht sagen darf!“ als Antwort erhalten, aber nachdem er alle passenden Register seiner Verhörkunst gezogen und dann noch wie ein kleines Kind zu betteln begonnen hatte, hatte die Dame im breitesten Dialekt des südlichsten Bundeslandes einen Laut von sich gegeben, der wie „Guehrtelegg-Gasse“ geklungen hatte.

Zumindest war er damals sicher gewesen, ebendas gehört zu haben.

Daher hatte er nun über drei Wochen das Gefühl genossen, endlich nicht mehr nur von den amoralischsten Elementen der Gesellschaft leben zu müssen, sondern es ab dem Datum seines Erbantritts mit nobel-zurückhaltenden Mietern eines würdigen Gründerzeithauses zu tun zu haben. Und dass seine finanzielle Zukunft ein Haus aus der Gründerzeit sein würde, hatte er seit dem „Sekretärinnen-Knurren“ nicht eine Sekunde bezweifelt, denn die wenigen Zinshäuser, die in der Guehrtelegg-Gasse zwischen den Villen standen, stammten alle aus der Zeit um 1870.

Gründerzeit!

Nur – leider hatte er sich verhört ... und zwar gewaltig!

Wäre er sachlicher an sein überraschendes Erbe herangegangen, hätte er durchaus in Erwägung gezogen, das Dialektgemurmel missverstanden zu haben. Er hätte nachgefragt, und die Dame hätte sich vielleicht um eine deutlichere Aussprache bemüht, sodass er sie richtig verstanden hätte.

Aber er hatte nicht.

Und daher hatte sie auch nicht.

Aber dafür hatte heute der Notar bei der offiziellen Testamentseröffnung umso deutlicher gesprochen. „... vererbe ich meinem Neffen Ludwig Halb mein Haus am Währinger Gürtel Nummer 28."

Am Währinger Gürtel?

„Herr Notar, entschuldigen Sie, aber da haben Sie sich soeben verlesen."

Der Notar hatte ihn nur verblüfft angestarrt.

„Inwiefern?"

„Da, bei der Adresse – Sie haben gerade gesagt ‚... mein Haus am Währinger Gürtel'. Das muss falsch sein!"

„Nein, ist es nicht."

„Aber ... aber ..." – Halb war wie ein kleines Kind ins Stottern geraten. „... aber Ihre Sekretärin hat mir doch gesagt, dass ..."

„Meine Sekretärin hat was getan?"

Am schneidenden Tonfall hatte Halb sofort bemerkt, auf welche menschliche Kollision er zuzusteuern drohte. Wenn er jetzt zugab, dass er der netten Vorzimmerdame mit dem charmanten südösterreichischen Akzent eine nicht ganz legale Auskunft entlockt hatte, würde ihm das nichts nützen und ihr nur schaden.

„Nein, ich meinte, Ihre Sekretärin hat mir gesagt, dass ..."

„Jaaaa?"

„... dass ich ... mich doch an meine Gespräche mit meinem Onkel erinnern solle, weil der hätte doch sicher einmal erwähnt, wo sein Haus steht."

„Ein kluger Rat meiner Sekretärin! Klug und gesetzeskonform."

„Ja, nicht wahr? Und da habe ich mich erinnert, dass mein Onkel von seinem Haus in der Guehrtelegg-Gasse da oben im Villenviertel erzählt hat."

„Guehrtelegg-Gasse? Herr Hofrat, da haben Sie sich aber sauber verhört. ... das heißt, da haben Sie sich aber ganz falsch erinnert. Nein, Ihr Onkel hat vielleicht in einem starken Dialekt gesprochen ..." – beinahe wäre Halb ein „Nein, eigentlich nicht" herausgerutscht, aber er hatte natürlich sofort begriffen, warum der Notar aufgestanden war, die Türe seines wunderschönen Erkerzimmers einen Spalt geöffnet und diese Worte extra laut gesprochen hatte – „... und daher haben Sie das missverstanden. Was Ihr Onkel wohl sagen wollte, war, dass sein Haus an einer Ecke vom Währinger Gürtel stünde. An einem Gürtel-Eck eben – und zwar an einem Eck mit einer kleinen Gasse, einer Gürtel-Eck-Gasse eben. Das hat Ihnen Ihr Onkel sagen wollen."

In diesem Moment vor zwei Stunden wäre beinahe Halbs sehnsüchtigster Wunsch der vergangenen fünf Minuten quasi in vorauseilendem tödlichem Gehorsam in Erfüllung gegangen. Genau vor ... ja, vor zwei Stunden und sieben Minuten hätte er schwören können, mitten im noblen Ambiente des Notariats einen Herzinfarkt zu erleiden. Diese Stiche im Herz ... das konnte nur letal enden!

Er war sich absolut sicher. Und spätestens jetzt hätte er es sich so sehr gewünscht!

Aber für mehr als ein „Herr Hofrat, Sie sehen so blass aus – warten Sie, ich lass Ihnen ein Glas Wasser bringen" mit anschließender kardialer Beruhigung hatte das ganze Pseudosterben nicht gereicht.

Weder im Notariat noch jetzt am Währinger Gürtel!

Und daher musste er nun miterleben, wie all die Wünsche und Hoffnungen der vergangenen Tage in sich zusammenbrachen.

Wobei, was heißt hier „zusammenbrachen" ... nicht einmal für ein dramatisches Ende war diese Bruchbude gut, auf die er seit einer gefühlten Ewigkeit starrte. Das Haus schien ihn anzugrinsen ... bösartig, hässlich und still.

**Montag, 6. Mai 2013, 14.15 Uhr**

Wobei ... „still" war angesichts der Verkehrshölle, zu der die insgesamt zehn Fahrbahnen des Währinger Gürtels einen würdigen Eingang bildeten, blanke Ironie. Verzweifelt hielt sich Halb die Ohren zu, um sich wenigstens einen Moment in Ruhe umsehen zu können.

Und in dieser Sekunde begriff er, was sein Onkel mit dem Satz „Du wirst sehen, die meisten Deiner zukünftigen Mieterinnen zahlen pünktlich und viel ... und alles andere muss Dich dann ja nicht mehr interessieren" gemeint hatte. Eins, zwei ... und da, noch ein drittes! In unmittelbarer Nachbarschaft zu seinem vermeintlichen Nobelzinshaus in Villennachbarschaft standen drei Bordelle!

... und wenn es nach dir, lieber Onkel Alois, gehen würde, wären es schon bald vier! Wobei ... nein, falsch! Du hast ja nicht gemeint, dass ich ein Bordell führen sollte ... nein, nein! Nicht doch! Deiner Meinung nach sollte ich die Wohnungen dieses ehrenwerten Hauses an selbstständige Prostituierte vermieten. ... und alles andere müsste mich ja dann wirklich nicht mehr interessieren."

Noch im Vor-sich-hin-Murmeln schüttelte Halb angewidert den Kopf. Als er heute Vormittag die Verwechslungsgeschichte von vor zwanzig Jahren erzählt hatte, hatte er sie – ganz im Gegensatz zu Hofrat Straka – für lustig gehalten. Aber jetzt, angesichts der geballten Menge an „Frischfleisch-Elend", fand er es gar nicht mehr witzig, dass sein Onkel Alois allen Ernstes gemeint hatte, ihm mit dem Erbe eines potentiellen Bordells eine große Freude zu machen.

Für einen Zuhälter gehalten zu werden ... ja, das war ein Grinsen wert gewesen!

Als „Puffvater" – wenn auch lieb gemeint – beschenkt zu werden ... pfui Teufel!

Schweren Atems, Herzens und Schrittes schleppte er sich zum nächsten Zebrastreifen, um sein Alptraumerbe auch von innen zu inspizieren.

„Und es ist sogar bestandsfrei ... leer, ganz ohne Mieter!" – auch dieser Satz seines Onkels lag ihm schwer auf der Seele. Wenn er jetzt wenigstens an einige Türen anklopfen und ein paar freundliche Worte mit seinen zukünftigen Mieterinnen und Mietern hätte wechseln können ... aber nein!

Bestandsfrei.

Seelenlos hätte besser gepasst!

Mühsam hantierte Halb mit dem überdimensionalen Schlüsselbund, den ihm der Notar in die Hand gedrückt hatte. Welcher war jetzt der Haustorschlüssel? Der mit dem gelben oder der mit dem roten Plastikring?

Der schrille Klingelton seines Handys riss ihn derart plötzlich aus seinen freudlosen Farbüberlegungen, dass ihm das Metallmonstrum aus der Hand fiel. Beim Versuch, gleichzeitig die Schlüssel vom Boden aufzuheben und dabei sein Telefon aus der Hosentasche zu fischen, bekam er fast Kopfüber-Übergewicht, sodass er nur mit Mühe einen Sturz auf den Asphalt vermeiden konnte.

Um wenigstens ein bisschen seiner Wut, die endgültig ihren maximalen Pegel erreicht hatte, loszuwerden, kickte Halb das Schlüsselgewirr gegen die Hauswand und brüllte in sein Handy, ohne auch nur einen Blick auf das Display zu werfen.

„Ganz schlechter Zeitpunkt! Wer ärgert mich da?“

„Herr Hofrat, net aufreg’n! Ist ung’sund! Für Herz und alles. Ganz schlecht, wo wir doch jetzt erste Mal in unsere Leben echt gutes Geschäft machen ... also, machen könnten werden.“

Halb brauchte nur den Bruchteil einer Sekunde – obwohl er diese Stimme seit über zehn Jahren nicht mehr gehört hatte, erkannte er sie sofort an ihrem seltsam süßlich-rauen Klang und an der fast schon interessanten Grammatik der Dialektmischung.

Eine Welle übelster Erinnerungen überschwemmte ihn.

„Der Tacker-Miro! Sie leben noch? Aber ... eigentlich wundert mich Ihr Anruf gerade heute nicht im Geringsten, weil zu so einem Tag, der von mannigfachen Übeln gezeichnet ist, passt Ihr wertes In-Erscheinung-Treten ganz hervorragend!“

Trotz seiner Frustriertheit musste Halb grinsen, als er den empörten Atemzug von Miroslav Procic vernahm, den alle Brancheninsider wegen seiner Vorliebe, ungehorsame Prostituierte mit Heftklammermaschinen zu „erziehen“, nur „Tacker-Miro“ nannten. Halb hatte es sich in seinen Jahren im „Referat 3.4.1. – Menschenhandel, Prostitution“ zur Gewohnheit gemacht, gerade dann in geschliffenstem Hochdeutsch zu antworten, wenn seine „Kunden“ geglaubt hatten, ihn mittels einer vertraulich-vulgären Ausdrucksweise zu einer Art Komplize im Geiste zu machen. Sein „Burgtheater-Deutsch“ hatte immer sofort die notwendige – wenn auch meist aggressiv beantwortete – Distanz hergestellt ... und es funktionierte auch diesmal.

„Locken-Luzi! Wann du glaubst, dass du jetzt wieder feiner Kieberer-Oasch sein bist, dann ... dann ist eben nix mit Geschäft!“

„Oh, dann bitte ich natürlich vielmals um Entschuldigung, Herr Tacker ... ich meine, Herr Procic. Verraten Sie mir dankenswerterweise, auf welche zukünftigen Geschäfte Sie soeben Bezug genommen haben, als Sie mich gerade als ‚Kieberer-Oasch‘, als Polizisten-Gesäß, bezeichnet haben?“

„Na, Ihr neues Haus.“

„Also, als neu würde ich dieses Haus ja nicht bezeichnen.“

„I will's haben! Wie viel?“

„Eines konnte und kann man Ihnen wirklich nicht vorwerfen – dass Sie ein Mann allzu vieler Worte wären. Aber wieso kommen Sie überhaupt auf die Idee, dass ich mein neu ererbtes Haus verkaufen will?“

„Na geh, was wollen S' mit dieser Bruchbude machen? Aber i, i könnt's brauch'n ... bin ja jetzt Nachbar von Ihnen! Geschäft geht sehr gut, i will mi erweitern.“

Die Unverfrorenheit dieses Angebots ließ in Halb den See aus Selbstmitleid, in dem er seit dem Notartermin versunken war, auf einen Schlag verdunsten.

„Jetzt hören Sie mir einmal gut zu, Herr Procic!“

„Aber Herr Hofrat, ich ...“

Selbst das akustische Friedensangebot – der Wechsel der Anrede vom peinlich-aggressiven Du über „Locken-Luzi“ zu „Herr Hofrat“ – konnte Halb nicht mehr bremsen.

„Ja, eben! Ich, ich, ich … ich höre von Ihnen immer nur ‚ich'! Wie wär's einmal mit einem ‚du' oder ‚Sie'? Aber das fällt Ihnen naturgemäß schwer … was ja verständlich ist, weil der Satz ‚Sehr geehrte Mitarbeiterinnen, bitte erklären Sie mir doch, was Sie sich für betriebliche Verbesserungen wünschen würden' sagt sich viel schwerer als ‚Gusch! Sunst tacker i eich an die Wand!' Außerdem ist letzterer Satz auch viel einträglicher, weil so ein ‚Gusch!' oder sonst eine doch sehr persönlich gehaltene Aufforderung zur schweigsamen Akkordarbeit motiviert die Angesprochenen doch gleich viel weniger, auf ihre Rechte und adäquaten Lohnauszahlungen zu pochen!"

„Aber Herr Hofrat …"

„Jetzt schweigen ausnahmsweise Sie, Herr Procic … und das ganz schnell, weil sonst komme ich noch auf die Idee, die Kollegen von der Steuerfahndung auf Sie aufmerksam zu machen! Und Sie wissen, um wie viel unangenehmer die sein können als wir Kriminaler. ‚Willst einen Panzer, nimm einen Finanzer' … und wenn die dann Ihr schönes Bordell Stück für Stück auseinandernehmen, stehe ich hier an einem der Fenster meines Hauses und werde mich daran erinnern, dass der Besitzer dieser Existenztrümmer mir dereinst allen Ernstes angeboten hat, ihm mein Haus zu verkaufen.

Mir, einem Hofrat des österreichischen Bundeskriminalamtes!

Ihm, einem sadistischen Zuhälter!"

„Herr Hofrat, des mit'm Tackern … des haben die mir nie nachbeweisen können."

„Procic, weißt was … gusch!"

Halb hasste es zwar, sich in die schmierig-vertraulichen Sprachniederungen seiner früheren Klientel zu begeben, aber heute hatte dieses deftige „Maul halten!"-Kommando sein müssen.

„Gusch!" – genüsslich formte Halb noch einmal die Schlussbeleidigung mit übertriebenen Lippenbewegungen nach, als sein Taschentelefon schon wieder klingelte.

„Ja, bitte?"

„Herr Hofrat, begrüße Sie."

Halb sog scharf die Luft ein. Mit dieser Stimme, die ein jegliches Merkmal vermissen ließ, die aber gerade dadurch, dass sie wie destilliertes Wasser klang, unverkennbar war – mit dieser Stimme hätte er am wenigsten gerechnet.

„Herr Perz, aus welcher Strafvollzugsanstalt rufen Sie mich gerade an?"

„Strafvollzugsanstalt? Aber Herr Hofrat, ich bin doch schon seit Monaten wieder ein freier Mann. Haben Sie damals nicht mitbekommen, dass mein Antrag auf Wiederaufnahme des Verfahrens erfolgreich war? ... und dann das neue Urteil: Totschlag! Nix mehr Mord! Da war ich dann natürlich sofort draußen, weil die paar Jahre hatte ich schon längst abgesessen. Nein, so was – dass Sie das damals nicht mitbekommen haben, wundert mich ... wobei, ah nein, warten Sie, das war ja, wie Sie Ihre Auszeit hatten. Wie hat der geheißen? Nagovan oder Nogovan oder so."

„Mogvan! Sie sind ja ein richtiger kleiner Formulierungskünstler geworden. Auszeit. Totschlag. Wie nett das bei Ihnen klingt ... viel besser als ‚beinahe zum Krüppel geschossen' und ‚zu Tode geprügelt'!"

„Totschlag, Herr Hofrat! Ich wurde letztlich nur wegen Totschlags verurteilt!"

„Wie immer Sie das nennen wollen. Ihr Opfer hatte ... warten Sie, ich kann mich noch gut daran erinnern –

drei Kieferbrüche, Jochbeinbruch, Nasenbein- und Stirnbeinbruch. Und die finale Krönung: der tödliche Schädelbasisbruch."

„Aber nur, weil sie so unglücklich gestürzt ist."

„... aber nur, weil diese bedauernswerte junge Frau und einige andere Ihrer besten ‚Pferderln' schon länger weg aus Ihrem Saustall wollten! ... aber nur, weil Sie das radikal unterbinden und ein Exempel statuieren wollten! ... aber nur, weil diese arme ... wie hieß sie? ... ah ja, Daryna, Ihnen gerade in dem Moment über den Weg gelaufen ist, als wir damals wieder einmal eine Razzia in Ihrem ‚Dolce Amore' gemacht haben! ... aber nur, als ..."

„Herr Hofrat, das klingt ja fast so, als ob Sie ein schlechtes Gewissen hätten. Wobei, ganz so falsch wär das ja nicht, weil ohne Ihre Razzia wäre dieses schreckliche Unglück mit der Daryna vielleicht wirklich nicht passiert und ..."

„Herr Perz, Sie kotzen mich an! Was wollen Sie?"

„Ihr Haus kaufen."

„Sie wollen ... Sie auch? Wieso denn Sie?"

„Herr Hofrat, ich bin inzwischen wieder ein ehrenwerter Geschäftsmann und könnte Ihre Immobilie sehr gut brauchen. Und – ganz ehrlich – Sie ... Sie können doch damit sowieso nichts anfangen. Sie würden doch ..."

„Herr Perz, woher wissen Sie, dass ich ... wobei, ich glaube, ich kenne die Antwort schon."

„Auf welche Frage?"

„Woher der Herr Procic und Sie wissen, dass gerade ich dieses Haus geerbt habe? Das können Sie nur von meinem Onkel wissen. Er selber muss es Ihnen erzählt haben."

„Nicht direkt."

„Was bitte soll das jetzt wieder heißen?"

„Herr Hofrat, kann es sein, dass Sie von Ihrem Onkel nicht wirklich viel gewusst haben?“

„Es kann! Das wenige, was ich wusste bzw. seit seinem Brief von vor vier Wochen weiß, genügt mir aber vollkommen. Er hat im großen Stil Steuern hinterzogen, hat sich dann mit dem Geld nach Venezuela abgesetzt und von dort aus weiterhin irgendwelche unsauberen Geschäfte betrieben.“

„Da war nix Unsauberes dabei! Wobei ... wie er seine Steuerangelegenheiten geregelt hat, das weiß ich natürlich nicht. Aber was er hier gemacht hat, das war völlig legal.“

„Und woher, bitte schön, wollen Sie das so genau wissen?“

„Weil ich beinahe sein Geschäftspartner geworden bin.“

Halb hatte in seinem „hintersten Hinterkopf“ schon so etwas geahnt, aber als er jetzt mit aller Wucht auf diesen weiteren dunklen Fleck im Leben seines Onkels gestoßen wurde, musste selbst er erst einmal tief durchatmen.

„Sie ... sind ... was geworden?“

„Schau’n Sie, Herr Hofrat, die G’schicht war folgende. Als ich vor ein paar Monaten wieder raus aus dem Häf’n, also, der Strafvollzugsanstalt, war, habe ich mich gleich wieder nach einer Möglichkeit, als Unternehmer tätig zu sein, umgeseh...“

„Sie meinen, als Zuhälter.“

„Nein, Herr Hofrat! Als Unternehmer in der Erwachsenenunterhaltung! Und da hat sich zufällig Ihr Onkel aus Venezuela gemeldet und mich gefragt, ob ich nicht dieses Haus hier mieten wolle, das er vor ein paar Jahren über irgendeine Wiener Kanzlei gekauft hatte. Und als ich dann bei ebendiesem Anwalt den Vertrag unterschreiben wollte, erzählt mir der doch glatt, dass Ihr verehrter Herr Onkel einen Tag zuvor verstorben sei und Ihnen das Haus vererbt habe. Ich sag Ihnen, ich hab so lachen müssen ... na ja, und das habe ich dann natürlich gleich als witzige Neuigkeit kursieren lassen."

„Lachen müssen? ... na, wenigstens einer!"

„Schallend, Herr Hofrat, schallend. Und während ich so gelacht hab, habe ich nur darauf warten müssen, dass Sie zu Ihrem frisch ererbten Haus kommen. Und da sind Sie auch schon! Jetzt kann ich Sie in Ruhe fragen, ob Sie es mir nicht ..."

„Und woher kennen Sie meine Telefonnummer?"

„Herr Hofrat, ich bitt Sie! Es gibt wirklich viele begabte junge Menschen auf dem Markt, die Ihnen um wenig Geld fast jede Datei im Internet hacken können. Glauben Sie, ich bin zu blöd, solche Leute zu finden? Also, jetzt bin ich beleidigt!"

„Bitte vielmals um Entschuldigung. Und woher wussten sie, dass ich gerade jetzt hier vor dem Haus stehen würde?"

„Ganz einfach, Herr Hofrat – ich sehe Sie."

Noch vor zehn Monaten hätte Halb wie in einem Actionfilm reagiert – wegducken und die umliegenden Häuser nach einem verborgenen Beobachter absuchen. Aber seit diesem verfluchten Attentat konnte er seinen Oberkörper kaum mehr zur Seite drehen. Also blieb ihm nichts anderes übrig, als betont lässig stehen zu bleiben.

„Respekt, Herr Hofrat, immer noch der coole Hund. Aber ... jetzt einmal ganz ehrlich – fürchten Sie sich denn wirklich nicht? Immerhin könnte ich Sie jetzt mühelos abknallen und ..."

„Perz! Ich halte Sie für einen Mörder. Aber ich halte Sie nicht für einen blöden Mörder. Wenn Sie mich jetzt erschießen – wer verkauft Ihnen dann mein Haus? So ein Verlassenschaftsverfahren, das dauert doch ewig."

„Darf ich das so verstehen, dass Sie mir Ihr Haus verkaufen?"

„Nein! Sie dürfen das aber so verstehen, dass Sie mich von mir aus töten können, nur ... Sie hätten nichts davon. Außer einer weiteren Mordanklage – und aus dieser Sache kämen Sie wohl kaum mehr mit Totschlag heraus."

„Aber Sie, Sie wären tot."

Als ob er sich ergeben wollte, nahm Halb demonstrativ sein Handy vom Ohr weg. Dann schaltete er es auf Lautsprecher, aktivierte die Kamerafunktion und zoomte die benachbarten Häuser heran. Da – zweites Haus rechts, erster Stock. Perz lehnte an einem großflächigen Fenster, in der linken Hand das Telefon, in der rechten ein Fernglas, neben sich ein Gewehr. Die Schönheit der Waffe, die Einlagen aus schimmerndem Metall besaß, ließ Perz noch hässlicher aussehen. Mit seinem blassen, nichtssagenden Gesicht, von dem Halb aber wusste, wie bösartig verzerrt es glühen konnte, schien Perz das perfekte Symbol für seine eigene Misere zu sein.

„Na und?"

Der Tonfall, in dem Halb diese beiden – möglicherweise letzten? – Worte sagte, ließ Perz erschrocken zusammenzucken. Nichts war's mit dem finalen Schuss! Wieder nichts!, dachte Halb mit einem kurzen Bedauern.

„Herr Hofrat, sind wir vielleicht ein wenig depressiv?"

„Weise, Herr Perz. Nur weise."

Hätte er überhaupt und im Speziellen auf diese Distanz Lippen lesen können, hätte er die ratlosen

Abschiedsworte „Na dann ... ja, einen schönen Tag noch" mitbekommen. So aber hielt Halb sein bereits zugeklapptes Handy in Richtung des ihn wieder messenden Fernglases – als unmissverständliche Botschaft, nie mehr mit ihm sprechen zu wollen.

Dieser denkwürdige Moment währte aber nur kurz. Ein neuerliches Schrillen schreckte Halb aus der Pose des abgeklärten Stoikers sofort wieder auf. Hektisch riss er sein Telefon ans Ohr.

„Nein! Nein und nochmals nein!" Mit Befriedigung hörte er am anderen Ende einen aufgebrachten Atemzug, und mit – eines Verfechters der stoischen Philosophie unwürdiger – boshafter Freude wartete er auf den Schwall an Schimpfworten, mit dem ihn der nächste kaufinteressierte Zuhälter überschütten würde, doch ...

„Ludwig! Ich bin ja manches von dir gewohnt, aber diese Art der Begrüßung – nein! Bitte, die geht wirklich zu weit! Ich weiß, dass dein Dienstaustrittsgesuch hier vor mir ... irgendwo ... liegt, aber das berechtigt dich trotzdem nicht zu so einer telefonischen Gesprächsannahme. Bitte, Ludwig, es hat sich etwas ereignet, was dein sofortiges Erscheinen bei mir dringend nötig macht. Wann kannst du hier sein?"

Halb schwor sich, in Zukunft einen Blick auf das Display zu werfen, um Peinlichkeiten solcher Art zu vermeiden. Aber jetzt blieb ihm nichts anderes übrig, als seinen Chef mit lammfrommer Stimme zu besänftigen.

„Ich bin ganz in der Nähe, ich kann in zehn Minuten im Büro sein."

## Montag, 6. Mai 2013, 15.30 Uhr

„Das ist einfach nicht möglich!“ Halb schüttelte heftig den Kopf. Doppelt heftig, denn zum einen konnte er schlichtweg nicht glauben, was er da gerade sah und hörte. Und zum anderen wollte er verhindern, dass man ihm seine Freude allzu deutlich ansah. Vorhin, vor seinem steinernen Erbdesaster, da hatte er auch deshalb so gelitten, weil ihm im Grunde bewusst war, dass er selber die meiste Schuld an dieser elenden Situation trug. Gierig sein, schlecht zuhören, nicht nachfragen und dann auch noch überstürzt kündigen – so eine geballte Ladung an Blödheit wurde vom Leben eben bestraft!

Oder auch nicht! – jetzt musste Halb trotz aller aufgesetzten Negativ-Kopfschüttel-Gestik herzlich lächeln. Dass er schon eine Stunde nach seiner Währinger-Gürtel-Misere nicht nur in seiner aktuellen, sondern dazu noch in seiner geliebten vorherigen Funktion aktiv sein durfte, schien ihm eigentlich zutiefst ungerecht.

Aber er genoss es!

Wie oft hatte er sich in den letzten zwei Jahren verflucht, dass er damals die Leitung seiner „EG“, seiner Ermittlergruppe, aufgegeben und der Bitte seines Vorgesetzten nachgegeben hatte, die Leitung des gesamten „Referats 3.2.1 – Gewaltkriminalität“ zu übernehmen.

Es war eine bittere Ironie, dass er all die Jahrzehnte „an der Front“ ohne schwere Verletzung überstanden hatte, wogegen er als Referatsleiter schon nach einem Jahr nur knapp von der Sargkante heruntergerutscht war.

Vielleicht war es daher ein besonders gutes Omen, dass ihn Hofrat Straka vor einer halben Stunde händeringend gebeten hatte, als doppelter Leiter – sowohl des 3.2.1-Referats wie auch seiner ehemaligen EG – zurückzukehren. Natürlich bekäme er sein früheres Team zur Seite gestellt ... dieser Fall habe absolute Priorität. Denn wenn erst die Medien davon erfahren würden, müssten sie sich auf heftige Stürme im Blätterwald gefasst machen. Und er hätte keine, aber so gar keine Lust, knapp vor seiner Pensionierung noch als Watschenmann mancher politischer Parteien herhalten zu müssen und sich dann ...

Beim zweiten Luftholen seines Chefs war es Halb gelungen, ihn in seinem beinahe hysterischen Redeschwall zu unterbrechen. Was er mit der Bemerkung „knapp vor der Pensionierung" gemeint habe? Ob ihm schon klar sei, dass er bestenfalls frühestens in zehn Jahren in Pension gehen könnte? Und ... was bitte sei denn überhaupt geschehen? Weshalb diese Panik?

„Ludwig, das fragst du noch? Es ist eine Katastrophe, es ..." – vor weiteren apokalyptischen Gedanken war Halb allerdings verschont geblieben, denn wie in einer perfekt inszenierten Boulevardkomödie hatten genau in diesem Moment Franz Haschek, Magistra Verena Planner und Anton Wilt den Besprechungsraum betreten. Mit hängenden Schultern ließ Hofrat Straka die herzlichen Wiedersehensgesten und -fragen der vier über sich ergehen.

## Montag, 6. Mai 2013, 15.31 Uhr

„Das ist einfach nicht möglich!“ Halb schüttelte heftig den Kopf. Dass er dabei unpassenderweise ganz kurz lächelte, bemerkte keiner der Anwesenden. Alle starrten auf den Bildschirm, obwohl dort nur mehr ein Standbild zu sehen war.

„Soll ich es noch einmal abspielen?“

„Nein, wirklich nicht!“

„Nein, danke, Herr Doktor.“

„Nein, Ernst, nein!“

„Ja bitte. Ich würde es mir gerne noch einmal ansehen.“ – Frau Planners Stimme stach noch mehr aus dem „Nein“-Chor heraus, als sie es allein schon aufgrund ihrer Stimmlage getan hätte.

„Verena, warum?“ Ausnahmsweise hatte Toni Wilt als Erster die Verblüffungssekunden überwunden, was für seine zurückhaltende Art eher ungewöhnlich war.

„Vielleicht haben wir irgendetwas übersehen. Ich meine, wir waren doch alle so fassungslos, dass wir vielleicht irgendein wichtiges Detail ...“

„Na, dann sehen wir uns das Ganze noch einmal an.“ Sowohl seiner Stimme als auch seinen aufblitzenden Augen war anzumerken, wie dankbar Hofrat Straka war, wenigstens den Startknopf drücken zu dürfen. Denn selbst dieser banale Handgriff war immer noch besser, als zu Stein erstarrten Statuen gleich der eigenen – durch das Salz der Selbstmitleidstränen beschleunigten – Verwitterung zu harren.

Wer immer das aufgenommen hatte, hatte nur ganz zu Beginn etwas gewackelt. Nach fünf Sekunden war das statische Bild eines Hightech-Krankenzimmers zu sehen. Zahlreiche Monitore und sonstige blinkende Geräte rechts und links des Betts erweckten den Eindruck, in die Kulisse eines Sciencefiction-Films geraten zu sein. Dazu trug auch die Gestalt im Bett bei, die aus einem Specialeffects-Studio zu kommen schien. Erst als dieses gespenstische Wesen mit erstaunlich klarer Stimme zu sprechen begann, war auf einen Schlag klar, dass hier ein sterbender Mensch einer Handykamera seine letzten Worte verkündete.

„Ich muss noch etwas gestehen. Ich habe vor fünf Jahren, sieben Monaten und einem Tag, am Donnerstag, dem 6. Dezember 2007, um genau ein Uhr und siebenunddreißig Minuten die Familie Schmiedinger ... nein, falsch! Um ein Uhr siebenunddreißig habe ich Doktor Ferdinand Schmiedinger erschossen. Drei Minuten später dann den dreijährigen Ferli und seine Mutter. Sie haben mich beim Einbrechen erwischt ... und ich Idiot hatte so eine kleinkalibrige Beretta dabei, die ich bei einem kleinen Hehler gekauft habe. Ich bin nämlich im Arbeitszimmer vor dem Safe gekniet, mit einem Stethoskop – ich hatte diese Stöpsel in den Ohren ... und habe natürlich nichts gehört. Und außerdem hatte ich eine kleine Lampe aufgedreht ... ich war mir ja sicher, ganz in Ruhe und allein vor mich hin arbeiten – also den Safe öffnen – zu können. Ich habe sie weder kommen gehört noch das Licht in der Garage oder unten im Haus ... nichts, ich habe nichts gesehen! Und dann ... dieser entsetzliche Moment der Panik. Der Vater kommt als Erster ins Arbeitszimmer herein ... und dann tippt er mir noch von hinten auf die Schulter. Ich bin so erschrocken, die Waffe lag in der offenen Tasche neben mir ... ich hab sie automatisch an mich gerissen und geschossen. Alles im Bruchteil einer Sekunde. Er ist wie ein Sack umgefallen. Kein Wunder, ich hab so halb im Knien geschossen – von unten schräg hinauf. Mitten durch sein rechtes Auge. Dann habe ich die Frau mit dem Kind am Arm ins Schlafzimmer gescheucht. Wieso? Wieso, verdammt noch einmal, waren die denn daheim? Ich hatte sie doch beobachtet, wie sie das Auto mit den Koffern, den Skiern, dem ganzen Zeug vollgepackt haben – sie wollten doch erst am kommenden Wochenende vom Skiurlaub zurückkommen?

... der Kleine ist krank geworden. Halsentzündung. Deshalb!

Und dann ist der Knirps auch noch wach geworden und hat zu brüllen angefangen. Ich wollte doch nur, dass er ruhig ist. Dass er endlich den Mund hält. Also habe ich zweimal in die Decke geschossen. Um ihn zu erschrecken. Damit er eben endlich still ist. Aber er hat immer lauter gebrüllt. Und dann hat sie auch zu schreien begonnen. Ich weiß noch genau, dass ich mir gedacht habe: Mit der Stimme braucht die nie ein Telefon. Die schreit so laut, dass man sie noch in Australien hört. Ich war wie in einem Panikkochtopf. Und dann hab ich noch zweimal abgedrückt. Dann war Ruhe.

Die schlimmste Dummheit meines Lebens. Und das Ganze für nix. Weil in dem Safe waren nur Familiendokumente. Meine ganzen Informationen von wegen verstecktem Schwarzgeld ... alle falsch! Nix! Na ja, fast nix ... eine teure Armbanduhr. Aber ansonsten ... nur Geburtsurkunden und so ein Papierkram. Und die Uhr, die hab ich dann in meiner Panik an irgendeinen miesen Hehler verkauft ... natürlich total unter ihrem Wert. Also – sieben Tote ... ich mein, drei Tote für nix und wieder nix!

Ich hab mich dann schleunigst ins Ausland abgesetzt. Dort hab ich gelesen, dass ein anderer für die Tat verurteilt wurde. Das hat mir auch leidgetan.

Na ja, jetzt werde ich ja schon sehr bald wissen, ob einem vor unserem höchsten Richter selbst solche Taten vergeben ..."

In dem Moment begannen die diversen Monitore einen hohen monotonen Klageton zu singen. Von rechts und links hinter der Kamera sprangen plötzlich in Weiß gehüllte Gestalten zum Bett. Die Hand, die bisher die Kamera so starr gehalten hatte, begann zu wackeln und auf ein mehrfach zugezischtes „Abdrehen!" zuerst zu sinken, bevor die andere Hand endlich den Stopknopf gefunden hatte. Das Letzte, was man noch erahnen konnte, war die in so einer Situation wohl typische Geste eines der Weißkittel. Er schob seinen linken Ärmel zurück ... dann hörte man seine Stimme nur mehr aus dem Off, da das Bild bereits ziellos auf dem Fußboden herumwanderte. „Acht Uhr dreiundzwanzig Minuten, Exitus von Gregor Auen."

**Montag, 6. Mai 2013, 15.45 Uhr**

„Wenn das stimmt, dann ..."

„... sitzt seit fünf Jahren ..."

„... ein Unschuldiger in Haft."

„Nicht gut! Gar nicht gut!"

Ein unbeteiligter Beobachter hätte diesen verbalen Staffellauf für die Probe einer Laientheatergruppe halten können. Er hätte vielleicht sogar den panischen Unterton in den Stimmen von Haschek, Planner, Wilt und Halb voller Bewunderung ihrer Schauspielkunst bemerkt, wenn nicht in dieser Sekunde Hofrat Straka einen großen Auftritt hingelegt hätte.

„Oh Gott, oh Gott! Wenn das erst zu den Medien durchsickert! Nein, ich darf gar nicht dran denken!

Der Fall hat doch schon damals Staub aufgewirbelt ... was ja bei dem bekannten Namen kein Wunder war. Schmiedinger, das war damals noch einer der größten Verlage im deutschen Sprachraum. Der alte Doktor Schmiedinger, der war geradezu eine Lichtgestalt der Buchbranche. Und sein Sohn war drauf und dran, noch berühmter zu werden. Und dann wird der mit seiner Frau und seinem kleinen Sohn ermordet. Einfach so.

Und jetzt das! Die Zeitungen werden uns fertigmachen. Dabei – Ludwig, wir haben noch gar nicht an die alten Schmiedingers gedacht. Wie werden die reagieren, wenn sie erfahren, dass der Mörder ihres geliebten Sohnes, ihrer Schwiegertochter und ihres vergötterten Enkels bis gestern ein freier Mann war? ... und sich jetzt endgültig jeglicher Möglichkeit einer gerechten irdischen Bestrafung entzogen hat, weil er einfach so an Krebs verstorben ist!“

Beinahe wäre Halb „Unverschämt! An Krebs zu sterben, wo er doch wenigstens hätte gevierteilt werden müssen!“ herausgerutscht, aber er wollte seinen Chef nicht noch näher an den Rand eines Herzinfarkts bringen. Außerdem hatte Straka Recht, Schmiedingers senior waren vor fünf Jahren tatsächlich stramme Verfechter einer konservativ-religiösen Racheideologie gewesen.

„Das werden wir übermorgen erfahren, wenn wir sie besuchen. Aber heute müssen wir noch ... wobei, Ernst, ich hätte noch eine Frage.“

„Ab morgen, Ludwig.“

Zwar wusste Halb natürlich genau, dass sich hinter der manchmal zu emotionellen Fassade seines Chefs ein brillanter Intellekt verbarg, der es Straka ermöglichte, öfters die – richtige – Antwort zu geben, noch bevor sein Gegenüber die dazugehörige Frage gestellt hatte. Dass Ernst sogar jetzt dazu in der Lage war, verblüffte ihn aber.

„Na gut, dann ..." – Halb musterte seine bis morgen noch reduzierte „Gruppe-Truppe". Er kannte sie und ihre Gesichtsausdrücke gut genug, um zu erkennen, dass Planner ebenso wie er die nur scheinbar kryptische Antwort Hofrat Strakas richtig interpretiert hatte, wogegen Haschek und Wilt mit sich kämpften. Sollten sie zugeben, nichts verstanden zu haben, oder lieber dumm sterben? Um selbst den leisesten Misston zu Beginn ihrer neuerlichen Zusammenarbeit sofort zu ersticken und um ein für diesen so ereignisreichen und dramatischen Tag würdiges Schlusswort zu sprechen, holte Halb tief Luft.

„Also, meine Lieben, wie wir gerade von unserem allseits verehrten Vorgesetzten gehört haben, werden wir ab morgen in alter Stärke zu ermitteln beginnen. Da ich keine Lust habe, mit dem ‚Ingeniöhr' und der Helli dann noch einmal alles durchzukauen, schlage ich vor, dass wir für heute Schluss machen und uns morgen um neun Uhr zur Besprechung in meinem alten und neuen Dienstzimmer treffen. Wünsche einen schönen Abend!"

„... und eine nicht allzu späte Schlafenszeit!"

Mit scherzhaft erhobenem Zeigefinger verabschiedete auch Hofrat Straka die kleine Gruppe, wobei alle wussten, dass seine letzten Worte zur Gänze Halb gegolten hatten. Seine Vorliebe, bis zwei Uhr in der Früh bei mehreren Tassen exzellenten Tees zu lesen, dabei die Seele baumeln zu lassen und in diesem halb tranceartigen Zustand über seinen aktuellen Fällen zu brüten, war legendär und – angesichts ihres üblichen Dienstbeginns – bei seinen engsten Mitarbeitern auch etwas gefürchtet.

## Dienstag, 7. Mai 2013, 9.30 Uhr

Irgendetwas störte ihn. Er hatte dieses seltsame Gefühl schon gestern gehabt, gleich bei der ersten Präsentation des Videogeständnisses. Beim zweiten Durchgang dann war dieses leichte Zirpen im Hinterkopf verschwunden. Jetzt allerdings ärgerte ihn das undefinierbare Hirnsausen wieder, das ihn erfahrungsgemäß immer dann überfiel, wenn er eine wichtige Information zu übersehen drohte.

Um sich etwas abzulenken, lehnte sich Halb zurück und ließ seinen Blick über die vier gebückten Köpfe rechts und links von ihm schweifen.

Die beginnende Glatze inmitten des glatten braunen Haars krönte den originellen, aber nicht immer ganz gesetzeskonform handelnden Kopf von Franz Haschek. Seinen Spitznamen „Schwejk“ hatte er, der 1968 als Sechsjähriger mit seinen Eltern aus dem panzerverseuchten Prag geflohen war, weniger aufgrund der Beinahe-Namensgleichheit mit dem Autor der berühmten Romanfigur verpasst bekommen, sondern vielmehr wegen seiner Wesensähnlichkeit mit eben jenem Jaroslav Hašek und dessen „braven Soldaten Schwejk“. Wie diese beiden zeigte auch Franz Haschek anarchistische Züge, die ihn immer wieder ebenso erfolgreiche wie – vor allem aus der Sicht der Untersuchungsrichter – illegale Alleingänge bei den Ermittlungen unternehmen ließen.

Da war Magistra Verena Planner ein ganz anderes Kaliber. Unter ihrer streng nach hinten gekämmten und in einem Pferdeschwanz mündenden blonden Haarpracht tickte ein messerscharfer Verstand, dem jegliche emotionelle Unvernunft ein Gräuel war. Die ausgebildete Pharmazeutin drehte und schob die Puzzlesteine eines Falles so lange hin und her, bis diese ein – selbst in seiner abgrundtiefen Bösartigkeit – logisches Bild ergaben.

Solche speziellen Sichtweisen des Lebens waren Anton Wilt völlig fremd. Eigentlich war er so wie seine Frisur – durchschnittlich volles Haar von undefinierbarer Farbe mit einem etwas ungehobelten Allerweltsschnitt. Halb musste sofort an manche Mittelfeldspieler von berühmten Fußballmannschaften denken … und zwar an die, deren Namen ihm prompt nicht einfielen. Die, die sich durch ihre eisernen Lungen, ihre Zuverlässigkeit und ihre Fähigkeit, wortwörtlich den Ball flachhalten zu können, auszeichneten.

Halb musste über seine Nach-wie-vor-Liebe zu Sportjargons aller Arten grinsen. Erst recht, da er bei Helene Drobatschnig automatisch an Rugby denken musste. Dabei war sie hinter ihren wallenden roten Locken, ihren hundertneunundachtzig Zentimetern Körpergröße und ihren rund hundert Kilo das geradezu kitschige Sinnbild einer weiblich-weichen Seele, die nur dann zur kämpferischen Löwin wurde, wenn sie ihren Mann und ihre drei Kinder auch nur im Geringsten bedroht sah. … was natürlich ihr Göttergatte, Rechtsanwalt Doktor Gottlieb Drobatschnig, Gottfried, zehn Jahre alt und frisch gebackener Gymnasiast, Joseph, sieben Jahre und begeisterter Ringer sowie das vierjährige Nesthäkchen Hemma weidlich ausnützten. Halb war froh, dass sie trotz ihrer Leidenschaft in Familiendingen immer auch ein eigenes Berufsleben haben wollte und sich bisher gegen ihren Mann durchgesetzt hatte, der sie am liebsten nur als Ehefrau, Mutter und Haushaltsgeneralmanagerin gesehen hätte. Ihre Halbtagstätigkeit als Herz und Rückgrat der Ermittlergruppe hätte Halb höchst ungern vermisst.

Als Letztes blieb sein Blick am „Ingeniöhr“ – mit ganz langem „öööh“ wie in dessen wienerischem Lieblingsausruf „Jöööh!“ – hängen. Dessen auf Stoppelglatzenkürze gestutzten und bereits leicht ergrauten braunen Haare schienen, wenn man den Gerüchten glaubte, vor lauter kleinen Widerhaken nur so zu strotzen, von denen sich entzückte Blicke junger Damen kaum mehr losreißen konnten. Noch bösere Zungen behaupteten zwar, dass Ingenieur Perikles Mayer sein Image als Frauenflüsterer nur kultivierte, um seine Faulheit hinter charmant-nebulösen Abenteuerandeutungen verstecken zu können. Aber Halb wusste, wie er sich Mayers Lebemannattribute zunutze machen und dessen Bonvivant-Eskapaden im Zaum halten konnte. Abgesehen davon war der Enddreißiger, der sowohl seine Existenz als auch seinen ungewöhnlichen Vornamen einer flüchtigen Sommerliebe seiner Mutter zu verdanken hatte, ein exzellenter Allroundtechniker und – gerade in kritischen Situationen – ein wirklich netter Kollege.

Die plötzliche Stille ließ Halb aus seinen nostalgischen Gedanken an ihre neu erwachte Ermittlerzukunft auftauchen. Bevor er noch den in mattes Schwarz getauchten Bildschirm bewusst wahrnahm, erkannte er an den ratlos-entsetzten Gesichtern um ihn herum das Ende des Videos.

„So, meine Herrschaften, aus diesem Geständnis ergibt sich natürlich eine Reihe von Fragen.“ Beinahe hätte er noch ein „Mitschreiben!“ nachgebellt, aber gerade die mustergültige Einheitlichkeit in der Bewegung seiner „Teamlinge“ – sie hatten sich wie auf Kommando vom Monitor weggedreht, an den Tisch gesetzt und ihre Blöcke und Kugelschreiber gezückt –

ließ Halb seinen Ärger über die mysteriöse Situation hinunterschlucken.

„Dobler? Oder doch dieser ominöse Auen? Wer hat damals die Schmiedingers erschossen? Ihr kennt mich – als alter Zyniker würde ich jetzt am liebsten eine Münze werfen. Kopf, Dobler, Zahl, Auen. Aber …“

„Nein Chef! Das würde Ihnen nie und nimmer genügen … bei Ihrem Gerechtigkeitssinn!“

„Und außerdem wäre es nicht logisch, einer Zufallsentscheidung das Urteil über eine – dann wohl nur sehr vermeintliche – Wahrheit zu überlassen.“

„Also, wer war's?“ – Halb hatte zu belustigt den Einwürfen von Helli und Verena zugehört, um seinen auf Gummisohlen hereinschleichenden Vorgesetzten gleich zu bemerken.

„Ernst, wenn wir das jetzt schon wüssten, hätten wir bereits Weltkarrieren als Propheten gemacht und würden sicher nicht mehr nur ein österreichisches Beamtengehalt verdienen. Aber da wir leider alle keine hellseherischen Gaben besitzen, müssen wir erst mühsam nachdenken, Fragen formulieren und ermitteln. Also, auch wenn du unser aller Vorgesetzter bist … nimm bitte Platz und hilf uns beim Nachdenken.“

„Sehr wohl, Eure kriminalistische Majestät.“ Mit einer angedeuteten Verbeugung und dem einem Lakaien angemessenen devoten Gesichtsausdruck setzte sich Hofrat Straka an den Tisch. Alle Anwesenden wussten genau, dass es für beide jahrzehntelanger Übung bedurft hatte, um sich derart duellieren zu können, ohne einander mit irreversiblen Schäden zu verletzen. Strakas nun folgendes Schweigen war daher auch nicht im Geringsten eines der gekränkten Art, sondern gewissermaßen der Startschuss für die Arbeit.

„Dobler oder Auen? Wenn es dieser Newcomer in Sachen Schmiedinger-Dreifachmord war, dann stellt sich zuallererst die Frage, wieso wir vor fünf Jahren so sicher waren, dass es Dobler gewesen sein musste. Soweit ich mich erinnere, haben damals alle Spuren zu Dobler geführt, also … wie würden die damaligen Ermittlungsergebnisse zu einem ‚neuen' Mörder passen?"

„Ich sag's nicht gerne, Chef. Aber dieser Dobler hat doch damals bis zuletzt kein Geständnis abgelegt und immer behauptet, dass alle Indizien, die so deutlich gegen ihn gesprochen haben, nur einer unglücklichen Verkettung reiner Zufälle zu verdanken wären. Also … womöglich hat er damit Recht gehabt."

„Womöglich … aber auch nicht." Halb sah den Ingeniöhr mit einem seiner berühmten „Wandblicke" an. Dabei schien er sein Gegenüber ruhig-konzentriert anzustarren, nahm es allerdings in Wirklichkeit in keiner Weise wahr. Seine nähere Umgebung wusste aber genau, dass man Halb in diesen Momenten intensiven Nachdenkens ja nicht stören durfte, wollte man nicht ernsthaft zornig-konzentrierte Blicke auf sich ziehen.

„Mich stört da etwas anderes."– vorsichtig drang Schwejk in die gedankliche Abwesenheit seines Vorgesetzten ein.

„Und zwar?"

„Wenn Auen die Schmiedingers wirklich ermordet hat, dann kann ich ja noch durchaus nachvollziehen, dass er froh war, als Dobler geschnappt und für seine – also Auens – Taten verurteilt wurde. Aber wieso sollte so jemand dann noch auf dem Totenbett gestehen?"

„Also, ich würde das schon verstehen."

„Toni, bitte, dann erklär's mir."

„Wie du richtig sagst … auf dem Totenbett. Dieser Auen hat das ja ganz zum Schluss angedeutet … dass er an eine himmlische Gerechtigkeit glaubt und deshalb noch rasch sein Gewissen erleichtern will."

„Ein Dreifachmörder, der kaltblütig zusieht, wie seine Tat einem anderen in die Schuhe geschoben wird, der daraufhin als Unschuldiger im Gefängnis verrottet – so wer soll ein Gewissen haben?"

„Ja, warum nicht? Schau, Schwejk, ich glaube nicht, dass sich einer von uns das wirklich vorstellen kann ... also, wie es sich so auf dem eigenen Sterbebett liegt. Das weiß man erst, wenn man fast schon tot ist – und da bisher keiner von uns gestorben ist ..." – Wilt erstarrte mitten im Wort. Eigentlich hatte er mit diesem Minischerz den Dialog mit Haschek beenden und zu einem neuerlichen Gedanken-Pingpong in der Runde zurückkehren wollen. Aber das war ihm gründlich misslungen. Schwejk, Helli, der Ingeniöhr, Verena und Hofrat Straka – sie alle starrten plötzlich voller Verlegenheit auf die leeren Blöcke vor sich. Mit hochrotem Gesicht versuchte Wilt, seine Taktlosigkeit etwas abzumildern.

„Chef, es tut mir leid! Mir ist das so herausgerutscht, ich wollte dich wirklich nicht ..."

Erstarrung, die zweite!

Mit allem hätte Wilt gerechnet, nur nicht mit dem schallenden Gelächter seines Vorgesetzten.

„Ist schon gut, Toni! Ich finde das sehr witzig, wie ihr mich schonen wollt ... und außerdem hast du ja Recht. Keiner von uns ist bisher gestorben – nicht einmal ich! Ich war damals – laut Protokoll des Notarztes – lediglich für siebenundzwanzig Sekunden ohne jegliche Vitalfunktion, also klinisch tot. Und weil dieses Beinahe-Sterben so schnell vonstatten ging, konnte ich es nicht einmal adäquat genießen ... und kann euch daher leider nicht berichten, ob ich angesichts des ewig morgenroten Nirvana-Himmelreichs so etwas wie ein Gewissen bei mir zu entdecken geglaubt hätte. ... und erst recht weiß ich nicht, ob ich dann das Bedürfnis gehabt hätte, ebendieses Gewissen zu erleichtern. Ich kann mich nur an die Angst erinnern ... weniger vor dem Sterben, mehr vor den Folgen der Verletzungen. Aber ... genug davon! Ich kann euch aber gerne versprechen, mich beim nächsten Attentat zu bemühen, lieber von kleinkalibrigen Waffen durchsiebt zu werden, sodass ich noch eine richtig schöne Sterbenummer hinlegen kann. Und dann, dann kann ich euch – im Nachhinein – ... zwar auch nicht mehr erzählen, aber ihr dürft euch hundertprozentig sicher sein, dass ein alter agnostischer Zeitweise-Atheist wie ich – sollte ich dann überhaupt so ein Beichtbedürfnis verspüren – über ebendieses so verblüfft wäre, dass ich glatt vergessen würde, was ich eigentlich beichten hätte sollen und wollen.

Soviel zu meinen eigenen ‚Schöner Sterben! Eine Anleitung in keinem Kapitel, denn für mehr haben Sie dann nicht mehr Zeit'-Gedanken. Und danke ... ich meine das ganz ernst ... danke dafür, dass ihr mir die Möglichkeit gegeben habt, wieder ein Stück meines diesbezüglichen Traumas aufzuarbeiten. Ich glaube – also, wenn ich einen Therapeuten hätte, wäre der jetzt sehr zufrieden mit mir.

Aber kehren wir wieder zu unserem Fall zurück ... und zur Frage, ob auch bei einem offenbar rücksichtslos brutalen und, verzeiht den altmodischen Ausdruck, gottlosen Menschen wie diesem Auen – unter der Voraussetzung, dass er wirklich ein Dreifachmörder war – die Angst vor einer göttlichen Strafe so groß sein kann, dass er auf dem Totenbett noch beichten will? Und, die noch entscheidendere Frage – ich habe sie vorhin schon angeschnitten: Können wir uns damals bei der

Auswertung der Spuren wirklich so entsetzlich geirrt haben, dass seit fast fünf Jahren ein Unschuldiger im Gefängnis einsitzt? Also, bei aller Liebe zur Selbstkritik ... meine Herrschaften, das kann ich mir beim besten Willen nicht vorstellen!“

„Aber Ludwig, dann stellt sich meiner Meinung nach eine andere wesentliche Frage.“

„Es sind sogar zwei, mein lieber Ernst. Und zwar ... Frage eins: Wenn es doch Dobler war – woher konnte Auen dieses eine Detail wissen, von dem sogar wir erst nach dem Prozess erfahren haben? Das während des Prozesses gar nicht aufgetaucht ist. Das daher logischerweise auch in keiner Zeitung oder irgendwelchen Nachrichten zu lesen oder zu hören war. Könnt ihr euch erinnern, was ich meine?“

„Also, ich kann mich noch gut erinnern, dass damals erstaunlich wenig über diese hässliche Geschichte berichtet worden ist. Alle Schlagzeilen waren doch voll mit der vielleicht noch grässlicheren Entführung von diesen vier jungen Europäern. Die sind doch irgendwo in Südostasien von einer terroristischen Gruppe entführt worden ... waren das nicht Mitarbeiter einer karitativen Organisation?“

„Ja und nein, Herr Hofrat. Soweit ich das noch in Erinnerung habe, waren das Fachleute internationaler Baufirmen, die dort unten an einem großen Projekt des UNO-Flüchtlingshilfswerks gearbeitet haben.“

„Ja, genau – und die wurden dann entführt und ... da war doch auch ein Österreicher dabei, oder?“

„Ja, das war der, dessen Leiche nie gefunden wurde.“

„Stimmt, Herr Wilt! Die anderen drei wurden ja vor laufender Kamera enthauptet – das Video stand damals im Internet. Ja, wie gesagt, eine entsetzliche Geschichte.“

„Ernst, Toni, darf ich eure Zeitgeschichtestunde unterbrechen? Ich wollte ...“

„Entschuldige Ludwig, du hast natürlich vollkommen Recht. Du hast von einem Detail gesprochen, an das wir uns noch erinnern sollten?“

„Ja genau. Dieses eine Detail, das erst ein Jahr später aufgetaucht ist – weiß das noch wer?“

„Ich weiß nur mehr, dass du dann genau ein Jahr danach, am ersten Jahrestag der Tragödie, noch einmal bei den Schmiedingers zum Kaffee eingeladen warst. Du hast uns allen noch Ihren Dank ‚für die großartigen Ermittlungen, die die Toten in Frieden ruhen lassen ...‘ – oder so ähnlich – überbracht.“

„Der Schwejk hat Recht! Und dabei hast du uns erzählt, dass ... was war das doch gleich?“

„Chef, soll ich im elektronischen Archiv nachschauen?“

„Nicht nötig, danke. Ich kann mich ja noch erinnern. Es war die Halsentzündung. Na, jetzt schaut's mich nicht so entgeistert an – die Halsentzündung, an der der kleine Ferdinand während ihres Skiurlaubs erkrankt war. Das war doch der Grund, warum die Jungen tatsächlich um einige Tage früher als erwartet zurückgekommen sind. Die Großeltern vom Kleinen wussten das auch nur aus einem Telefonat – ihre Schwiegertochter hatte sie aus Kitzbühel angerufen und die verfrühte Rückkehr angekündigt. Und dann, nach der Tragödie, hatten die Schmiedingers eben vergessen, uns von diesem Detail zu berichten ... was ja angesichts der akuten Aufregung und Trauer verständlich war und ist. Erst bei dieser seltsamen wienerisch-melancholischen Gedenkkaffeejause haben sie mir dann davon erzählt ... das heißt, die alte Dame hat das zwischen tapfer zurückgehaltenen Weinkrämpfen stückweise hervorgestoßen.

Das alles nur wegen dieser Halsentzündung. Wären die Jungen doch nur in ihrem Kitzbühler Chalet bis zum Sonntag geblieben ... so wie geplant. Dann wäre das alles nicht passiert!

Der Doktor Falterer, der ist doch schon seit Jahrzehnten der Hausarzt der Schmiedingers in Kitzbühel, der hätte den kleinen Ferdinand sicher ganz schnell kuriert. ... und dann hat Frau Schmiedinger hemmungslos zu weinen begonnen. Ihr Mann hat ihr – sehr hilflos – den rechten Arm um die Schulter gelegt, aber das hat natürlich auch nichts genützt. Also, diese Kaffeejause werde ich wohl nie vergessen, grässlich."

Trotz all der – teils schlimm verstümmelten – Leichen in den vergangenen Jahrzehnten, auf die er einen mehr oder minder kurzen Blick hatte werfen müssen, konnte sich Halb nach wie vor nicht des Mitleids mit Angehörigen von Mordopfern erwehren. Selbst der Versuch, dieser menschlichen Regung durch Rationalisierung des Gefühls zu entkommen, brachte nicht den gewünschten Erfolg.

Unnötig!, dachte er irritiert. Aber trotzdem ... selbst in der Erinnerung – er litt mit.

„Aber, Herr Hofrat" – diesmal war Helli die „gute Seele", die ihn aus dem dunklen Zustand riss – „könnte es nicht sein, dass die junge Frau Schmiedinger nicht nur mit ihrer Schwiegermutter telefoniert hat? Ich meine, sie könnte das mit der Halsentzündung doch auch noch anderen Leuten erzählt haben. Und der oder die hat es irgendwem weitererzählt. Na ja, und irgendwie ist die Information dann letztlich bei diesem Herrn Auen gelandet. Ohne, dass der deshalb wirklich der Mörder sein muss."

„Ja ... theoretisch wäre das schon möglich. Aber ich glaube eher nicht – weil, damals, die Abreise der Jungen aus Kitzbühel – die ist doch recht hektisch gewesen. Mit großer Wahrscheinlichkeit hat die Frau nur ihre Schwiegereltern verständigt. Aber wir können ja morgen die Schmiedingers danach fragen."

„Und wie lautet die Frage zwei?"

„Wie meinst du, Ernst?"

„Die Frage zwei? Ich hatte gesagt, dass sich – neben der Frage nach dem Grad des Beichtbedürfnisses dieses Herrn Auen – meiner Meinung nach eine andere wesentliche Frage stellt. Worauf du, lieber Ludwig, gemeint hast, dass es sogar zwei wären."

„Ach so, ja, natürlich. Frage zwei ... und das ist vermutlich die wichtigste Frage in dieser vertrackten Geschichte: Warum zum Teufel sollte dieser Auen noch im Sterben die Schuld an dem damaligen Minimassaker auf sich nehmen? ... na gut, die logische Erstantwort lautet: Um eben Dobler aus dem Gefängnis zu befreien. Nur ... warum? Warum, verdammt noch einmal, sollte dieser Auen Dobler nach seinem eigenen Tod in Freiheit wissen wollen?"

„Chef, egal, wie du es drehst, auf beide Fragen finden wir am ehesten sinnvolle Antworten, wenn wir wissen, ob und wenn ja, woher und wann Auen und Dobler einander gekannt haben könnten."

„Verena, wie immer sprichst du weise Worte ... und die noch dazu erstaunlich gelassen. Ja, stimmt – als Erstes müssen wir natürlich sehr viel mehr über diesen Auen herausfinden. Und außerdem sollten wir schleunigst unsere Erinnerung über das damalige Verbrechen und über diesen Dobler erneuern. Daher ... Arbeitseinteilung, meine Herrschaften. Schwejk – du suchst nach allen alten Akten und ackerst sie schon einmal durch ... ich möchte eine erste Auffrischungszusammenfassung heute am späten Nachmittag. Ingeniöhr, du versuchst im Internet alles über Auen herauszufinden ... wer er war, wann er geboren ist, woher er gekommen ist, wo er gewohnt hat – na ja, das ganze Programm eben. Toni, du fährst mit mir in die Justizanstalt Stein zum Dobler hinaus. Ernst, du ... darf ich dich überhaupt in mein Team einspannen?"

„Ludwig, als ob dich das je gekümmert hätte? Und gerade heute fragst du das ... wo ich wirklich für jede Schandtat bereit bin, nur, um diesen Entrüstungssturm in spe möglichst schonend an mir vorüberziehen zu lassen. Also, sag schon, was ist meine Aufgabe?"

„Du, Ernst – sei bitte so lieb und bemühe dich, dass Dobler noch nicht so bald auf freien Fuß gesetzt wird. Natürlich wäre es eine Gemeinheit, ihn jetzt, da er wirklich unschuldig sein könnte, auch nur einen Tag länger in Haft zu behalten, aber es ist ja noch nicht im Geringsten erwiesen, ob er wirklich nicht der Mörder ist. ... und ich, ich habe auf keinen Fall ein gutes Gefühl! Daher ... bitte, Ernst."

„Ich werde mein Möglichstes tun."

„Sehr gut! Ah ja, noch etwas – könntest du bitte eine totale Nachrichtensperre veranlassen? Ich hätte gerne wenigstens ein paar Tage diesen Informationsvorsprung für uns ganz allein."

„Ich werde auch hier mein Möglichstes tun."

„Vielen Dank! Ja, dann noch ... Helli, du koordinierst wie immer unseren Flohhaufen. Und Verena, du gehst in das Sterbespital. ... übrigens, Ernst, von wo kam denn dieses Video überhaupt her? Aus welchem Krankenhaus? Was hast du gestern gesagt?"

„Lieber Ludwig, ich habe gestern gar nichts gesagt, weil keiner von euch mich danach gefragt hat. Herr Auen starb im Marienspital ... Gott sei Dank, wenn ich das so sagen darf. Weil der Primar von dort, Doktor

Fürtner, der kennt meine Cousine, und deshalb hat er sofort bei mir angerufen und ..."

„Gut, Ernst, gut. Marienspital? Dieser Nobelschuppen in dem Privatpark da in Pötzleinsdorf?"

„Ja, genau dort."

„Seltsam, dort lassen sich doch sonst nur die Reichen und Doch-noch-nicht-ganz-Perfekten ihre neuen Nasen und Bäuche oder was auch immer machen. Dort kann man auch sterben?"

„Man kann!"

„Sei's drum. Verena, du gehst ins Marienspital und versuchst alles über diesen Auen herauszufinden. Und, bitte, sollten dir die mit ihrem Ärztegeheimnis kommen ... einfach drohen! Zum Beispiel damit, dass sie mit ihrem noblen Haus dann schon morgen in den Medien stehen – und zwar als Helfer eines Mörders."

„Mach ich, Chef."

„Wobei, liebe Frau Magistra Planner ... bitte, bei aller Wertschätzung der Worte meines lieben Kollegen Halb, seien Sie doch nicht ganz so ..."

„Ist schon gut, Herr Hofrat! Ich werde Hofrat Halb folgen und einen Wirbel machen, aber ich werde Ihnen zuliebe den Aufruhr ganz leise und wienerisch-überzuckert veranstalten. Ist das so okay für Sie?"

Beider Mienen sprachen Bände, jedoch war klar, dass die zwei Hofräte an einander entgegengesetzte Inhalte dachten, entsprechend grimassierten sie. Hofrat Straka wusste nicht so recht, wie er auf Magistra Planners ironischen Einwurf reagieren sollte, wogegen Hofrat Halb nur mit Mühe ein weiteres schallendes Lachen unterdrücken konnte.

## Dienstag, 7. Mai 2013, 11.30 Uhr

Er hasste diese Mauern abgrundtief!

Dabei nahm er sich jedes Mal vor, den Besuch in Österreichs berühmtestem Gefängnis einfach als lästiges Übel über sich ergehen zu lassen. Aber das gelang ihm nie.

Auch heute nicht.

Nur mit Müh und Not schaffte er es, die Scherze der Wachebeamten mit einem müden Lächeln zu beantworten.

Taschenmesser, Schlüssel, Gürtel, Handy – alles mussten Halb und Wilt in eines der so geschmackvollen Bastkörbchen hineinlegen. Lediglich seine Lesebrille durfte „der Hofrat“, wie sie ihn auch hier respektvoll nannten, in den Besucherbereich mitnehmen, obwohl sie aus Metall war. Auf dem Weg dorthin bemühte er sich krampfhaft, auf keinen Fall in Richtung der berüchtigten „West E“-Hafträume zu sehen. Er wusste zwar, dass er ohnehin keinen der Gefangenen zu Gesicht bekäme, die in diesem Hochsicherheitstrakt untergebracht waren, aber er vermied es trotzdem. Auch wenn er nicht an ihn glaubte, dankte er in diesem Moment Gott, dass Patrick Doblers Zelle in einem der anderen Flügel der größten Strafvollzugsanstalt Österreichs lag.

Als besonderes Entgegenkommen hatte die Anstaltsleitung einen so genannten Tischbesuch genehmigt, sodass den beiden Ermittlern zumindest das mühsame Gespräch durch die perforierte Glasscheibe erspart blieb. Wobei ... Halb hatte auch schon die „amerikanische Variante“, wie er das Gespräch über Telefonhörer vor und hinter einer undurchdringlichen Panzerglasscheibe nannte, erlebt. Das Perverse daran war, dass er bei zwei solcher Verhöre dieser an und für sich menschenunwürdigen Maßnahme möglicherweise sein Leben verdankte, da in beiden Fällen sein Gegenüber völlig unvermittelt zu toben und mit dem Telefonhörer gegen die Scheibe zu hämmern begonnen hatte.

Diese Erinnerungen kamen Halb wieder hoch, als sie den kargen Raum mit einem Tisch und vier Sesseln betraten.

„Das ist aber schön, Herr Hofrat, dass Sie eine so weite Reise gemacht haben, um mich wiederzusehen!"

„Schön ... dann freut es mich, wenn Sie sich freuen. Ah ja, an den Herrn Wilt hier können Sie sich ja sicher auch noch erinnern."

Ganz automatisch setzten die beiden Kriminalisten zu einem Händedruck an, aber ...

Mit einem ironischen Grinsen hob Dobler sofort beide Hände hoch und ließ seine Handschellen effektvoll klirren. „Tja, leider. Aber lieb von Ihnen, dass Sie beide sogar einem verurteilten Dreifachmörder die Hand schütteln würden. Wobei, wie ich gehört habe, könnte ich ja schon bald wieder diese lästigen Handzangen lossein."

„Was genau haben Sie denn gehört?" – Halb bemühte sich, so neutral wie möglich zu klingen.

„Herr Hofrat, ich bitt Sie. Sie wissen doch ganz genau, dass Medienkonsum ein Grundrecht ist, und dass uns daher sogar Internetzugang gewährt werden muss. Zumindest denen von uns, die – wie heißt das doch so schön? – erkennen lassen, dass sie an der Erreichung der Zwecke des Strafvollzugs mitwirken. Na, und ich bin doch einer der Strafgefangenen, die das ganz besonders erkennen lassen ... na, und so weiter."

„Ah so?" – Wilts Frage verblüffte Halb. Er war es nicht gewohnt, dass dieser Inbegriff der Ruhe und emotionalen Ausgeglichenheit so viel Zynismus in zwei Silben legen konnte.

„Was meinen Sie?" Doblers Stimme vibrierte sogleich vor Aggression.

„Also, das hier deutet nicht wirklich auf einen Mustergefangenen hin. Eher auf einen Prügelproleten." Wilt zeigte auf die grünlich-blauen Überreste einer offenbar kürzlich erworbenen Prellung am linken Wangenknochen.

„Ach, das – das ... war nur eine kleine Meinungsverschiedenheit, nichts Besonderes. Nein, im Ernst, ich gelte als Musterhäftling. Ich habe mir in den vergangenen vier Jahren, neun Monaten und fünf Tagen hier in dieser Strafvollzugsanstalt nichts zuschulden kommen lassen. Und jetzt, jetzt werde ich doch nicht so blöd sein und so kurz vor meiner Entlassung noch etwas anstellen."

„Ihre Entlassung?"

„Na sicher! Herr Hofrat, jetzt halten Sie mich doch bitte nicht für blöd. Ich weiß doch, was heute auf den Nachrichtenseiten im Netz gestanden ist ... dass ein anderer die Morde gestanden hat, deretwegen ich hier einsitze. Also, jetzt legen Sie doch bitte endlich die Karten auf den Tisch! Was wollen Sie von mir wissen?"

„Zum Beispiel – woher kannten Sie Georg Auen?" Ein kurzer Seitenblick zeigte Halb, dass Wilt sofort begriffen hatte, warum er einen leicht verfälschten Vornamen verwendete. Es war zwar nur eine winzige Chance, dass Dobler ihn instinktiv ausbessern und damit zugeben würde, Gregor Auen gekannt zu haben, aber ...

Mit einem inneren Seufzer musste sich Halb eingestehen, dass er im Moment so ratlos war, dass er sich sogar an lächerliche „Georg statt Gregor"-Strohhalme klammerte.

Aber Dobler machte es ihnen natürlich nicht so einfach.

„Georg Auen? Nie gehört! Ich kannte einmal einen Alfred Auer, aber das hilft Ihnen auch nicht weiter. Georg Auen? So hat also der wahre Mörder der Schmiedingers geheißen. Na ja, er ruhe in Frieden."

„Das ist aber sehr großzügig von Ihnen, Herr Dobler."

„Wieso?"

„Na, es wäre doch durchaus verständlich, wenn Sie diesem Auen alle Qualen der Hölle an den Hals wünschen würden. Immerhin ist er dafür verantwortlich, dass Sie ... wie lange, sagten Sie doch gleich?"

Wilt sprang sofort ein. „Vier Jahre, neun Monate und fünf Tage."

„... eben so lange hier drinsitzen."

Als ob er einen Zauber ausgesprochen hätte, begann nach diesem Satz eine unheimliche Veränderung mit Dobler vor sich zu gehen. Der Wandel des leicht verschlagenen Gesichts, das sich, um möglichst keine Emotionen zu verraten, zu einem mühsam antrainierten Dauergrinsen verformt hatte, in eine verzerrte Fratze, die aber auch Spuren von resignativer Weisheit zeigte, war ebenso erschreckend wie beeindruckend.

„Oh nein, meine Herren! So leicht können Sie es sich nicht machen. Es war nicht dieser Auen, der mich hierher verbannt hat. Sie waren es! Sie und Ihre lausigen Ermittlungen! Sie und Ihr Hass auf mich!"

Halb kannte diese Situation aus unzähligen Verhören, und doch war sie jedes Mal neu zu beurteilen. Sollte er auf Doblers Tirade antworten oder nicht? Wenn ja, sollte er betont ruhig argumentieren oder emotionell zurückgeifern?

Er entschied sich für eine Kombination – zuerst kurzes Schweigen und dann eine sachliche Antwort, die an die Reste von Doblers Vernunft appellieren würde. Da er sich mit Wilt quasi blind verstand, genügte ein Blick, um ihre Vorgehensweise abzustimmen.

Fünf, vier, drei, zwei, eins ... „Herr Dobler, wir wollen Ihnen jetzt nicht wie die Oberlehrer mit den erhobenen Zeigefingern kommen, aber Sie wissen ganz genau, dass damals alle Indizien eindeutig gegen Sie gesprochen haben."

„Und Sie wissen ebenso genau, dass ich Ihnen damals erklärt habe, wie es zu dieser tragischen Verkettung all der Umstände gekommen ist, die Sie dann zu Indizien aufgebauscht haben!"

„Abgesehen davon, dass wir nie irgendetwas aufbauschen ... wir sammeln lediglich Beweise, die bei einer ordentlichen Gerichtsverhandlung verwendet werden, um zu einem Urteil zu gelangen. Aber – jetzt einmal abgesehen davon. Bei allem Verständnis für Ihre Wut ... auf Ihre Tat, vielleicht auf Sie selber, auf jeden Fall auf uns. In ruhigeren Minuten werden Sie doch selber erkennen, wie absurd Ihre damaligen Argumente waren!"

Eigentlich hatte Halb mit diesem letzten moralisierenden Satz Dobler provozieren wollen, damit dieser endlich in Schreikrämpfe ausbrechen und dabei irrtümlich ein Detail verraten würde, wann, wo und wie er Auen zu dessen – falschem – Geständnis angestiftet hatte.

Doch ... Stille.

Mit seinen, trotz der Handschellen, ansatzweise vor der Brust verschränkten Händen und dem erstarrten Gesicht erinnerte Dobler an eine seltsame Mischung aus einem trotzigen Fünfjährigen und einem Greis auf seinem Sterbebett.

Nachdem alle Versuche – die drohenden wie die lockenden, die lauten wie die leisen –, Dobler zu irgendwelchen Äußerungen zu bewegen, kläglich gescheitert waren, verließen Halb und Wilt seufzend das Besuchszimmer und wandten sich in Richtung der Verwaltungsräume.

## Dienstag, 7. Mai 2013, 12 Uhr

„Ganz sicher?"

„Ja, Herr Hofrat. Den Strafgefangenen Dobler hat in all den Jahren außer seinem eigenen Anwalt, einem anderen Anwalt, seiner Mutter und einem ehemaligen Schulfreund niemand besucht. Ah ... Moment bitte, da war noch wer. Ein Dennis Sedlacek. Aber der ist erst vor zwei Jahren hier aufgetaucht. Sedlacek, Sedlacek ... da war doch was? Bitte, meine Herren, nehmen Sie doch Platz! Kostet dasselbe wie herumstehen und ist doch viel bequemer. So, warten Sie, ich jage den Herrn Dennis Sedlacek schnell durch unseren Computer. Ah ja, da haben wir's ja schon. Dennis Sedlacek, geboren am 17. September 1978 ... bla bla bla ... wegen Kreditkartenbetrugs verurteilt im September 2008. Zu zwei Jahren und sieben Monaten. Aber der ist nicht bei uns eingesessen. Moment, da kann ich noch hier nachsehen ... ah ja, tatsächlich. Der Herr Sedlacek und der Herr Dobler haben sich in der Untersuchungshaft eine Zelle geteilt. Deshalb sind die befreundet."

„Können Sie sich an die Besuche von Herrn Sedlacek erinnern?"

„Ja, schon. Ganz gut sogar."

„Weil da etwas Besonderes war?"

„Na ja, nein ... also, der Sedlacek, also, der Herr Sedlacek, der sieht meinem Neffen zum Verwechseln ähnlich. Außerdem habe ich damals in den Besuchsräumen Dienst gemacht."

„Und ... Dobler und Sedlacek, die waren also befreundet?"

„Ja schon."

„Befreundet oder ... wie soll ich sagen: sehr sehr eng befreundet?"

„Sehr sehr ...? Ah so, das meinen Sie! Ich weiß schon, das kommt immer wieder vor. Aber in diesem Fall ... nein! Nein, ganz sicher nicht."

„Warum sind Sie sich da so sicher?"

„Wegen des Herrn Dobler. Den Herrn Sedlacek kenne ich, wie gesagt, nicht, der ist ja nie bei uns als Dauergast gewesen. Aber der Dobler – der ist ein richtiger Schwulinator."

„Ein was bitte?" – Halb und Wilt hatten beinahe synchron ihr Erstaunen geäußert.

„Ein ... ah so! Sie kennen den Ausdruck nicht? Dann entschuldigen Sie vielmals. So nennen wir einen richtigen Schwulenhasser, also, so einen, der sich bei jeder Gelegenheit mit einem von denen anlegt. So wie der Dobler eben."

„Ah, deshalb das da?!" – es war Wilt zwar anzusehen, dass er gerade von einem Geistesblitz getroffen worden war und sich deshalb so explosiv freute. Was er aber mit seiner seltsamen Wortkombination und der wilden Bewegung seines linken Zeigefingers vor seinen Wangen meinte, ließ sich selbst für einen langjährigen Toni-Wilt-Kenner wie Halb nicht erschließen.

„Toni, du hast sicher Recht ... aber womit?"

„Na, wegen dem da ..." – wieder schlingerte Wilts Finger vor seinem strahlenden Gesicht herum – „... also, was ich meine. Hat der Herr Dobler erst vor kurzem, sagen wir, in den letzten drei Wochen, eine Auseinandersetzung mit einem ... also, so einem ganz speziellen anderen Strafgefangenen gehabt?“

Endlich begriff Halb das Gestammel und die scheinbar wirre Bewegung seines Mitarbeiters und Freundes. Im Gegensatz dazu hatte der Justizwachebeamte nach wie vor keine Ahnung, was die seltsamen verbalen und motorischen Ausrutscher bedeuten konnten.

„Auseinandersetzung?“ Sein Tonfall verriet allzu deutlich, dass er gerade beschlossen hatte, diesen Beamten des Bundeskriminalamtes wie einen seiner „Kunden“ zu behandeln, wenn der einen Haftkoller zu bekommen drohte.

„Kollege Wilt meint, ob der Herr Dobler sich in den letzten drei Wochen mit einem anderen Strafgefangenen geprügelt hat? Vielleicht sogar wegen einer homosexuellen Annäherung des anderen?“

„Ah sooo!“ – dem armen Angesprochenen war die Erleichterung ins plötzlich wieder offen lächelnde Gesicht geschrieben. „Ja ... und nein! Prügelei ja, aber diesmal ging’s um eine blöde Bemerkung, die der Dobler über den Musikgeschmack eines anderen Strafgefangenen gemacht haben soll. Der hat daraufhin sofort losgeprügelt, und der Dobler hatte im Nullkommanix eine blaue Backe, die sich gewaschen hat. Aber im Grunde war das nichts Besonderes, so was passiert hier selbst unseren Musterknaben immer wieder, da kann man halt nichts machen.“

## Dienstag, 7. Mai 2013, 16 Uhr

Halb war beinahe gerührt. Eigentlich hatte er nicht mehr erwartet, Helli Drobatschnig noch im Büro anzutreffen. Aber als er genüsslich in seinen über Jahrzehnte zurechtgesessenen Stammsessel versank, merkte er sofort, dass sie ihren Halbtagsjob heute offenbar etwas ausdehnen wollte. Er sah sie zwar nicht, aber allein an der frischen Tasse Darjeeling first flush an seinem Platz erkannte er ihre wohltuend bemutternde Anwesenheit. Allen anderen duftete das „volkseigene Kokain", wie Halb Kaffee abschätzig zu nennen pflegte, stark und heiß entgegen.

„So, bitte" – mit frischen Süßigkeiten aus der Konditorei gegenüber schwebte die gute Seele des Büros als Letzte herein. Halb hatte sich in all den Jahren das „ius primae tortae", das Recht des ersten Tortenstücks erworben. Daher beluden auch diesmal alle anderen ihre Teller erst, nachdem er sich sein geliebtes Stück Malakofftorte genommen hatte. Mitten ins andächtige Schweigen der kauenden Genießer hinein betrat Hofrat Straka Halbs Büro. Als er das leere Kuchentablett sah, war ihm seine Enttäuschung so deutlich anzusehen, dass ihm Halb den Rest seines Tortenstücks hinhielt.

„Ah, Ernst, entschuldige bitte, mit deinem Besuch haben wir gar nicht gerechnet. Magst du noch ein paar Bissen Malakofftorte?"

„Oder von der Sachertorte?" „Oder meiner Linzer Schnitte?" „Ich könnt Ihnen noch etwas von meinem Nussstrudel anbieten." „Guglhupf gefällig?" Im Chor der willigen Mehlspeisspender hatte nur der Ingeniöhr gefehlt – als er von seinem Teller aufsah, merkte man auch, warum. Die Schaumrolle, die er offenbar in nur drei Bissen verschlungen hatte, hatte einen Teil ihrer cremigen Füllung an seine Mundwinkel eingebüßt. Mit einem „Leider, Herr Hofrat, ich hab nix mehr!“ leckte er sich genüsslich auch diese Reste von den Lippen.

Nach einem kurzen Kampf mit seinem inneren Schweinehund winkte Hofrat Straka dankend ab. „Nein, sehr lieb, aber wir sind heute Abend noch bei einer Veranstaltung mit großem Buffet eingeladen. Und ich will nicht, dass mich meine Frau noch mehr schimpft wegen meiner langsam etwas zu barocken Leibesfülle.“ Als ihm bewusst wurde, dass er nun doch um einen Hauch zu privat geworden war, errötete er kurz und setzte sich mit seiner ganzen Würde ans obere Ende des Tisches.

„Also, was konnten Sie schon eruieren? Ludwig, du warst doch mit Kollegen Wilt beim Dobler in Stein.“

„Ja – allerdings sind wir nicht sehr viel klüger. Dobler selber hat nach kurzem Gespräch auf Schweigen-wie-ein-Grab umgeschaltet und kein einziges Wort mehr gesagt. Und vorher hat er zwar gesprochen, aber eigentlich auch nichts gesagt. Zumindest nichts, was uns geholfen hätte. Natürlich hat er noch nie von diesem Auen gehört. Selbstverständlich ist er der Meinung, dass ebendieser Auen der wahre Täter ist. Klarerweise haben wir ihn damals nur aus Hass auf ihn verhaftet und verurteilt ... alle hätten sich gegen ihn, das arme unschuldige Opfer einer bösartigen Justiz, verschworen! Et cetera et cetera bla bla ... das Übliche halt.“

„Und sonst habt ihr nichts in Erfahrung gebracht?“

„Doch – und zwar, dass unsere Bitte um Nachrichtensperre offenbar nichts genützt hat! Der Dobler hat schon von Auens Geständnis gewusst ... und zwar aus dem Internet. Ernst, hast du eine Ahnung, wer da nicht den Mund gehalten hat?“

„Dazu kann ich vielleicht was sagen." – noch bevor Hofrat Straka zu diversen Ausflüchten ansetzen konnte, hatte Magistra Planner das Wort an sich gerissen.

„Ich war doch im Marienspital, und da habe ich erfahren, dass dieser Auen auf der Herzstation in einem Zweibettzimmer gelegen ist. Und jetzt ratet, neben wem."

Sie wusste bereits, dass sie solche Momente des Pseudotriumphs nicht überdehnen durfte, da Halb nach nur drei Sekunden des Wartens auf eine Antwort explodieren konnte. Sie setzte daher rasch fort. „Hans Blaha."

„Meinst du den Journalisten? Den selbsternannten Aufdecker der Nation?"

„Genau den. Und als sein Zimmernachbar gestorben ist, hat der Herr Blaha sofort begonnen, nachzubohren. Vermutlich war das am Anfang rein aus ... ja, wie soll ich sagen? Der kann gar nicht mehr anders, als lästige Fragen zu stellen."

„Offenbar mit Erfolg." Halb hatte die „Blutlust-Schreiber", wie er die Lokal- und Gerichtsreporter gerne verspottete, immer schon verachtet. Aber jetzt hätte er einige von ihnen am liebsten als Inhalt ihrer eigenen Schlagzeilen gesehen. „Na gut, kann man halt nichts machen. Jetzt wissen wir wenigstens, warum Dobler so schnell davon erfahren hat. Ja ... was können wir zwei sonst noch aus Stein berichten? Toni, sag du's ihnen." Genüsslich nahm Halb einen Schluck Tee.

„Zwei Sachen noch. Zum einen haben wir erfahren, dass Dobler in all den Jahren in der Haft nur von seinem eigenen Anwalt, einem anderen Anwalt, seiner Mutter und einem ehemaligen Schulfreund besucht worden ist. Und zum anderen – Dobler gilt als einer der Häftlinge, die auf Schw..., also auf allzu intensive Annäherungsversuche anderer Insassen mit brutaler Gewalt reagieren."

Es war deutlich zu erkennen, wie rasch jede und jeder der Anwesenden Wilts elegante Umschreibung begriff. Am hübschesten war die Mimik Hofrat Strakas anzusehen, dessen Wangen sich schon wieder einen Hauch rot färbten.

„Ja, und ... also, bringt uns diese Erkenntnis weiter?"

„Nicht wirklich, Ernst. Auf jeden Fall können wir jetzt ausschließen, dass Dobler je in Auen verliebt gewesen sein könnte. Leider gilt dieser Schluss nicht auch in der umgekehrten Richtung."

„Schade! Was wissen wir noch? Frau Magistra, sonstige Informationen aus dem Marienspital?"

„Ja, also, Herr Hofrat" – es war ein richtiges Augen-Pingpong, das Verena Planner mit ihren beiden Vorgesetzten spielte. Zuerst ein bejahender Blick zu Straka, dann ein fragender Blick zu Halb, an wen sie ihren Bericht erstatten solle. Auf Halbs Augenrollen hin wieder ein lächelnder Blick zu Straka. „Und ich war auch ganz brav, so wie Sie es mir aufgetragen haben. Wobei, das Erstaunliche war, dass ich gar nicht hätte drohen müssen – keiner von den Ärzten oder den Schwestern hat sich hinter seinem Arztgeheimnis verschanzt, sie haben alle bereitwillig Auskunft gegeben. Nur! Die wussten nichts, was uns irgendwie weiterhilft. Dass Herr Auen am zweiten Herzinfarkt innerhalb weniger Tage verstorben sei. Dass man ihm vielleicht hätte helfen können, wenn er viel früher gekommen wäre. Wie gesagt, das Medizinische war für uns uninteressant ... bis auf ein Detail vielleicht. Auen hatte seltsame Narben auf dem Rücken – als ob er irgendwann einmal ausgepeitscht worden wäre. Ah ja, und noch etwas.

In seinem Blut konnten Malariaerreger nachgewiesen werden."

„Hilft uns das?"

„Na ja, das mit der Malaria weniger, das mit den Narben eher. Aber es kommt noch besser! Wie gesagt, das medizinische Personal war nett, aber was sie erzählt haben, war nicht sehr informativ. Ich bin dann natürlich noch in die Krankenhausverwaltung gegangen. Und dort war man zwar recht unfreundlich zu mir, aber dafür habe ich etwas Ungewöhnliches erfahren." Wieder wollte Planner die Spannung mit einer Kunstpause steigern, aber wieder fiel ihr Halbs cholerische Ungeduld ein, und sie beeilte sich fortzufahren. „Ja ... also, offiziell war der Herr Auen bei der SOZUPA, der ‚Szoloi Zellstoffprodukte und Papier Großhandel GmbH' angestellt, aber als die Krankenhauskanzlei dort angerufen hat, wem sie die Bestätigung über die Verlängerung von Auens Krankenstandsmeldung schicken solle, hat bei der SOZUPA niemand je den Namen Auen gehört gehabt. Merkwürdig, nicht? Worauf ich zuerst bei der Sozialversicherung angerufen habe. Dort hat man mir zwar bestätigt, dass ein Herr Gregor Auen ordnungsgemäß sozialversichert sei. Aber! Wieder etwas Seltsames ... Auen tauchte erst mit Herbst 2010 – um genau zu sein, im Oktober 2010 – in deren Dateien auf. Vorher scheint dieser Mann nicht auf! Kein Gregor Auen war je bei irgendeiner der österreichischen Sozialversicherungen gemeldet gewesen. Zumindest keiner mit seinem Geburtsdatum, 31. Juli 1972."

„Na ja, vielleicht war er Ausländer?"

„Nein, laut seinen Daten war er österreichischer Staatsbürger."

„Dann hat er vielleicht im Ausland gelebt? ... das würde auch die Malaria erklären."

„Ja und nein. In dem Videogeständnis, da hat der Auen doch gesagt, dass er sich nach dem Mord ins Ausland abgesetzt hat. Das heißt doch, dass er vorher hier in Österreich war. Und demnach hätte er auf jeden Fall schon früher einmal eine österreichische Sozialversicherungsnummer haben müssen. Aber eben genau die hatte er nicht!"

„Und, Frau Magistra, was schließen Sie daraus?"

„Dass mit dem Herrn Auen etwas nicht stimmt."

„Und, hast du dir schon seine persönlichen Sachen ansehen können?"

„Seine persönlichen Sachen?" – Planner sah Halb mit großen und erschrockenen Augen an. „Au Mist, das habe ich vollkommen vergessen."

„Mein Gott, Verena, du bist doch nicht erst seit gestern bei uns! Also gut, dann gehst du gleich morgen in der Früh noch einmal ins Marienspital und holst das nach. Und bitte schau besonders drauf, dass du auch seine Fingerabdrücke bekommst. Und den Schlüssel von seiner Wohnung. Weil als Nächstes …"

„… marschiere ich mit den Kriminaldienstlern dorthin und lasse die Wohnung komplett auf den Kopf stellen. Alle Arten von Spuren, Fingerabdrücke et cetera …"

„Genau! Und was hast du bei der SOZUPA herausgefunden?" Dankbar lächelte Planner Halb zu, der ganz selbstverständlich annahm, dass sie nicht auf alles vergessen hatte.

„Tja, da wurde es dann vollkommen skurril. Allein schon die Räumlichkeiten – diese Firma sitzt … nein, falsch. Sie logiert in einem völlig verwahrlosten Haus im 1. Bezirk, gleich in der Nähe vom Stephansdom. Wenn du davorstehst, wirkt es so, als ob das Ganze in den nächsten Minuten zusammenbrechen würde. Dann gehst du durch den Torbogen … und stehst plötzlich in einem riesigen und wunderschön begrünten Innenhof eines mächtigen Vierkanters. Mitten in der Innenstadt! Das Stiegenhaus – Stiege sieben, rechts hinten im Eck – wirkt wieder so, als ob es seit dem 17. Jahrhundert kein einziges Mal aufgewaschen worden wäre. Und dann, im zweiten Stock, die Firma SOZUPA. Ich habe ja nur die vorderen Räume gesehen, aber ich schätze, die haben dort locker ihre sechshundert Quadratmeter. Echt gediegen! Wie aus einer längst versunkenen Welt. Und so ähnlich wirkte auch die Dame, die mich dann äußerst freundlich begrüßt hat ... wobei ich eher den Eindruck hatte, sie würde mich abfangen, damit ich ja mit niemandem außer ihr sprechen könnte. Ja, sie bitte vielmals um Entschuldigung, die junge Kollegin, die mit dem Krankenhaus telefoniert hat, sei erst seit kurzem in der Firma. Und deshalb habe sie den armen Herrn Auen nicht gekannt. Das sei natürlich ein bedauernswertes Missverständnis gewesen, sonst nichts. Und dann hat sie mich sehr elegant zur Tür hinauskomplimentiert. Daraufhin habe ich noch einmal im Marienspital in der Verwaltung angerufen und die Dame dort gefragt, ob sie sich erinnern könne, wie viele SOZUPA-Mitarbeiter sie damals bei ihrem Telefonat nach dem Herrn Auen gefragt hat. Sie meinte, dass sie mindestens mit vier verschiedenen Damen und Herren gesprochen habe – und niemand von denen hatte den Namen Auen je gehört. Also, dass das nur eine einzige ach so junge Kollegin gewesen wäre – davon kann keine Rede sein. Schon wieder seltsam, nicht wahr? Ich weiß zwar noch nicht was, aber irgendetwas stimmt da nicht!“

„Stimmt! Also, dass da was nicht stimmt.“ Da alle seine Vorliebe für große Auftritte kannten, konnte Perikles Mayer auch mit diesem Versuch eines Wortspiels lediglich ein mattes „Ah so? Na geh?“ ernten. Leicht indigniert hob er einen dicken Aktenordner hoch und ließ ihn wirkungsvoll auf den Tisch knallen. „Wisst ihr, was da drin alles über den Herrn Auen steht? Hier, in den Dateien dieser Welt, in den Listen von Interpol, in ...“

„Ingeniöhr, ich bitt dich, mach's nicht so spannend. Was?“ Dass Halb Perikles Mayer mit – für seine Verhältnisse sehr sanften – Worten zurechtwies, war vor allem seiner eigenen Unfähigkeit im Umgang mit der modernen Technik zuzuschreiben. Er hasste zwar jegliches „inter-un-nette Computerzeugs“, aber er wusste ganz genau, dass heutige Ermittlungsmethoden ohne IT-Spezialisten wie dem Ingeniöhr nicht mehr funktionieren konnten. Zumindest hatte er das bis jetzt geglaubt.

„Nichts!“ Um dem Ganzen noch mehr Effekt zu verleihen, ließ Mayer die Hälfte der Blätter wie bei einem Daumenkino an seiner Fingerkuppe vorbeisausen. „Nada, niente, nothing!“

Seine theatralische Geste war selbst für Halbs Hochachtung vor Mayers Computerfähigkeiten zu viel.

„Wie bitte?“ Gemessen an der Kälte dieser zwei Worte hätte sich sogar ein antarktischer Fallwind warm anziehen müssen. „Du erlaubst dir hier so einen pubertären Auftritt, nur um uns mitzuteilen, dass du nichts gearbeitet und daher nichts gefunden hast?“

„Nein, nein, Chef, entschuldige ... nein, das hast du missverstanden! Ich wollte nur sagen, dass ich trotz stundenlangen Stöberns in den verschiedensten Polizei-, Bank-, Versicherungs-, und was auch immer ich noch für Dateien einsehen konnte, über einen Herrn Gregor Auen, österreichischer Staatsbürger, geboren am 31. Juli 1972, nichts, aber auch gar nichts gefunden habe. Bis auf seine Sozialversicherungsdaten, aber von denen hat ja schon die Verena berichtet.“

„Das bedeutet, dass wir uns also sicher sein können, dass an diesem Herrn Auen irgendwas faul ist. Und das wiederum lässt den Schluss zu, dass auch dessen Geständnis vermutlich nicht stimmt. Nur, die entscheidenden Fragen bleiben offen.“ Wie ein wohlwollender Volksschullehrer blickte Halb in die Runde – es war fast erstaunlich, dass niemand der Anwesenden ungeduldig aufzeigte und „Ich, Herr Lehrer, ich!“ rief, wie es in einer willigen Klasse am Platz gewesen wäre.

„Chef, du meinst die, die du schon gestern formuliert hast? Woher konnte Auen dieses eine Detail wissen, von dem auch wir erst nach dem Prozess erfahren haben ... es sei denn, er war doch der Täter? ... was du aber nicht glaubst. Und ... warum sollte dieser Auen überhaupt die Schuld an dem Verbrechen auf sich nehmen wollen?“

„Ja, genau. Hat eine oder einer von euch vielleicht schon eine Idee?“ Es war, als ob alle außer Halb synchron mit einer Übung zur Entspannung ihrer Nackenmuskulatur begonnen hätten. Ganz langsam drehten sie ihren Kopf nach links, dann nach rechts – dabei zeigte das leise Knirschen ihrer Halswirbelsäulen, dass ihnen solche Übungen auch unabhängig vom Verneinen Halb'scher Fragen gut getan hätten.

„Na gut ... oder besser gesagt, nicht gut. Auf jeden Fall ... mein lieber Schwejk“ – Halbs Blick wandte sich voll triefender Ironie Mayer zu, obwohl er mit Haschek sprach – „hast auch du deinen großen Auftritt. Bitte um deinen Bericht.“

„Ja, also ...“ – das Räuspern ließ offen, ob ihm der verbale rote Teppich, den ihm Halb ausgerollt hatte, unangenehm war oder ob er ihn genoss. „Ich sollte ja noch einmal die damaligen Ermittlungs- und Prozessakten durchkämmen und unsere Erinnerung auffrischen. Um es kurz zu machen ... über die damalige Tat brauche ich nichts zu sagen, von der haben wir ja zur Genüge im Videogeständnis von diesem Herrn Auen – oder wer immer das gewesen sein mag – gehört. Am Anfang der Ermittlungen haben wir damals wirklich nur im Dunkeln herumgestochert, es gab keine brauchbaren Spuren. Ein erster Durchbruch ist uns dann gelungen, als uns die Kollegen den Tipp gegeben haben, dass sich damals in der Gegend um die Villa der Opfer eine ganze Einbruchsserie ereignet hat – in vier Wochen drei Einbrüche –, die mit dem Dreifachmord abgerissen war. Bei all diesen war vor allem Schmuck gestohlen worden, der oder die Täter waren offenbar Profis – die Safes waren alle ohne großen Aufwand geknackt worden. Beim letzten Einbruch vor den Morden hatte zumindest einer der Täter allerdings nicht nur Schmuck, sondern auch eine Kleinkaliberwaffe mitgehen lassen. Da die Besitzer dieser Villa begeisterte Sportschützen waren und im Keller einen – völlig legalen – Schießstand hatten, konnten die Kollegen damals intakte Projektile auch aus der gestohlenen Waffe sicherstellen."

„Entschuldige, Schwejk, aber ... das versteh ich jetzt nicht. Wieso waren die Projektile intakt? Bei einem Schießstand?"

„Die haben dort unten auf eine dicke Holzfaserplatte geschossen, da sind die Projektile quasi unverletzt drin stecken geblieben. Und zwar nur mit ihren eigenen Waffen ... selbst Gäste haben die Waffen der Gastgeber benützt. Natürlich wurden alle Projektile herausgeschält und mit den anderen, nicht gestohlenen, Waffen abgeglichen ... logischerweise waren die, die dann noch über waren, aus der gestohlenen Kleinkaliberwaffe. Und dann die Sensation! Die Projektile, mit denen die Schmiedingers getötet worden waren – die stammten aus ebendieser gestohlenen Pistole. Da es keinen einzigen Grund gab, anzunehmen, dass die Besitzer der Beretta den Einbruch nur fingiert und dann Schmiedingers ermordet hätten, sind wir ab dann vom Szenario eines missglückten vierten Einbruchs ausgegangen. Ein Safeknacker, der gestört wird und die Nerven verliert."

„Entschuldige die Unterbrechung, aber wieso seid ihr euch damals so sicher gewesen, dass es so abgelaufen sein könnte? Weil ... der klassische Safeknacker, der hat doch keine Waffe bei sich. Der will doch auf keinen Fall schießen."

„Verena, ja ... schon. Das war dann auch die einzige Frage, die bis zum Schluss offen geblieben ist. ... eigentlich bis heute! Weil – der Dobler hat ja bis zum heutigen Tag nie ein Geständnis abgelegt ... und logischerweise hat er uns dieses Detail daher auch nie erklären können. Ja, so war das ... ah ja, etwas Wichtiges habe ich noch vergessen. Bei dem Einbruch mit dem Waffendiebstahl fanden die Kollegen auch Fingerabdrücke. Offenbar war dem Täter ein Stück einer Naht seines Handschuhs geplatzt, und zwar am Ringfinger der linken Hand, ohne dass er es bemerkt hatte. Auf jeden Fall gab es deutliche Teilabdrücke, die aber leider in keiner Datei gespeichert sind. Ah ja, noch etwas – es gab mehrere Zeugen, die in den Nächten vor den vorangegangenen Einbrüchen jeweils einen Mann gesehen hatten, der stundenlang vor den Villen in einem Auto gesessen war und die Häuser beobachtet hatte. Nach den Beschreibungen dürfte es immer derselbe Mann gewesen sein. Merkwürdig war allerdings, dass die Zeugen ganz eindeutig sehr unterschiedliche Fahrzeuge beschrieben hatten – vor dem ersten Einbruch war's ein Van, vor dem zweiten ein zweitüriger Stadtflitzer und vor dem dritten ein Kleinbus. Aber! In zwei Details stimmten die Aussagen großteils überein, und zwar in der Farbe der Autos und darin, dass alle drei Fahrzeuge einen gelben Firmenaufkleber gehabt hatten. Wir haben daraufhin natürlich österreichweit alle Firmen mit gelben Logos und solchen Wagen überprüft, aber bei keiner war auch irgendein Auto gestohlen worden. Und beim Abgleichen der Listen aller Mitarbeiter mit unserer Einbrecherdatei fand sich auch keine Übereinstimmung ... zumindest bei keinem, der nicht ein wirklich perfektes Alibi für die Zeit der Einbrüche und des Dreifachmords gehabt hatte. Das schien also eine Sackgasse zu sein. Aber dann trat unser liebster Kollege – ‚Kommissar Zufall', wie unsere deutschen Freunde sagen würden – auf den Plan. Bei einem routinemäßigen Planquadrat fiel den Kollegen ein sichtlich betrunkener Autofahrer auf, der sich weigerte, ins Alkoröhrl zu blasen. Also, ab mit ihm zur offiziellen Blutabnahme beim Amtsarzt. Und der war zufälligerweise ein Uhrenfreak. Daher fiel ihm auf, dass dieser Mann eine ‚Lange 1' in Rotgold trug. Was aber wiederum irgendwie nicht zu diesem Betrunkenen passte – bei einer ersten Befragung gab er an, seit Monaten arbeitslos zu sein. Zuerst dachten die Kollegen naheliegenderweise an Diebstahl, aber bei näherer Überprüfung der Uhr sahen sie dann die Gravur am Boden. Na ja, die Schmiedinger-Morde waren natürlich sowohl in den Medien als auch in Polizeikreisen ein heißes Thema gewesen – mit allen Details. Und da war auch von einer gestohlenen Uhr wie dieser die Rede gewesen ... noch dazu mit der Gravur ‚Meinem geliebten Ferdi – Deine Eba' ... die Ermordete hatte nämlich Elisabeth geheißen und wurde ..."

„Wart einmal, Schwejk!“ Die Gravur hat wörtlich ‚Meinem geliebten Ferdi – Deine Eba‘ gelautet? Genau so?“

Verunsichert blickte Haschek zu Halb. „Ja, Chef, ich nehme nicht an, dass wir das damals falsch notiert hätten.“

„Gut! Da ist etwas, was ... ich kann's nicht erklären. Irgendetwas will mir mein Hirn sagen, aber ich versteh's im Moment nicht. Egal – bitte fahr fort.“

„Ja, ich bin sowieso schon fast am Ende. Dieser Betrunkene war Dobler. Und er hatte eindeutig jene Uhr am Handgelenk, die bei Schmiedingers gestohlen worden war. Ja ... und dann haben unsere Ermittlungen eben ergeben, dass Dobler nicht nur der Safeknacker war, sondern auch der Mörder sein musste. Soll ich noch die restlichen Indizien aufzählen? Und, vielleicht sollte ich auch noch vom Prozess berichten – ich mein, sowohl die Verena wie der Ingeniöhr sind ja erst nach dieser Geschichte zu unserem Team gestoßen und ...“

„Nein danke, Schwejk! Jeder nimmt sich eine Kopie der Akten mit nach Hause und liest die bis zur morgigen Dienstbesprechung um neun Uhr dreißig.“

„Neun Uhr dreißig, Ludwig? Offiziell haben wir um acht Uhr Dienstbeginn. Wenn du uns also wenigstens um neun Uhr mit deiner Anwesenheit beglücken könntest, dann ...“

„Ernst! Bitte, ärgere mich nicht! Erstens willst du doch, dass wir bzw. ich und meine Leute diesen Fall aufklären, oder? Eben, und dafür müssen wir alle ausgeschlafen und topfit im Hirn sein. Und das bin ich erst um – frühestens! – neun Uhr dreißig! Außerdem ... darf ich dich daran erinnern, dass es jetzt siebzehn Uhr einundfünfzig ist! Das heißt, ich bin seit neun Uhr, also seit acht Stunden einundfünfzig Minuten im Dienst.

Da rechne ich gar nicht die Zeit dazu, in der ich mir schon gestern Abend und in der Nacht meinen Kopf über den Fall zerbrochen habe. Zudem habe ich ja gerade gesagt, dass jeder von uns noch Hausaufgaben machen soll. Also – Schluss für heute, auf Wiedersehen morgen um halb zehn! So, und wer kopiert mir jetzt die damaligen Ermittlungs- und Prozessakten, damit auch ich mein Gedächtnis zu Hause ...“ – bei der Betonung dieses Wortes warf Halb einen Blick auf seinen langjährigen Weggefährten, Vorgesetzten und „Zeitweise Freund“ Straka – „... etwas auffrischen kann?“

„Hier bitte, Chef.“ – mit breitem Lächeln hielt ihm Haschek den etwa zwanzig Zentimeter hohen Stapel entgegen. Drobatschnig hatte inzwischen eine stabile Plastiktasche aus einer ihrer Laden herausgekramt, in der die Akten in einem Rutsch verschwanden.

„Und ihr?“

„Wir lesen die Akten als PDFs, also, elektronisch. Ich hab sie schon auf diese USB-Sticks kopiert.“ – dabei zeigte Haschek auf kleine bunte Vierecke, die Halb für Kaubonbons gehalten hätte.

„Und die steckt man sich wohin?“

Helli Drobatschnig begann als Erste schallend zu lachen. „Auf keinen Fall auf den Hut! Nein, diese Dinger steckt man am Computer an, und dann kann man die darauf gespeicherten Dateien auf dem Bildschirm lesen.“

„Aber nur, wenn man den Adobe Reader installiert hat. Aber das habt ihr alle natürlich. Ist ja automatisch bei Windows dabei, soviel ich weiß.“ Eigentlich hätte es Halb ja egal sein können, aber ... doch, er genoss die verblüfften Blicke noch, als er das Büro schon lange verlassen hatte.

## Dienstag, 7. Mai 2013, 18 Uhr

Der wahre Grund für seinen eiligen Aufbruch hatte natürlich nur zu einem Teil mit den langweiligen Ermittlungs- und Prozessdetails von damals zu tun gehabt. Weit schlimmer war, dass Halb bei einem Darjeeling-Schluck siedendheiß einfiel, dass er heute noch Tee kaufen wollte. Zwar hatte sein Lieblingsgeschäft bis neunzehn Uhr geöffnet, aber schließlich musste er für die Hinfahrt dreißig Minuten rechnen, und die verbliebene halbe Stunde würde mit Müh und Not für die heilige Handlung des Teekaufs reichen. Bei diesem Gedanken musste er innerlich heftig lächeln – ein Teekauf als „heilige Handlung"! Jetzt wären doch Gottesfanatiker unterschiedlichster Religionsschattierungen sicher entsetzt! Halb seufzte zufrieden – ja, es schien ein schöner Abend zu werden.

Nachdem er zu Hause dann seine diversen Darjeeling-, Assam- und Ceylon-Schätze ausgepackt und in die entsprechenden silberfarbigen Behälter umgefüllt hatte, gönnte er sich zuerst einmal eine Tasse und konzentrierte sich voll auf den göttlichen Geschmack. Erst nach dieser „heiligen Handlung, Teil zwei" war er bereit für die letzte Arbeitsetappe des Tages und fischte nach den Akten.

Die Uhr! Er erinnerte sich an das edle Stück in Rotgold. Zu schön und zu wertvoll, um beim Skifahren womöglich Schaden zu nehmen. Deshalb war sie im Safe gewesen. „Meinem geliebten Ferdi – Deine Eba" – jetzt hatte er die Gravur wieder deutlich vor sich. Und schon wieder spürte er dieses ganz leichte Hirnjucken. Sein Gedächtnis wollte ihm irgendetwas sagen, aber die unerbittliche Kalkschicht seines alternden Haupt-Organs ließ die Information nicht durch.

Bei den Verhören hatte Dobler damals Stein und Bein geschworen, den edlen Zeitmesser bei einem kleinen Hehler gekauft zu haben. Als sie den vermeintlichen Verkäufer überprüfen wollten, hatten sie nur dessen Nach-Nachfolger angetroffen ... was aber bei diesem Berufsstand und diesem Grätzel keine Überraschung gewesen war. Die Beschreibung des angeblichen Verkäufers der gestohlenen Uhr, die Dobler zu Protokoll gegeben hatte, hatte Halb sofort an den „lässigen Kurt“, eine bekannte Größe der Wiener Unterwelt, erinnert. Die Sache hatte allerdings einen Haken – Kurt Schulka war zum von Dobler angegebenen Zeitpunkt im „Landl“, dem Landesgericht für Strafsachen Wien, in U-Haft gesessen. Da Schulka noch dazu etliche Male in diversen Zeitungen abgebildet gewesen war, waren sie damals zum Schluss gekommen, dass Dobler ihnen in seiner Not den einzigen Hehler, den er – wenn auch nur aus der Zeitung – gekannt hatte, auf dem silbernen Tablett serviert hatte. Als sie ihm von der Haft Schulkas erzählten, hatte Dobler dann den über seine mangelnde Erinnerung Entsetzten gespielt – mein Gott, wie hatte er das nur durcheinanderbringen können. Der Hehler, der ihm die Uhr verkauft hatte, sei ein großer Mann mit beginnender Glatze gewesen ... und dann hatte er die Beschreibung einer Fabelfigur aus dem Ärmel geschüttelt. Beim schärferen Nachfragen hatte Dobler die Einzelheiten wieder durcheinandergebracht – was die Ermittler nicht im Geringsten verwundert hatte, da in solchen Situationen rasch zusammengedichtete Details selten genau reproduziert werden konnten.

Und wie war das mit den unterschiedlichen Autos gewesen, alle rot mit gelbem Firmenaufkleber? Halb blätterte weiter ... ah ja! Jetzt erinnerte er sich ganz genau – als sie Doblers Lebenslauf durchforstet hatten, waren sie auch auf eine Elektrofirma gestoßen, bei der Dobler bis zwei Monate vor dem ersten Villeneinbruch gearbeitet hatte. Im Zuge der Ermittlungen in dieser Firma hatte sich dann ein weiterer Hinweis auf Dobler ergeben. Dem Firmenchef war bereits aufgefallen, dass manchmal die Kilometerstände, die am Abend notiert worden waren, mit denen vom nächsten Morgen nicht ganz übereinstimmten. Aber da es jedes Mal nur ein paar Kilometer Differenz gewesen und die scheinbaren Fehler außerdem bei verschiedenen Autos vorgekommen waren, hatte man dem keine Bedeutung zugemessen. Sein Team und er wie auch dann die Geschworenen hatten diese Erkenntnisse dahingehend interpretiert, dass Dobler während seiner Arbeit in jener Firma ganz in Ruhe alle Wagen- wie auch den Garagentorschlüssel nachgemacht hatte, um sich dann jeweils eines der Autos für die Beobachtungstouren vor seinen Villeneinbrüchen „auszuborgen".

Das Finale der damaligen Serie an Verhören war schließlich eine große – und irgendwie auch großartige – Tragödie gewesen. Da die Teilabdrücke, die sie beim dritten Einbruch unter anderem auf der Safetür gefunden hatten, eindeutig zu Doblers linkem Ringfinger passten, hatte er dann gleich alle drei Diebstähle in Bausch und Bogen zugegeben. Im selben Atemzug hatte er aber hoch und heilig geschworen, niemals in die Schmiedinger-Villa eingestiegen zu sein. Dobler hatte alle Register der Schauspielkunst gezogen. Er hatte gewinselt, geweint, gebrüllt und geschwiegen. Aber gestanden hatte er die Schmiedinger-Morde nie.

Selbst nicht, als sie ihm vorgehalten hatten, dass alle drei Opfer mit genau der Waffe erschossen worden waren, die er beim letzten der Einbrüche vor der Bluttat gestohlen hatte. Stattdessen hatte er sich in abenteuerliche Geschichten geflüchtet. Er habe Waffen immer gehasst! Er habe diese Beretta nur deshalb gestohlen, weil er sich sicher war, sie gut verkaufen zu können. Und genau das habe er am Tag darauf auch gemacht – er habe sogar einhundert Euro dafür bekommen. An das Aussehen des Käufers hatte sich Dobler natürlich nicht mehr erinnert – was ja auch sinnlos gewesen wäre, weil die Waffe dann wohl noch etliche Male den Besitzer – oder besser Benützer – gewechselt hätte.

Kein Geständnis! Bis heute nicht.

Halb schloss seufzend den Akt. Er hatte solche reinen Indizienprozesse immer gehasst. Und den Dobler'schen erst recht!

Die Geschworenen waren sich einig gewesen, dass Patrick Dobler in der Nacht vom 5. auf den 6. Dezember 2007 Doktor Ferdinand Schmiedinger, dessen Frau Elisabeth sowie den dreijährigen Sohn der beiden aus niedrigen Motiven erschossen hatte. Das Gericht folgte den Geschworenen, das Strafmaß war dann Formsache – es hatte nur auf „Lebenslange Haftstrafe" lauten können.

### Mittwoch, 8. Mai 2013, 8 Uhr

„Guten Morgen, Helli."

„Guten Morgen, Herr Hofrat. Na so was ... entschuldigen Sie bitte die Frage, aber wieso sind Sie denn schon um acht Uhr früh auf? Und sogar schon am Telefon!"

„Mich hat diese ganze Geschichte bis in den Traum verfolgt. Daher habe ich heute schon viel Zeit gehabt, das weitere Vorgehen zu planen. Haben Sie Papier und einen Stift bei der Hand? Also ... zuerst machen Sie bitte einen Rundruf – die Besprechung um neun Uhr dreißig findet nicht statt, weil ... zweitens, fragen Sie bitte bei Schmiedingers nach, ob Schwejk und ich heute um, na, sagen wir zehn Uhr, vorbeikommen können. Verraten Sie bitte noch keine Details. Wobei – egal, weil vermutlich haben die von dem neuen Geständnis gehört und ...“

„Entschuldigen Sie, wenn ich unterbreche, aber ... Herr Hofrat, unser Fall ist heute in allen Zeitungen – bei zwei davon haben wir es sogar auf die Titelseite geschafft.“

„Na, das freut uns aber ganz besonders! Gut, also, dann werden die Schmiedingers ja schon auf unseren Besuch warten. Wenn die Herrschaften für uns Zeit haben sollten, rufen Sie mich bitte noch einmal auf meinem privaten Telefon an, weil ich würde dann gleich von mir zu Hause aus hinfahren und den Schwejk direkt dort treffen. Er weiß sicher noch, wo das ist, er war ja bei den damaligen Ermittlungen dabei. Drittens ... die Verena soll bitte noch einmal ins Marienspital fahren und ihre gestrige Nachlässigkeit ausbügeln. Wenn sie die Sachen von dem Auen hat und dessen Privatadresse weiß – wie gesagt, Wohnung durchsuchen, das volle Programm. Viertens ... der Toni soll den Dennis Sedlacek, den Zellengenossen vom Dobler aus der U-Haft, suchen und ihn zu uns bringen. Er soll ihm aber ja keine Angst machen – wir bräuchten ihn als wichtigen Zeugen, er könnte uns vermutlich enorm weiterhelfen, wir wären ihm sehr dankbar, et cetera et cetera ... der übliche Schmus halt. Fünftens ... ja, dürfte ich Sie bitten, mit den Nachbarkollegen von der Eigentumskriminalität zu reden, ob es bei den drei anderen Villeneinbrüchen damals auch nur den Hauch einer Verbindung zwischen Dobler und Auen hätte geben können? Irgendwas – irgendeine Verwandtschaft, Freundschaft ... ich weiß selber nicht. Darf ich Ihnen das auflasten?“

„Was heißt hier auflasten? Mit Vergnügen mach ich das!“

„Fein. Ja, und sechstens – wenn schon der Ingeniöhr über den Auen gar nichts herausfinden konnte, soll er noch den Dobler elektronisch durchleuchten. Vielleicht haben wir damals im Zuge der Ermittlungen irgendein Detail übersehen, das uns helfen könnte, eine Verbindung zwischen Auen und Dobler zu erkennen. Und siebentens ...“

„Was soll der Herr Hofrat Straka machen?“

„Wieso?“

„Na, Sie sagten doch siebentens ... und mehr Kollegen haben wir doch nicht. Oder habe ich da wen übersehen?“

„Nein, nein! Nein ... siebentens, ich wollte nur vorschlagen, dass wir die heutige Nachmittagsbesprechung schon um vierzehn Uhr abhalten, damit wir halbwegs pünktlich nach Hause kommen. Zum Kollegen Straka übrigens noch ein Wort ... das Sie ihm aber auf keinen Fall weitersagen dürfen. Wenn er schon was tun will, dann könnte er dieser Tätigkeit doch vielleicht heute zwischen vierzehn und sechzehn Uhr nachgehen – wenn ginge, außer Haus.“

„Herr Hofrat, schämen Sie sich!“

„Gerne! Wenn es hilft.“

„Wo doch der Herr Hofrat Straka nur das Beste will.“

„Sein Bestes, Helli, seines! Ja, das wär’s dann wohl für den Moment.“

„Nein, bitte noch nicht auflegen! Zum einen, da hat vor einer viertel Stunde eine Frau Doktor ... den Namen habe ich nicht verstanden ... angerufen. Sie mögen sie bitte dringend zurückrufen! Die Telefonnummer lautet ..."

„Was hat sie denn gewollt?"

„Das hat sie mir nicht gesagt – sie wollte Sie persönlich sprechen."

„Und wie hat die Dame geklungen?"

„Wie ein weiblicher Papst aus dem 19. Jahrhundert, sehr salbungsvoll und undeutlich."

„Dann werde ich sie doch von unterwegs mit Freude zurückrufen, weil ich bin ja schon lange für die Gleichberechtigung der Frauen in der katholischen Kirche ... erst recht im Papsttum. Bitte um die Telefonnummer."

„Herr Hofrat, ich schick sie Ihnen per SMS, wenn's Ihnen recht ist. Ja? Gut. Und dann noch eine Frage – kann ich die Schmiedingers schon jetzt um knapp nach acht Uhr in der Früh anrufen? Ich mein, das sind ja ältere Herrschaften und ..."

„Doch! Ich glaube mich zu erinnern, dass das sogar ausgesprochene Morgenmenschen waren. Abgesehen davon, wenn die vielleicht schon gestern erfahren haben, dass es da eine völlig neue Situation gibt, haben die sicher seither keine Minute mehr ruhig schlafen können. Daher ... doch, die kann man schon jetzt anrufen."

„Gut, Herr Hofrat. Dann rufe ich Sie in dem Moment zurück, in dem ich weiß, ob Schmiedingers in knapp zwei Stunden Zeit für Sie und den Kollegen Haschek haben."

„Wunderbar, danke! Wiederhören!"

**Mittwoch, 8. Mai 2013, 9.55 Uhr**

Er hatte sich zwar erinnert, dass er das Haus und seine Umgebung auch vor fünfeinhalb Jahren richtig unheimlich gefunden hatte. Aber damals war Winter gewesen und er hatte diesen Eindruck auf die vielen kahlen und knorrigen Bäume zurückgeführt. Jetzt war Mai, und trotz des dichten Grüns um ihn herum und der knapp zwanzig Grad fröstelte ihn, als er vor der Villa der Schmiedingers stand. Selbst der riesige Garten, der hinter dem Haus scheinbar nahtlos in den Wienerwald überging, schien jeden Besucher böse anzustarren. Es war kein Wunder, dass es über dieses Haus und seinen Park Gerüchte gab, die Halb im Zuge der damaligen Ermittlungen aufgeschnappt hatte. Angeblich waren im Zweiten Weltkrieg hier irgendwo verborgene Bunkeranlagen gebaut worden, die während der Bombenangriffe Nazi-Bonzen Unterschlupf geboten hatten.

Aber noch schlimmer war die Villa – sie hatte wirklich etwas Furchterregendes an sich! All die Türmchen, Erker und Holzbalkone hätten auch zu einem Spukschloss gepasst – egal, ob im Spessart oder in den schottischen Highlands. Eigentlich wäre hier der ideale Schauplatz für die Tragödie gewesen, schoss es Halb durch den Kopf. Obwohl er sich im nächsten Moment schon schämte für diesen Gedanken, wusste er, dass er Recht hatte. Hier konnte man sich welche Tragödien auch immer gut vorstellen, wogegen die andere Villa, in der die Jungen mit ihrem Kleinkind gelebt hatten und ermordet worden waren, hell, freundlich und sehr einladend gewirkt hatte.

Offenbar zu einladend!

Noch bevor Halb mit seinen architektonisch-kriminologischen Gedanken fortfahren konnte, wurde er von Hascheks Stimme in die Realität der Wiener Nobelgegend zurückgeholt.

„Morgen, Chef! Ich nehme an, dass wir hier herausfinden wollen, ob die alten Herrschaften den Namen Auen schon je gehört haben?“

„Exakt, mein lieber Schwejk. Und natürlich auch dir einen guten Morgen! Die Frage ist – haben Schmiedingers eine Idee, woher Auen das von der Halsentzündung vom kleinen Ferdinand gewusst haben könnte? Und, falls sie keine Idee haben sollten – vielleicht haben sie wenigstens eine Ahnung, wen wir noch fragen könnten, wo wir noch ansetzen könnten. Immerhin haben sie ja damals Himmel und Hölle – und auch zahlreiche Privatdetekteien – in Bewegung gesetzt, um den Mörder ihres Sohnes, ihrer Schwiegertochter und ihres Enkels zu finden.“

Als Halb den Klingelknopf drückte, fiel sein Blick auf vier kleine Löcher neben der Gegensprechanlage. Er erinnerte sich sofort, dass hier 2007 noch eine immer sauber polierte gelb-glänzende Platte angebracht gewesen war, auf der in der oberen Zeile „Familie Kommerzialrat Dr. Dr. h.c. mult. Klaus Ferdinand Schmiedinger“ und weiter unten „SV – Schmiedinger Verlag“ gestanden war. Und weil ihm die Tafel so anachronistisch erschienen war, hatte er sich die Aufschrift Wort für Wort gemerkt.

„Herr Hofrat, Herr Haschek, bitte kommen Sie herein.“ Nach dem Schnarren der Stimme aus dem Lautsprecher klang das Summen, mit dem sich das Tor öffnete, geradezu melodiös. Als sich ihre Augen an das Halbdunkel der mächtigen Empfangshalle angepasst hatten, mussten sich Halb und Haschek sehr bemühen, nicht entsetzt aufzuschreien. Denn auf den ersten Blick schienen Doktor Schmiedinger ebenso wie seine Frau eben erst aus dem Reich der Toten zurückgekehrt zu sein. Halb versuchte eine Schätzung – er würde sagen, dass beide in den letzten fünfeinhalb Jahren um zumindest zwanzig Jahre gealtert waren. Wobei es schon Unterschiede gab – während Herr Schmiedinger zur Gänze wie eine wandelnde Mumie wirkte, war Frau Schmiedinger zwar in körperlich ähnlich schlechter Verfassung, aber ihre Augen leuchteten noch voller Kraft.

„Guten Tag, meine Herren! Wenn Sie uns bitte in den Salon folgen wollen." Der alte Herr stakste mit zwei Stöcken auf zwei große Schiebetüren zu, die er aber mit Leichtigkeit zur Seite schob. Das Wohnzimmer hatte etwas von einer Gruft. Der Raum war furchtbar düster, bis auf ein großes Terrarium, das von zahlreichen seltsamen Lebewesen in knalligen Farben bewohnt zu sein schien. Alle paar Sekunden sprang eine giftgrüne oder grellrote oder tiefblaue Winzigkeit innerhalb der gläsernen Kiste von einem Blatt zum anderen.

„Sehr hübsch, Ihre hüpfenden bunten Punkte. Was sind denn das für Tiere?"

„Ach, das sind nur ein paar Lurche. Wissen Sie, schon unser Sohn hat sich leidenschaftlich für Terrarien interessiert, und daher haben wir ..."

„Klaus, bitte langweile unsere Gäste doch nicht damit. Herr Hofrat, wenn mich mein Gedächtnis nicht trügt, so sind Sie leidenschaftlicher Teetrinker. Aber Sie, Herr Haschek, waren – so glaube ich mich zu erinnern – dem Kaffee nicht abhold. Oder?"

„Gnädige Frau, Ihr Gedächtnis ist bewundernswert!"

„Dann entschuldigen Sie mich bitte für einige Minuten."

Wie es sich für diesen Rahmen und diese Gesellschaft gehörte, deutete Halb mit hochgezogenen

Augenbrauen, einem leisen Lächeln und einer leichten Verbeugung ihren Dank an. Allerdings vollendete er das Nicken nicht ganz, sondern riss seinen Kopf auf halber Strecke mit weit geöffneten Augen wieder in die Höhe.

„Aber gnädige Frau, Sie werden uns doch nicht selber den Tee und den Kaffee machen? Sie hatten doch so eine wunderbare Hausperle ... wie hieß sie doch gleich?"

„Mitzi." – man hörte es Haschek Tonfall sofort an, dass er sich solche bourgoisen Unsitten wie ein Hausmädchen zwar gemerkt, aber immer zutiefst verabscheut hatte.

„Ah ja, ihre Mitzi. Gibt's die Dame nicht mehr?"

„Doch, Herr Hofrat." – Frau Schmiedinger strafte Hascheks linke Gesinnung, indem sie sich betont nur Halb zuwandte. „Die Mitzi ist uns nach wie vor eine treue Seele, aber sie musste vor drei Wochen unerwartet einen längeren Urlaub nehmen – ihrer armen Mutter geht es sehr schlecht. Und – wissen Sie, Herr Hofrat, es ist heute fast unmöglich, so kurzfristig gutes Personal zu finden, weshalb wir beschlossen haben, die paar Wochen alleine zurechtzukommen. Zugegebenermaßen, sehr viel mehr schlecht als recht, aber ... es geht schon!"

„Dann, gnädige Frau, würden wir beide Sie natürlich höflichst bitten, uns weder mit Tee noch mit Kaffee erquicken zu wollen." Halb sah aus den Augenwinkeln, dass Haschek vor Lachen fast zerplatzte. Er konnte außerdem sicher sein, dass ihm Formulierungen wie „erquicken zu wollen" noch monatelang um die Nase gerieben werden würden. Aber er wusste natürlich genau, dass sie hier nur dann eine Chance auf irgendeine Information hatten, wenn sie weiterhin in dieser Fin-de-Siècle-Tragödie adäquat mitspielten.

„Ja, gnädige Frau, Herr Kommerzialrat, wie Sie sicher schon wissen, hat es eine völlig neue Wendung gegeben." – Halb machte eine kurze Pause, da er an dieser Stelle vielleicht sogar mit Tränen, aber zumindest mit langen und schmerzhaften Seufzern rechnete. Aber ... nichts! Stille. Das Gesicht von Herrn Schmiedinger blieb weiterhin eine starre Maske, wogegen er in ihren Augen ein kurzes Aufflackern bemerkt zu haben glaubte. Verblüfft verlor er den Faden, weshalb Haschek einsprang.

„Wir wissen natürlich, wie schmerzhaft das für Sie sein muss, aber wir würden Ihnen trotzdem jetzt zwei wichtige Fragen stellen wollen. Glauben Sie, wäre es Ihnen möglich, diese zu beantworten?"

Halb starrte voller Erstaunen auf Haschek – war das wirklich „sein" Schwejk, der ansonsten gerne mit klassenkämpferischer Rhetorik aufzutrumpfen versuchte, oder hatten ihn die sprichwörtlichen Außerirdischen entführt und durch diesen diplomatisch-perfekten Klon neben ihm ersetzt? Mit leichtem Zucken seiner Mundwinkel zeigte Haschek, dass er Halbs Gedanken in etwa erraten hatte.

„Ja, Herr Haschek, wenn Sie so liebenswürdig fragen – bitte. Was wollen Sie von uns wissen?"

„Frage eins – haben Sie eine Idee, woher dieser Auen, der jetzt die Bühne der Tragödie betreten hat, Dobler gekannt haben könnte?"

Jetzt übertreib aber nicht!, dachte Halb erbost, aber er musste sich im selben Atemzug eingestehen, dass Schwejk offenbar den richtigen Tonfall getroffen hatte.

„Weil – wir gehen nach wie vor davon aus, dass es doch Dobler war, der diese schrecklichen Taten begangen hat."

„Wir auch!“ – die Härte und Entschlossenheit, mit der beide Schmiedingers die zwei Worte herausgeschleudert hatten, überraschte die Ermittler.

„Ja, dann … dann werden Sie unser Dilemma verstehen.“

„Dilemma?“ – nach wie vor klang Frau Schmiedingers Stimme wie aus der Tiefkühltruhe.

„Dieser Herr Auen hat in seinem Totenbettgeständnis ein Detail erwähnt, das weder in irgendwelchen Akten noch in den Medien je vorgekommen ist. Auen wusste von der Halsentzündung Ihres Enkels, die ja damals der Grund für die verfrühte Abreise aus dem Skiurlaub war. Nun, das haben Sie selbst uns bzw. meinem verehrten Vorgesetzten erst ein halbes Jahr nach dem Prozess mitgeteilt. Ja, und er hat es insgesamt drei von uns – Kollegin Drobatschnig, Kollegen Wilt und mir – erzählt. Da keiner von uns vier irgendwem davon berichtet hat, bleibt die Frage, ob Sie damals vielleicht …“

„Nein! Undenkbar! Weder mein Mann noch ich haben je irgendwem außer dem Herrn Hofrat von der Halsentzündung unseres geliebten kleinen Ferlis …“ – es war ein Déjà-vu-Erlebnis für Halb. Wie vor viereinhalb Jahren begann Frau Schmiedinger zuckend zu weinen, wie vor viereinhalb Jahren legte ihr Mann ihr die Hand auf die Schulter. „Wie gesagt, nein! Sie können sicher sein, dass dieser Herr Auen das nicht von uns oder … sozusagen von uns ausgehend wissen konnte. Das heißt dann wohl, dass es entweder tatsächlich dieser Auen war, oder …“

„Ja? Oder?“

„… oder dass sich die zwei, Auen und Dobler, von irgendwoher gekannt haben müssen, sodass es ihm Dobler verraten konnte. Na ja, und jetzt, im Angesicht des Todes, hat Auen dieses Wissen offenbar genützt, um damit ein falsches Geständnis glaubhaft klingen zu lassen und ...“ – wieder brach ihre Stimme. „Ich nehme an, dass Sie jetzt gezwungen sind, Dobler freizulassen?“

Halb traute seinen Ohren nicht – er war ziemlich sicher, dass ihre letzten Worte beinahe hoffnungsfroh geklungen hatten.

„Gnädige Frau, das wirkt ja fast so, als ob Sie das begrüßen würden.“

Es war, also ob in diesem Moment ein Ruck durch Frau Schmiedinger gegangen wäre. Sie straffte ihre – während der letzten Sätze etwas fester gewordenen – Schultern noch mehr, um sie im nächsten Moment erst recht wieder sinken zu lassen.

„Gott behüte! Nein! Von uns aus könnte diese Bestie im tiefsten Verlies verrotten! Aber das wird ja dank unseres ach so sozialen Rechtssystems nicht der Fall sein. Wie das so üblich ist, wird dieser Unmensch nach siebzehn oder achtzehn Jahren Haft wieder ein freier Mensch sein. Aber unsere Familie, die ... von uns wird keiner je wieder ein freier Mensch sein! Die Toten bleiben tot, und wir, mein Mann und ich – wir sind in Wirklichkeit auch schon lange tot.“

„Ja, dann ...“ – Halb hatte blitzschnell erkannt, dass Haschek noch etwas fragen wollte, aber er kam ihm gerade noch zuvor.

„Gnädige Frau, Herr Kommerzialrat, wir danken für Ihre Zeit und bitten ob der Qualen, die wir Ihnen heute leider bereiten mussten, vielmals um Verzeihung. Küss die Hand, meine Verehrung! Vielen Dank, wir finden schon alleine hinaus.“ Mit den entsprechenden Ritualen verabschiedeten sie sich aus dieser Gruft der Lebenden – die letzten Meter bis zum Gartentor legten die beiden Ermittler fast im Laufschritt zurück.

## Mittwoch, 8. Mai 2013, 10.30 Uhr

Erst nach hundert Metern, die sie schweigend nebeneinander gegangen waren, wagte es Haschek, die Stille zu stören.

„Entschuldigung, Chef, ich weiß schon, dass das da drinnen kaum zum Aushalten war, aber wollten wir von den Herrschaften nicht auch noch wissen, ob …“

„… ob sie vielleicht eine Ahnung haben, wen wir noch nach diesem Auen fragen könnten? Ja, nein … also, ja, schon, aber – die sind doch dermaßen vom Hass auf Dobler zerfressen, dass sie uns ungefragt alles verraten hätten, um das Geständnis von Auen als falsch zu entlarven. Nein, Schwejk, da haben wir nichts übersehen, aber …“ – Haschek hütete sich, Halb in seinen Gedankengängen zu stören. Bestenfalls hätte er ihn am Ärmel gezogen, um ihn vor einem Tritt in eine der zahlreichen tierischen Gehsteighinterlassenschaften zu warnen. Aber erfreulicherweise war der Weg vor ihnen sauber, sodass Halb ungestört in die zweite Phase seines intensiven Nachdenkprozesses übergehen konnte – in eine Mischung aus Selbstgespräch und Dialog.

„Da war was! Wieder! Und zwar genau so wie beim Geständnis von dem Auen. Dasselbe Detail, das mir dieses Hinterkopfzerbrechen verursacht. Aber ich komm nicht drauf. Sag, Schwejk, ist dir nichts Besonderes aufgefallen?“

„Doch, viel! Aber ich fürchte, da ist nicht das darunter, was du meinst.“

„Bitte, zähl auf.“

„Wie entsetzlich alt die beiden geworden sind.“

„Stimmt, aber das war’s nicht. Weiter bitte.“

„Dass gerade jetzt die Perle Mitzi nicht da ist, dass es erstaunlich ist, wie überzeugt Frau Schmiedinger war, niemandem außer dir von der Halsentzündung ihres Enkels erzählt zu haben, dass ...“

„Stopp! Ich weiß noch immer nicht, was es war, aber es war irgendwas mit der Familie.“

„Aber Chef, du hast doch gesagt, dass dieses Was-auch-immer dich schon beim Video von Auen gestört hat.“

„Ja, eindeutig.“

„Dann könnte das doch heißen, dass sowohl Herr Auen als auch Frau Schmiedinger ein bestimmtes Wort gesagt haben, dass deinem berühmten ‚misstrauischen Hinterkopf‘ aufgefallen ist?“

„Was heißt ‚könnte‘? Muss!“

„Nicht unbedingt. Es könnte nämlich auch heißen, dass Auen etwas gesagt hat, das in irgendeinem Detail dem, was Frau Schmiedinger gerade erzählt hat, widerspricht. Das würde dir doch auch aufgefallen sein, oder?“

„Schwejk, schön langsam wirst du mir unheimlich.“

„Vielen Dank für das Kompliment!“

„Aber es stimmt nicht.“

„Was, das Kompliment?“

„Aber nein, das schon. Nein, dein zweiter Gedanke – ich bin mir sicher, dass es ein Detail war, das beide angesprochen haben. Auen und Frau Schmiedinger.“

„Na ja, dann solltest du dir noch einmal in Ruhe das Auen-Video ansehen – vielleicht fällt es dir ja dann auf und ein.“

„Ja, sollte ich, werde ich.“

„Und, sind wir jetzt weitergekommen oder drehen wir uns immer noch im selben Fragekreis?“

„Kreis? Kreisel!“

„Und wohin fahren wir jetzt?“

„Natürlich in den Kreiselsaal.“

„Wohin?“

Na, ins Bü …" – der Rest ging im erbosten Klingeln der Straßenbahn unter, die unmittelbar vor der Haltestelle wegen eines wahnsinnigen Radfahrers scharf bremsen musste.

### Mittwoch, 8. Mai 2013, 12.30 Uhr

„Herr Hofrat, bedenken Sie doch, was Sie mit diesem Entschluss Ihrer Seele antun! Fegefeuer, vielleicht sogar die Hölle …"

„Frau Doktor, zum dritten Mal – nein!" Mühsam presste Halb diese vier Buchstaben zwischen seinen Zähnen hervor, wobei er selber nicht so genau wusste, ob er den Kieferkrampf einem mühsam unterdrückten Lach- oder Wutanfall verdankte.

„Herr Hofrat, vielleicht darf ich Ihnen noch einmal genau darlegen, welch segensreiche Wirkung unsere Organisation zu haben vermag. Wir nennen uns ja nicht umsonst IBB – Initiative gegen die käufliche Befriedigung sündhafter Begierde" – in solchen Momenten wurden Worte in Halbs Vorstellung zu Regentropfen. Sie plätscherten, rauschten, prasselten und säuselten auf ihn nieder und um ihn herum, aber es kümmerte ihn nicht, da er seine Ohren als Regenschirm verwenden und sein Gehirn zu einem Ganzkörper-Ölzeug umfunktionieren konnte. Sobald Halb seine entsprechenden Organe auf „taub" und „abwesend" gestellt hatte, blieb er sogar im Wortemonsun solcher religiösen Fanatiker staubtrocken.

„… und schon in der Heiligen Schrift steht, und zwar bei Matthäus …"

Aber er war ja selber schuld! Man rief eben niemanden zurück, der so salbungsvoll und undeutlich gesprochen hatte, dass nicht einmal eine gewiefte Sekretärin wie Helli Namen und Anliegen der Anruferin genauer enträtseln hatte können.

„... und diese armen Seelen vor der Verdammnis zu erretten, das sehen wir ..."

Aber er hatte! Und zuerst hatte Frau Doktor Mahlgruber beinahe normal gewirkt. Sie habe gehört, dass er ein großes, bestandsfreies und bezugsfertiges Haus geerbt hatte ... ja, ihr sei die Gegend ein Begriff. Mehr noch, genau diese Lage sei ja der Grund, warum sie mit ihm gerne über die Möglichkeit eines Kaufs sprechen würde.

Spätestens da hätte er misstrauisch werden müssen ... allein schon wegen des unüberhörbar bayerischen Dialekts hatte sie wirklich nicht nach einer Strohfrau von Procic, Perz und den anderen „Unternehmern in der Erwachsenen-Unterhaltungsbranche" geklungen. Also, warum sollte sie ihm sein Haus abkaufen wollen? Mit ein bisschen Nachdenken hätte er draufkommen können, aber ...

„... wobei wir durchaus mit Stolz schon auf einige sehr gelungene Projekte hinweisen können, wobei wir uns wohl bewusst sind, dass Stolz auch als eine grässliche Sünde ..."

Aber nun war es zu spät, und er hatte sich dazu überreden lassen, sie schon sehr bald zu sprechen. Und da sie ihm sogar die Wahl des Treffpunkts überlassen hatte, hatte er mit Freude sein Lieblingskaffeehaus vorgeschlagen ... und jetzt saß er da und wäre am liebsten im Erdboden versunken.

Als ihn Frau Doktor Mahlgruber mit ihren zwei Assistentinnen – oder sollte er lieber „Co-Heiligen" sagen? – angesprochen hatte, war er eine Sekunde lang tatsächlich versucht gewesen, „nein, ich bin nicht ich!"

auszurufen, aber dann hatte er doch ein Nicken angedeutet und war aufgestanden. Denn – auch wenn die drei Retterinnen verirrter Seelen mit ihren stahlgrauen sackartigen Kostümen und ihren fest nach hinten gekämmten und in einer strengen Kugel gebündelten Haaren kaum etwas Feminines an sich hatten, behandelte Halb sie doch wie Vertreterinnen des weiblichen Geschlechts.

„... und nach wie vor sind so unendlich viele Sümpfe der Unmoral und des Lasters trockenzulegen, weshalb wir ...“

Das Schlimmste aber war ... was würde er seinem Team erzählen?

Würde er ihnen etwas davon erzählen?

Nein, er würde ihnen nichts erzählen!

Er würde ihnen nicht erzählen, dass er sich irrtümlich mit drei Kriegerinnen gegen die Sünde getroffen hatte, die ihm sein Haus abkaufen wollten, um daraus die österreichische Filiale der IBB zu machen. Er würde ihnen nicht erzählen, dass er so blöd gewesen war, zu einem Hausverkaufsgespräch zu gehen, ohne die Verhandlungsbasis schon zuvor am Telefon geklärt zu haben. Und er würde auch nicht erzählen, dass er sich hier seit geschlagenen zwanzig Minuten seine Zeit stehlen ließ, obwohl ihm diese verschrobenen Moralapostelinnen für sein Haus mit rund tausendzweihundert Quadratmetern Wohnfläche allen Ernstes siebenhunderttausend Euro angeboten hatten – und diese wollten sie noch dazu im Lauf von hundertvierzig Monaten in Fünftausend-Euro-Raten abstottern ... selbstverständlich ohne extra Zinsen zu zahlen!

Nur mühsam hatte er sich in den letzten Minuten so weit beruhigen können, dass er seine „Gegenüberinnen“ nicht mit einem berühmten Zitat auf den Lippen verließ. Dass er das nicht getan hatte, war seinem Respekt vor all jenen zu verdanken, die ausstiegswilligen Prostituierten, Opfern von Menschenhändlern, Babystricherinnen und den zahlreichen anderen Gequälten dieses elenden Geschäfts Tag und Nacht halfen. Halb hatte während seiner früheren Tätigkeit etliche solcher guten Seelen kennen und bewundern gelernt. Aber keine von ihnen war so forsch-bekehrungswütig noch so gierig-unrealistisch gewesen wie diese drei „Entrüstungsdominas".

„... und deshalb, Herr Hofrat, glauben wir, dass Sie ..."

„Ja, Frau Doktor, Sie glauben! Und ... gerade weil ich mich zeitweise genau damit sehr schwertue, achte ich gläubige Menschen ganz besonders. Aber die glauben allein für sich! Und die wollen auch ganz sicher niemandem ein Haus, das in Wirklichkeit ... also, mindestens etliche Millionen wert ist, für einen Bettel abschwatzen, um es dann vielleicht schon sehr bald um das Zehnfache irgendeinem Konsortium zu verkaufen, hinter dem sich möglicherweise genau diejenigen verbergen, die sie zu bekämpfen vorgeben, sodass ..."

In dem Moment sprangen die drei mit einem für Frau Doktor Mahlgruber und ihre beiden Schwestern im Geiste höchst unpassenden Fluch auf und begannen zu toben. Und wären sie nicht in diesem altehrwürdigen Wiener Kaffeehaus gesessen, wäre Halb der Übermacht der drei zu Furien mutierten Ex-Heuchlerinnen wohl unter- wie auch erlegen. Ob sie ihn erschlagen hätten? ... möglich! So aber konnten sie nur kurz auf die Marmortischplatte eindreschen und ihn im Hinausstürzen im gröbsten bayerischen Dialekt anbrüllen.

„Locken-Luzi, du Sau! Misthund, gemeiner! Jetzt ham die uns extra aus Rosenheim engagiert, dass'd uns net kennst ... und g'warnt ham's uns a vor dir ... und mir ham unsere Paraderolle von der ‚keuschen Jungfrau' sicher guat g'spuit ... und trotzdem bist' uns draufkemma! Du foischer Dreckhammel, du!"

Alle anderen Anwesenden, Gäste wie Kellner, waren während dieses – der „Vorstellung" der letzten halben Stunde künstlerisch durchaus ebenbürtigen – großen Finales wie gelähmt gewesen. Erst, als Halb aus seiner eigenen Erstarrung erwacht war und völlig verblüfft seinen Kopf zu schütteln begonnen hatte, kam Leben in die Salzsäulen um ihn herum. ... und was für eines – denn offenbar hatte eine der Gästegruppen den Ausbruch der verhinderten Hauskäuferinnen für eine Art Performance gehalten, weshalb sie stürmisch zu applaudieren begann. Wie ein Lauffeuer griff dieser Irrtum auf die anderen Tische über, bis das ganze Kaffeehaus wie wild klatschte, sodass Halb nichts anderes übrig blieb, als den letzten Akt in dieser seltsamen Mittagsaufführung zu spielen. Bedächtig stand er auf, verbeugte sich nach allen Seiten und ging mit der für manche Schauspieler so typischen „großen Bescheidenheit der kleinen Gesten" quer durchs Lokal ab ... um gleich noch einmal zurückzukommen und seinen Lieblingskellner am Ärmel zu zupfen.

„Herr Franz, notgedrungen muss ich diesmal auch das zahlen, was diese drei ... na, eben die drei konsumiert haben. Bitte setzen Sie alles auf meine Monatsrechnung."

Der Herr Franz schüttelte nur seinen Kopf, Halb geriet fast in Panik – ein Hausverbot in seinem Lieblingskaffeehaus wäre ein erster Schritt zu seinem seelischen Ende gewesen.

„Herr Franz, ich bitt um Entschuldigung, aber ich hab wirklich nichts dafür können, dass die drei sich so ..."

„Nein, Herr Halb, das tu ich nicht! Also, Ihnen die Rechnung von den drei ... na ja, sagen wir halt Damen ... und Ihnen, die tu ich nicht aufschreiben. Weil Ihre Konsumation – die ist heute selbstverständlich auf Kosten unseres Hauses gegangen. Sie hören doch, wie begeistert unsere Gäste sind! Bei der Werbung müssen wir doch froh sein, dass wir Ihnen und den drei ... Damen eben nicht auch noch was haben zahlen müssen!“

**Mittwoch, 8. Mai 2013, 12.45 Uhr**

Halb trottete seines Weges, wehe denjenigen, die ihm – wortwörtlich – in die Quere kamen. Er hatte die Straßenbahn links liegen gelassen, um genug Zeit zu haben, über die höchst merkwürdige Begebenheit von eben nachzudenken.

Wer hatte diese drei bayerischen Schauspielerinnen in München engagiert, um in den Besitz seines Hauses zu kommen?

Schauspielerinnen? Konnte er überhaupt davon ausgehen, dass es sich bei den dreien um echte Schauspielerinnen handelte, oder lag die Annahme nahe, dass es schlicht und einfach Prostituierte waren, die ihre schauspielerischen Fähigkeiten entdeckt und ihren Arbeitsbereich entsprechend erweitert hatten?

Und ... vor allem – wer waren „die“? „... jetzt ham die uns extra aus Rosenheim engagiert“ – waren „die“ dieselben, die ihm schon vor zwei Tagen sein Haus abzukaufen versucht hatten? Tacker-Miro Procic? Oder Perz? Oder ganz wer anderer?

Halb seufzte – eigentlich sollte er doch froh sein, dass das Interesse an seinem Haus so groß war. Er könnte es jederzeit verkaufen, aber ... nein! Gerade jetzt hatte er zwar den Eindruck, als ob die „Missverständnis-bei-Notar-und-schmerzhafte-Onkel-Alois-Erkenntnis-danach“ schon Ewigkeiten her wäre, umso mehr aber wurde ihm bewusst, dass seine vorgestrigen Gedanken auch heute noch gültig waren. Nein, er würde dieses Haus nicht ums Verrecken einem dieser Verbrecher verkaufen, damit der noch ein Bordell daraus machen könnte.

So gesehen hatte selbst die „Erscheinung der drei Scheinheiligen“ von vorhin etwas Gutes gehabt. Ihm war noch deutlicher geworden, dass ihn nicht die Idee von käuflichem Sex an sich störte. Nein – es waren die Begleitumstände. Die verquere Lust am Verbotenen, die zahlreiche Neurotiker und Psychotiker faszinierte ... und die als Resultat die Verlogenheit und Brutalität dieses Gewerbes nach sich zog.

Luitpold! Er musste unbedingt seinen Freund aus alten Lehrgangstagen anrufen. In welcher Position der wohl inzwischen saß? Bundeskriminalamt Wiesbaden? Nein, eher nicht. Dazu war Luitpold ein viel zu glühender „Oahoamischer“, um sein geliebtes Bayernland auf länger zu verlassen.

Er musste sich sofort einen Phantombildzeichner schnappen und ein Bild der drei wilden Grazien entwerfen lassen – vielleicht konnte ihm Luitpold auf einen Blick sagen, um welche „Berühmtheiten“ es sich gehandelt hatte. Aber das würde er natürlich schön brav im Geheimen tun!

Im Geheimen? Eigentlich war er fast so neurotisch wie zahlreiche der Freier, die er gerade durch seinen „Weltbild-Kakao“ gezogen hatte.

War er das? Warum wollte er die Episode partout nicht seinem Team erzählen? „Hört’s mir zu, mir ist folgendes passiert ...“ – nein! Aber er war nicht neurotisch, er war schlicht und einfach ... ein Chef! Und Chefs durften sich keine Peinlichkeiten erlauben, und deshalb, aber nur deshalb würde er Toni, Schwejk, Verena und dem Ingeniöhr nichts von heute Mittag erzählen. Und sollte ihn Helli fragen, würde er ...

Diese Erkenntnis beruhigte Halb so sehr, dass er gar nicht bemerkte, wie schnell er die knapp vier Kilometer bis zu seinem Büro zurückgelegt hatte.

## Mittwoch, 8. Mai 2013, 14 Uhr

„So, meine Herrschaften, das Wetter ist so schön und meine Laune ist so elend schlecht, dass ich euch alle ins Kaffeehaus einlade. Um die Uhrzeit sind auch die Pressekonferenzen schon vorbei, da können wir uns sicher in den weißen Salon setzen und immer noch besser als hier Trübsal blasen.“

„Aber, Chef, das klingt gar nicht gut.“

„Doch doch, Toni. Ein bisschen Depression ist etwas sehr Nützliches. Wie sagt doch der große chinesische Philosoph Heu Tsi-Tang: „Wer nie einen bitteren Tee genossen, weiß nicht um die Stärke des Kranichs.“ Halb bemühte sich redlich, selbst das geringste Zucken seiner Gesichtsmuskulatur zu unterdrücken, um die verunsicherten Gesichter um sich herum wenigstens noch ein paar Sekunden genießen zu können.

„Die Stärke des Kranichs?“

„Ja, Verena ... ‚weiß nicht um die Stärke des Kranichs‘.“

„Aber ist nicht der Kranich eine Figur beim Schattenboxen?“

„Schon möglich.“

„Ja, aber, Chef, wie hängt denn das dann mit der Trauer zusammen, für die doch sicher der bittere Tee als Symbol steht?“

„Ja, das versteh ich auch nicht.“

Sie hatten den Spieß komplett umgedreht! Ob bewusst oder nicht, war Halb nicht klar. Auf jeden Fall drohte aus dem – zugegebenermaßen etwas hölzernen – Versuch, sich kurz und heftig über ihre Philosophie-Gläubigkeit lustig zu machen und damit die Stimmung zu heben, eine ernsthafte, wenngleich schwachsinnige Diskussion zu werden. Was sollte er tun – weiterhin den Philosophen spielen, explodieren oder zugeben, dass nichts davon ernst gemeint war? Er entschied sich für eine abgemilderte Form von letzterem.

„Okay, ihr bekommt alle ein ‚Sehr gut‘ und ein ‚Nicht genügend‘. Den Fünfer für euer Humorverständnis, den Einser für eure ‚Gottgläubigkeit‘ ... wobei ich euch für die eigentlich auch ein ‚Nicht genügend‘ geben sollte.“

„Wieso Gottgläubigkeit?“ – es war dem Ingeniöhr anzusehen, dass er immer weniger verstand.

„Er meint sich selber! Verstehst du?“ – wie Halb es nicht anders erwartet hatte, hatte Haschek bei den Worten heftig die Luft eingesogen und das Kommando über die Aufklärung des scheinbaren Rätsels übernommen. „Das vorher mit der Kranich-Stärke des bitteren Tees – das war nur ein Witz. Den chinesischen Philosophen hat er auch nur erfunden. Aber weil wir eben gottgläubig sind – also ihm alles abnehmen –, haben wir das Pseudo-Zitat für bare Münze genommen.“

„Da sieht man wieder einmal, dass eine Kurzzeit-Depression die beste Voraussetzung ist, um seine Umgebung zu täuschen.“ – wie immer versuchte Planner, dank ihrer Logikbegabung und ihres Feingefühls, einen Weg zu finden, verschiedene Standpunkte zu vereinen, um niemanden zu kränken. Eigentlich wäre es nun an Halb gewesen, ein erlösendes Schlusswort über das Missverständnis der vergangenen Minuten zu sprechen. Doch ...

„Brillant, Verena! Wenn ich dich richtig verstanden habe, meinst du, dass man einem Menschen, von dem alle annehmen, dass er sehr traurig ist, gerne glaubt, was er – oder sie – behauptet. Mit einem Wort: Wer trauert, lügt nicht! ... davon gehen wir alle instinktiv aus. Wolltest du das sagen?"

„Ja, Chef. Und? Hat das eine Bedeutung?"

„Ganz sicher – aber ... ich weiß noch nicht genau, welche."

Halb blickte leicht verträumt und sehr versöhnlich in die Runde. „So, aber jetzt genug der Philosophiererei. Auf ins Kaffeehaus!"

„Ich muss mich leider entschuldigen." – wäre Halb nicht so abgelenkt gewesen, hätte er natürlich schon beim Hereinkommen die gepackte Tasche in der Hand und die Jacke über dem Arm von Helli Drobatschnig bemerkt.

„Ach Gott, ja. Liebe Helli, entschuldigen Sie bitte, Sie wollen natürlich schon längst Ihre Hemma vom Kindergarten abholen. Nur kurz noch ... haben Sie etwas erfahren können?"

„Leider nein, Herr Hofrat. Den Kollegen, die damals bei den drei – sozusagen gewöhnlichen – Einbrüchen ermittelt haben, ist kein Zusammenhang zwischen Dobler und Auen aufgefallen. Nicht einmal einer, der irgendwie über drei Ecken herum gegangen sein könnte."

„Sehr lieb, danke vielmals. Auf Wiedersehen."

Mit wehender Haarpracht und nervösem Blick auf die Uhr stürmte Frau Drobatschnig hinaus.

„Und, noch wer, der sich nicht von mir mit Eiskaffee und köstlichen Mehlspeisen verwöhnen lassen will?"

„Ja, Chef, ich." – Halb zog seine Augenbrauen besonders heftig in die Höhe, um diesmal ja keinen Zweifel daran aufkommen zu lassen, dass er gleich eine scherzhafte Bemerkung machen würde.

„Auch du, meine Tochter Brutusine?"

„Ja, oh du mein Cäsar, Herrscher und Hofrat! Ich habe mir mit der Kriminaltechnik in einer halben Stunde einen Termin in Auens Wohnung ausgemacht. Tut mir leid, aber die konnten nicht früher."

„Na gut, dann ..."

„Chef?"

„Ja, Toni?"

„Ich glaub, das würde uns alle sehr interessieren. Sag, Verena, wo hat denn der Auen gewohnt?"

„Du wirst lachen, ganz in der Nähe von der SOZUPA, mitten im ersten Bezirk. In der Blutgasse."

„Na, wenn das kein Omen ist! Gut – Schwejk, Ingeniöhr, was ist mit euch? Zieht ihr auch eine Wohnungsdurchsuchung meiner noblen Einladung vor?"

„Also, wenn du mich so fragst, dann ..."

„Ich hätte da eine Idee!" – ganz verhalten hatte der Ingeniöhr aufgezeigt. Es war deutlich zu merken, dass er auf keinen Fall wieder einen peinlichen „Hoppla, jetzt komm ich!"-Auftritt hinlegen wollte. Entsprechend wohlwollend war diesmal auch die Reaktion aller.

„Und zwar?" „Was denn?" „Na, sag schon." „Sprich, oh du unser aller Ingeniöhr!"

„Blutgasse – die liegt doch nicht so weit von deinem Zweit-Lieblingskaffeehaus entfernt. Wir könnten doch zuerst zur Auen-Wohnung und dann ins Café. Noch dazu haben die doch einen hübschen Innenhofgastgarten, das wäre doch bei dem Wetter auch nicht schlecht, oder?“

„Genial! Na dann, auf zum ‚Mörder in der Blutgasse‘! ... mein Gott, das klingt ja wirklich wie ein Dreigroschenroman.“

„Chef, so kennen wir dich gar nicht.“

„Wie, so?“

„Na, du bist doch sonst nicht so witzig, wenn du von einem Mörder sprichst.“

„Stimmt, Schwejk! Wenn ich von einem Mörder spreche, bin ich nie witzig.“

„Also doch Dobler?“

„Ganz sicher! Aber ... wie hat doch der Begründer des modernen Polizeiwesens und der Pariser Sûreté, François Vidocq, einst so treffend bemerkt: Kommt Zeit, kommt ...“

„Chef, bitte nicht schon wieder!“ – fast synchron hatten ihn seine vier Getreuen spöttisch-flehend anzustarren begonnen.

„Doch doch, ich schwör’s! Also, dass es François Vidocq gegeben hat, wirklich gegeben hat, wissen wir alle. Und das mit diesem berühmten Zitat, das ...“

„Ist gut, Chef!“

Halb blieb lediglich ein „Na, dann halt nicht!“ über, da Planner, Haschek, Mayer und Wilt schon den Gang hinuntergestürmt waren. Hätten sie sich noch einmal umgedreht, hätten sie ihren Chef breit grinsen gesehen.

## Mittwoch, 8. Mai 2013, 14.30 Uhr

Ihre Sprachlosigkeit harmonierte ausgezeichnet mit dem einzigen Raum in Auens Wohnung. Denn bis auf ein billiges Bettgestell mit einer Matratze war er völlig leer. Nicht einmal der Versuch einer Staumöglichkeit war vorhanden – keine Kleiderstange, keine Haken an den Wänden, geschweige denn ein Kasten. Nur weiß – Bett, Wände, Decke, ja selbst der Boden war mit einem weißen Kunststoffbelag überzogen. Alles schien aus der Kulisse eines surrealistisch-nihilistischen Theaterstücks herausgefallen zu sein. Nur ein Detail passte nicht in dieses helle Nichts ... oder gerade doch. An den beiden längeren Wänden hingen jeweils ein großer und mehrere kleine Bilderrahmen. Alle bestanden aus einem ein Zentimeter schmalen Aluminiumprofil ... und alle waren schwarz. Aber sie fassten keine Bilder, Fotos oder sonstige optische Reize – die schwarzen Vierecke rahmten jedes für sich lediglich ein Stück der dahinterliegenden weißen Wand ein. Sogar die Tür, die gleich links hinter dem Eingang in ein winziges Badezimmer führte, war bündig in die Wand aus Gipskartonplatten eingefügt ... und weiß. Selbst, als die Kriminaltechniker um sie herum fuhrwerkten, hatten alle fünf den Eindruck, im Warteraum der Ewigkeit gefangen zu sein.

Haschek war der Erste, der die fast metaphysische Stille durchbrach ... mit einem einzigen Wort.

„Krank!“

„Ja, Schwejk, schon. Nur, woran war Auen erkrankt? Vielleicht an einer Art Autismus?“ – Planner warf einen fragenden Blick in die Runde – „oder an einer Depression?“

„Ich weiß, dass das jetzt schrecklich pathetisch klingt, aber vielleicht ist er an seinem schlechten Gewissen zerbrochen. Ich mein, so ohne ist das ja auch nicht, wenn man drei Menschen ... noch dazu ein Kind ... einfach so erschießt." – Wilt schüttelte entsetzt den Kopf. Er hatte im Lauf der letzten Jahrzehnte zwar schon zahlreiche schwer verdauliche Eindrücke verarbeiten müssen, aber so etwas wie diese Behausung war ihm noch nie untergekommen. „Und erst die leeren Rahmen. Was bedeuten die?"

„Na ja, vielleicht hat sich Auen in seinem Wahn einfach nicht entscheiden können, welche Bilder er aufhängen will. Oder er hat gerade in diesen leeren Rahmen unentwegt verschiedene Bilder gesehen ... so eine Art Wahnbilder."

Halb schaute einen Moment verblüfft auf Mayer. Er hatte ihn immer wieder als klug erlebt, aber doch meist als recht oberflächlich eingeschätzt.

„Ein brillanter Gedanke! Aber ich glaube, dass du das völlig falsch siehst."

„Danke ... wieso?"

„Ich glaube nicht, dass Auen sich nicht entscheiden konnte, welche Bilder er hier hatte hängen haben wollen. Im Gegenteil – er wusste genau, was innerhalb dieser Rahmen abgebildet war. Aber er ertrug es nicht, diese Bilder Tag für Tag auch tatsächlich hier an den Wänden zu sehen."

„Herr Hofrat, das hier sollten Sie sich ansehen." Einer der Kriminaltechniker deutete auf die Badezimmertür. Als sich die fünf so weit an und in den Türrahmen gezwängt hatten, dass sie alle einen Blick erhaschen konnten, wussten sie im ersten Moment gar nicht, was sie sahen. Einer der Techniker hatte mehrere der Kacheln, die eine Schürze um die Duschtasse bildeten, mit einem leichten Druck aus ihrer Halterung gelöst, sodass der Hohlraum dahinter sichtbar wurde. Wobei – von einem Hohlraum konnte keine Rede sein, war er doch bis zum letzten Kubikmillimeter mit Trockenmilch- und Reispackungen gefüllt. Als sie alles herausgeräumt hatten, kam noch eine kleine Kanne mit Spezialkartuschen zum Vorschein, wie man sie zum Filtern von verschmutztem Wasser braucht. Planner seufzte vor Fassungslosigkeit.

„Ein entsetzlich armer Mensch, dieser Auen! Was immer er auch getan haben mag – er muss hier wie in seiner ganz persönlichen Hölle gelitten haben."

„Aber ... was sollen all die Trockenmilch- und Reispackungen bedeuten? Und diese Wasseraufbereitungsanlage in Kleinstformat? Wie passt das zu der Orgie in Weiß und den leeren Bilderrahmen? Habt ihr eine Idee?"

„Na ja, Schwejk, bei einem psychisch kranken Menschen passt eben nicht immer alles logisch zusammen. Da kann es schon sein, dass ..."

„Also, Toni, da muss ich dir widersprechen. Gerade bei Autismus oder auch bei Schizophrenie oder Verfolgungswahn – da passen die Details meist perfekt zusammen. Das Problem ist, dass normalerweise nur der Patient weiß, wie das Bild aussieht, und deshalb verstehen so Normalos wie wir das eben nicht."

Während sie sich vom Badezimmertürrahmen gelöst und zu diskutieren begonnen hatten, hatten Wilt, Planner, Haschek und Mayer gar nicht bemerkt, dass Halb nach wie vor in den winzigen Sanitärraum starrte. Er schien nicht einmal die Kriminaltechniker zu bemerken, die ihre Koffer gepackt und sich mit einem „Morgen bekommt ihr die Liste aller Fingerabdrücke" verabschiedet hatten.

Plötzlich ging ein Ruck durch ihn. „Entschuldigt bitte, aber das Kaffeehaus müssen wir heute ausfallen lassen. Bitte sagt mir jetzt noch, was ihr heute Vormittag erreicht habt … aber im Super-Schnelldurchlauf. Verena … bei den Sachen von Auen, hat's da noch etwas Auffälliges gegeben? Also, abgesehen von dem hier?"

„Ja, vier Dinge. Erstens … offenbar enthielt der einzige Koffer, den er ins Krankenhaus mitgenommen hatte, alles an Kleidern und sonstigem Zeug, was er besaß. Und selbst der eine Koffer war nicht voll. Zweitens … in der Geldbörse war nur eine Kontokarte mit Bankomatfunktion und die normale Krankenversicherungskarte. Sonst nichts … keine Karte einer privaten Zusatzkrankenversicherung, kein Foto, kein gar nichts. Drittens … er hatte auch einen Taschenkalender bei sich, da stehen in fast jeder Woche der letzten drei Monaten so seltsame Kürzeln drin. Um die kümmere ich mich … ja, dann wohl heute noch. Und viertens … er hatte einen Ring mit einem blauen Stein bei sich. Die Dame von der Verwaltung hat mir gleich erklärt, dass das mit großer Wahrscheinlichkeit ein Verlobungsring sei – blau sei nämlich die Farbe der Treue. Das könnte insofern stimmen, als in diesem Ring nur ein Name und ein Datum eingraviert sind … ‚Nelli – 2.3.2007'."

„2007?"

„Ja, Chef."

„Diese Jahreszahl bringt mich noch um! Na gut – welchen Frauennamen assoziiert ihr mit Nelli – also, abgesehen von Cornelia?"

Es war eine bunte Mischung aus Kopfschütteln, Schulterzucken und nachdenklichen Blicken, die Halb, anstatt eine konstruktive Antwort zu hören, zu sehen bekam.

„Na gut, das mit Nelli behalten wir im Hinterkopf. Gut, Verena, vielen Dank. Gleich morgen in der Früh wirst du dich mit deiner neuen besten Freundin, der Dame aus der Krankenhausverwaltung, noch einmal intensiv unterhalten. Ich will wissen, wieso Auen gerade in diesem Spital gestorben ist. Ich meine, das ist doch eine noble Privatklinik, die kostet mehr als die normale Krankenkasse zahlt. Und da Auen keine Karten einer privaten Zusatzversicherung bei sich hatte, stellt sich doch die Frage, wer ..."

„... wer das bezahlt hat."

„Genau! Und lass dich ja nicht abwimmeln, bevor du nicht den entsprechenden Beleg mit eigenen Augen gesehen hast."

„Chef, ich wirke zwar noch jung, aber ..."

„... du bist keine Anfängerin mehr, ich weiß. Gut, Toni, wann können wir mit diesem Sedlacek reden?"

„Möglicherweise gar nicht! Das ist ziemlich mysteriös – dieser Sedlacek ist verschwunden. Wie vom Erdboden verschluckt. Und in dem Fall ist das besonders seltsam, weil er offenbar vom Saulus zum Paulus geworden ist. Er hat einen guten Posten – dort spricht man voller Hochachtung von ihm und macht sich schon große Sorgen. Das würde ihm gar nicht ähnlich sehen, einfach so zu verschwinden. Und auch sein privates Umfeld, die haben Angst um ihn. Seine Freundin und seine Mutter haben gemeinsam eine Vermisstenanzeige aufgegeben. Aber du weißt ja, wie das behandelt wird. Na, auf jeden Fall habe ich jetzt eine Fahndung nach ihm rausgegeben."

„Seit wann ist er abgängig?"

„Seit zwölf Tagen – und seine Freundin sagt, dass er die Zeit davor völlig normal war. Wie immer. Nicht irgendwie nervös oder sonst wie auffallend."

„Dranbleiben! Ich hab kein gutes Gefühl. Gut, Ingeniöhr, hast du was Neues über Dobler herausfinden können?“

„Leider nein, Chef. Aber das liegt wirklich nicht an mir, sondern ... also, ich will euch nicht Honig ums Maul schmieren, aber ihr habt 2007 und 2008 so gründlich ermittelt, dass es da nichts gibt, was wir nicht schon über Dobler wüssten.“

„Und daher auch keine neue Möglichkeit, dass sich Dobler und Auen gekannt haben könnten?“

„Leider nein.“

„Gut. Wir sehen uns morgen – ausnahmsweise schon um acht Uhr. Ich muss heute noch einiges überprüfen, außerdem brauche ich Zeit zum Nachdenken. Daher ... noch einen schönen Nachmittag und Abend. Bis morgen!“

Die verschiedenen Grußworte von Verena, Toni, Schwejk und dem Ingeniöhr nahm Halb gar nicht mehr wahr – er war mit seinem Kopf schon etliche Gassen weiter.

### Mittwoch, 8. Mai 2013, 15.30 Uhr

Als er aus dem verwinkelten Gangsystem in die Weite des Großraumbüros mit seinen Glaskuben bog, sah er, dass sie gerade ein Beratungsgespräch führte. Obwohl er damit gerechnet haben musste – schließlich hatte er sich nicht angemeldet –, ärgerte er sich darüber. Als sie kurz aus ihren Unterlagen auf- und ihn ansah, versuchte Halb trotz seiner Ungeduld ein bittendes Lächeln. Die zehn Minuten, die bis zur Verabschiedung des eleganten Herrn vergingen, schienen ihm wie eine Ewigkeit, die er barfuß auf Nadelkissen stehend verbringen musste. Um sich etwas abzulenken, dachte er über das durchaus reale Brennen seiner Füße nach – vielleicht sollte er doch wieder einmal zum Orthopäden gehen und sich neue Schuheinlagen verschreiben lassen.

„Herr Hofrat, welche Überraschung – was kann ich für Sie tun?“ – ihre Stimme riss ihn zwar aus seinen medizinischen Gedanken, gleichzeitig aber schien sie ihn einen Moment lang zu lähmen. Er hatte dieses Timbre vom ersten Hören an geliebt ... allerdings war es bei dieser Liebe geblieben. Natürlich war damals auch ihre Figur hinreißend – war sie eigentlich auch heute noch! –, aber Halb hatte es sich schon in seinen jungen Polizistenjahren zur strikten Gewohnheit gemacht, sich auf keinen Fall in eine seiner „Kundinnen“ zu verlieben. Allerdings war das seltsame Band, das sie seit ihrer ersten Verhaftung verbunden hatte, nie ganz abgerissen. Als sie sich dann endlich entschlossen hatte, aus der Halbwelt auszusteigen und ein bürgerliches Leben zu führen, war es dann auch Halb gewesen, der ihr zu einer neuen Identität verholfen und ihr einen seriösen Posten besorgt hatte.

„Grüß Gott, Frau Schoitelmüller! Entschuldigen Sie vielmals den Überfall, aber ich hab da eine ganz dringende Frage.“ Kaum, dass sie die Glastüre hinter sich geschlossen hatten, konnten sie mit dem Schauspiel aufhören.

„Ludwig, grüß dich. Gut siehst du aus. Was führt dich zu mir?“ Wie immer in den letzten Jahren nahm ihre Stimme einen leise panischen Unterton an, wenn sie einander hier an ihrem Arbeitsplatz trafen. Halb hatte ihr zwar immer wieder hoch und heilig versprochen, ihre neues „Dekor“ selbstverständlich zu wahren und nicht einen Kratzer in ihre Fassade der tüchtigen und bei Kunden wie Kollegen so beliebten Bankangestellten zu machen, aber es war das Misstrauen der ehemaligen Prostituierten, das sie auch heute noch niemandem so wirklich vertrauen ließ.

„Ja, Delia, ich bräuchte wieder einmal dein enormes Wissen und Können ... also das der Bankfachfrau. Wie lange darf ich für meine Erklärung brauchen, wann hast du deinen nächsten Kunden?“

„Na ja, er sollte eigentlich schon hier sein ... ah ja, da hinten, er kommt gerade herein.“

„Dann hätte ich folgenden Vorschlag ... allerdings nur, falls du heute Abend Zeit hast?“

„Hab ich.“

„Gut. Darf ich dich um ... wär dir acht Uhr recht? ... gut, also um acht ins ‚Winkler am Eck‘ einladen? Du magst doch noch die typische Wiener Küche, oder?“

„Ja, sieht man mir das nicht an? Leider!“

Halb erlaubte sich einen vorsichtigen Blick auf ihre Hüften, die er lediglich als sehr weiblich empfand. „Nein! Sieht man nicht! Also, dann um acht. Ich freu mich. Bis dann ... jaaa, also, Frau Schoitelmüller, das ist natürlich ein interessanter Gedanke von wegen Attraktivität der Rendite von mittelfristig zu betrachtenden Anlageformen. Und Sie vertrauen wirklich auf neue Höhenflüge bei Gold? Na ja, wie gesagt – ich werde es mir überlegen. Noch einmal danke!“ Eigentlich hatte Halb sich viel rascher verabschieden wollen, aber die betont forsche Art, mit welcher der ihm nachfolgende Herr die Glastür geöffnet und deutlich zu verstehen gegeben hatte, dass das hier seit fünf Minuten sein Platz wäre, hatte Halb zu dem extra langen und vermutlich völlig sinnlosen Geldgeschwafel veranlasst.

## Mittwoch, 8. Mai 2013, 16.30 Uhr

Auf den Schock in der weißen Zelle hin genoss Halb seine nächste Station noch mehr. Er liebte alle Buchhandlungen, aber die Buchhandlung „Blumenstock-Schubert" war ihm beinahe schon zu seinem zweiten Büro geworden ... nur viel lieber. Jedes Mal fragte er sich, wie das eigenwillige Konzept funktionieren konnte, dass mitten in der mehrstöckigen Filiale einer großen Buchhandelskette eine kleine, aber eigenständige Buchhandlung einer unabhängigen Besitzerin bestehen durfte und überleben konnte. Jedes Mal nahm er sich vor, Frau Blumenstock-Schubert danach zu fragen. Und ebenso oft vergaß er darauf. Das lag sicher auch daran, dass er allein am Weg in den ersten Stock schon so vielen wunderbaren Reizen ausgesetzt war. Auch diesmal saugte er all die optischen, akustischen, olfaktorischen und haptischen Reize der Bücher auf – er liebte das Farbenmeer aus unzähligen Einbänden, das leise Rascheln umgeblätterter Seiten, den Geruch der Papiersorten wie auch so manche scheue Berührung eines seiner Lieblingsbücher, die er sich nie nehmen ließ. Hier war er zu Hause – und wie es sich für eine intakte Hausgemeinschaft gehörte, kannte er fast alle der hier Weilenden und grüßte und wurde in einem fort begrüßt. Freilich mied er diesen Tempel der Weisheit und Lust normalerweise in Zeiten verstärkten Betriebs, aber im letzten Dezember hatte er dem vorweihnachtlichen Trubel der wilden Geschenkejagd fast eine halbe Stunde belustigt zugesehen.

Endlich hatte er sein Ziel trotz aller Verführungen rechts und links erreicht ... und stutzte. Bis vor vier Wochen hatte sich das Geschäft der „Buchhandlung

Blumenstock-Schubert Nfg. Franz Schikaneder, seit 1827“ durch Glaswände von seiner mächtigen Umgebung trotzig abzugrenzen versucht. Aber jetzt … lediglich der Fußboden und die Bücherständer erstrahlten in einer deutlich anderen Farbe als die des sie umgebenden Riesen-Bücherreichs. Sonst gab es keine Anzeichen mehr, die die Eigenständigkeit des kleinen Bücherparadieses inmitten des großen Informationshimmels hätten erkennen lassen. Fast panisch ließ Halb seinen Blick über die Regale schweifen, aber er entdeckte sie nicht. Er schluckte schwer, sollte Frau Blumenstock-Schubert am Ende gar in Pension gegangen sein, ohne ihn wenigstens ein halbes Jahr darauf vorbereitet zu haben? Halb war beinahe zum Heulen zumute, doch schob sich wie üblich sein analytischer Verstand zwischen ihn und eventuelle emotionale Überreaktionen. Wieso eigentlich war ihm bei diesem Gedanken so weh ums Herz? Er brauchte nur ein paar Meter weiterzugehen, um noch mehr Bücher bei äußerst versierten und charmanten Damen … ja, und wohl auch Herren … durchblättern, gustieren und am Ende auch kaufen zu können. Er musste sich nicht fürchten, sein weiteres Dasein in einer buchlosen Hölle geistiger Dunkelheit fristen zu müssen. Und doch … die Buchhandlung „Blu-Schu“, wie er sie liebevoll nannte, würde ihm sehr fehlen! Und er wusste mit einem Mal auch, warum. Knapp achtzig Prozent seiner wachen Stunden war er Polizist. Schlimmer noch – er war fast durchgehend im Dienst des „Referats 3.2.1. – Gewaltkriminalität“ des österreichischen Bundeskriminalamtes. Nur in einem Fünftel seiner Zeit gönnte er sich, spontan, emotionell und genusssüchtig zu sein – Mensch zu sein … so pathetisch das auch klingen mochte. Und die „Blu-Schu“ war einer der wichtigsten Orte seiner raren „Mensch-Momente“ gewesen – daher trauerte er so heftig um sie.

„Ja, der Herr Hofrat! Jetzt hab ich Sie aber schon einige Wochen nicht mehr gesehen. Waren Sie wieder einmal bei Interpol, um den anderen beizubringen, wie man anständig Mörder fängt?“ Es war, als ob eine unberechenbare Sonnenfinsternis jäh zu Ende ging! Aber natürlich wäre Halb keine Sekunde auf die Idee gekommen, sich das anmerken zu lassen ... nicht einmal hier.

„Ja, Frau Blumenstock-Schubert, ich wollte Sie gerade zu vermissen beginnen. Ich hab mir doch glatt gedacht, Sie lägen schon unter irgendeiner Pensionistensonne ... Mallorca, Madeira, Teneriffa ... und würden nur mehr in ganz dunklen Momenten an uns hier zurückdenken.“

„Aber Herr Hofrat, da hätte ich Ihnen doch längst was gesagt. Also, was kann ich für Sie tun? Vielleicht ein neuer Krimi? Wobei ... wie man liest, ermitteln Sie ja derzeit in diesem besonders heftigen Fall – daher vielleicht eher eine Biographie zum Entspannen? Nicht mehr ganz neu, aber sehr zu empfehlen wäre ...“

„Vielen Dank, aber ich wollt Sie eigentlich um Hintergrundinformationen befragen.“

„Zu welchem Buch?“

„Gar keinem.“

„Also, über welchen Autor oder Autorin wollen Sie etwas wissen?“

„Kein Buch, kein Autor, keine Autorin ... ein Verlag.“

„Ah, jetzt verstehe ich. Lassen Sie mich raten ... es geht Ihnen um den Schmiedinger Verlag. Ich hab von dem neuen alten Geständnis natürlich in der Zeitung gelesen.“

„Ja, natürlich. Wie wir damals – 2007, 2008 – ermittelt haben, war der Schmiedinger Verlag zwar noch eine große Nummer, aber es gab schon Gerüchte, dass die von einem der ganz Großen in der Branche geschluckt werden würden."

„Ja, fragt sich nur, welcher Branche."

„Wie meinen Sie das?"

„Die Familie Schmiedinger war schon lange nicht mehr nur im Verlagsgeschäft tätig. Schon der alte Schmiedinger ..."

„Klaus Ferdinand?"

„... ja, genau der. Schon der hatte einen kleinen Konzern aufgebaut ... so mit Beteiligungen an Buchhandelsketten, aber auch an etwas entfernteren Branchen."

„Wissen Sie, welche?"

„Nur gerüchteweise. Der alte Schmiedinger soll auch schon in Maschinenfabriken – Papierballenpressen und solche Geräte – investiert haben. Ursprünglich soll er eine Idee für die Verbesserung solcher Pressen gehabt haben ... na, und dann hat er halt gleich eine Fabrik gekauft. Und angeblich damit Millionen verdient – viel mehr als nur mit den Büchern."

„Und der Junior?"

„Der Ferdinand, der war ein brillanter Kopf. Ich hab ihn einmal kennen gelernt – der war wirklich zu gut, um wahr zu sein. Na ja, allzu lange ist er ja auch nicht ... das heißt: war ihm ja auch nicht vergönnt, gut zu bleiben oder besser zu werden."

Behutsam ließ ihr Halb einige Sekunden der Trauer, bevor er weiterfragte.

„Inwiefern ... ein brillanter Kopf?"

„Na ja, man könnte ihm natürlich vorwerfen, dass er den Verlag so lange zurückgefahren hat, bis nur mehr eine schöngeistige Hülle geblieben war. Auf der anderen Seite – was hätte er denn noch alles tun sollen?"

„Wieso noch? Was hat er denn sonst getan?"

„Ja, das galt bis zu seiner Ermordung immer nur als Gerücht, und nachher war natürlich gar nichts Konkretes mehr zu erfahren. Aber soviel ich gehört habe, hat der junge Schmiedinger die Zeichen der Zeit erkannt und sein enormes Wissen über Papier, dessen Herkunft, Unterarten, Entstehung und was es da halt noch alles gibt, genützt, um ein völlig neues Produkt zu entwickeln."

„Jetzt machen Sie mich aber neugierig."

„Man sagt ... aber, wie gesagt, das waren und sind nur wüste Gerüchte ..." – bei einem seiner Mitarbeiter wäre Halb schon längst explodiert, bei Frau Blumenstock-Schubert musste er wohl oder übel gute Miene zum nervösen Spiel machen – „... es heißt, er hätte damals ein völlig neuartiges Isolationsmaterial entwickeln lassen bzw. selber mitentwickelt. So eine Art Hauswand der Zukunft. Billig in der Herstellung, daher zum Beispiel auch für humanitäre Großprojekte geeignet. Temperaturregulierung – kühlend in der Hitze, dämmend in der Kälte ... also in allen Katastrophengebieten der Erde verwendbar. Und leicht – daher auch einfach zu transportieren. Und trotz allem stabil und mühelos zu recyclen. Angeblich ein geniales Produkt."

„Ein hübscher Gedanke – zuerst kommen die Wände, dann die Bücher."

„Herr Hofrat, an Ihnen ist ja ein Poet verloren gegangen! Oder – zumindest – ein Philosoph."

Halb seufzte theatralisch, doch voller Selbstironie. „Die Welt würde sich auch ohne mich um keinen Deut anders weiterdrehen."

„Vielleicht sogar schneller, weil sie wäre dann ja leichter ... aber auch ärmer."

Beinahe musste sich Halb räuspern – so ein Kompliment hatte er schon lange nicht bekommen. Um sich nichts anmerken zu lassen, musterte er konzentriert die Bücherregale.

„Und, gibt's überhaupt noch Bücher aus dem Schmiedinger Verlag?"

„Nein. Nach dem Tod der Jungen hat der alte Herr Doktor alles zugesperrt. Er hat sich sogar geweigert, den guten Namen des Verlages zu verkaufen. Es war ... und ist ... eine einzige Tragödie!"

Sie hatte es geschafft, dass er Doktor Ferdinand Schmiedinger posthum zu mögen begann –dank ihrer lebhaften Schilderung war er vom Mordopfer zum Mitmenschen herangereift. Halb schüttelte sich vor Schreck – wenn er das einreißen ließ, konnte er unmöglich weiterhin seinem Beruf nachgehen. Daher stellte er seine letzte Frage in betont nüchternem Tonfall, der unglücklicherweise etwas zu hart geriet.

„Wüssten Sie, ob sich Doktor Ferdinand Schmiedinger irgendwen zum Todfeind gemacht hat? Oder gar zu Todfeinden?"

Zuerst schien es, als ob Frau Blumenstock-Schubert Halbs scheinbare Grobheit adäquat parieren wollte. Aber dann sah man ihr an, dass sie begriffen hatte, warum Inhalt und Klang seiner Frage nicht übereinstimmten. Ihr „Leider nein" kam daher ganz sanft.

Jetzt hätte sich Halb am liebsten in ein Märchenbuch verwandelt und all die Kinder, die in ihm lesen und sich vor dem bösen Wolf fürchten oder mit dem standhaften Zinnsoldaten leiden würden, dank seiner bunten und wunderschönen Bilder getröstet. Aber da er leider nicht Teil einer Fantasiewelt war, musste er mit dem zweitbesten Ausweg aus dieser Situation vorliebnehmen. Er griff zu einem dicken, aufwendig gestalteten Buch, das er sich wiederholt nur deshalb nicht gekauft hatte, weil er es als unpassend ansah, so viel Geld für sein Vergnügen auszugeben.

Aber heute musste es sein!

Als ihm Frau Blumenstock-Schubert zusätzlich zu seiner „schweren Literatur" noch ein Büchlein voller humorvoll-philosophischer Zitate in seine Tasche steckte und ihre Großzügigkeit mit den Worten „für die letzten Minuten vorm Einschlafen" abrundete, lächelte er aus tiefer Seele, ohne sich auch nur eine Sekunde dafür zu genieren.

Wie konnte die Welt doch schön sein!

Schon beim Verlassen dieses wunderbaren Ersatzparadieses war Halb klar, dass seine Welt momentan leider gar nicht schön war ... zumindest nicht bis zur Klärung des Falles.

Wie hässlich sie aber noch werden würde, davon hatte er – zum Glück – noch keine Ahnung.

## Mittwoch, 8. Mai 2013, 19 Uhr

Sollte er mit dem neu erstandenen Schatz gleich beginnen oder besser auf heute Nacht warten? Wenn er jetzt zu lesen begänne, würde er womöglich noch die Zeit übersehen und zu spät ins „Winkler am Eck" kommen. Er könnte sich aber doch den Wecker stellen. Nein – Halb schüttelte energisch den Kopf. Er wusste genau, dass er, selbst wenn er das Buch rechtzeitig zur Seite legte, um noch ohne zu hetzen zum Nachtmahl zu kommen, mit seinem Kopf auf keinen Fall beim Gespräch mit Delia wäre ... und das wäre fachlich unverantwortlich und menschlich schade. Seufzend legte er das Buch neben sein Bett und widmete sich dem „Großen Service" – Kopfwaschen und besonders glatt rasieren.

Das „Winkler am Eck“ war unter anderem auch deshalb ihr Lieblingslokal geworden, weil es Nischen gab, die vor neugierigen Blicken schützten und trotzdem keinerlei unmoralische Schummrigkeit ausstrahlten. Wie gut sie diese Funktion erfüllten, fiel Halb diesmal ganz besonders auf – erst auf den dritten Blick sah er, wo Delia saß.

„Einen wunderschönen Abend! Verzeih, bin ich zu spät?“ – beide wussten, dass es Punkt acht Uhr und daher dieser Satz reine Ritual-Rhetorik war. Aber es war ihnen zu einem lieben Brauch geworden, ziemlich genau sieben Minuten lang mit Smalltalk zuzubringen, bis sie sich wieder aneinander gewöhnt hatten. Diesmal schienen schon fünf Minuten zu genügen, denn Delia Schoitelmüller war unter anderem auch eine sehr diplomatische Frau, die genau erkannte, wann Halb vor Ungeduld ihren Antworten entgegenfieberte.

„Also, Ludwig, was oder wen soll ich dir wieder einmal ausspionieren?“

„Ausspionieren? Liebe Delia, was für ein hässliches Wort.“

„Wie würdest du es denn nennen, wenn ich für dich im Geheimen in fremden Bankkonten herumstöbere?“

„Beschleunigung durch Umgehung! Schau, es sind zwei Probleme, die du mir vom Hals schaffst. Erstens ... ja, da hast du schon Recht – der legale Weg wäre, einen offiziellen Antrag auf Einsicht in bestimmte Konten zu stellen. Aber das dauert elendslang – bis ich da die Genehmigung habe, gibt’s in dem Fall unter Umständen schon die nächsten Toten. Aber viel wichtiger ist ja der zweite Punkt! Selbst wenn ich unbürokratisch schnell all die Genehmigungen zum Herumstochern bekommen würde, würde mir das herzlich wenig nützen. Weil ich wüsste ja gar nicht, wonach ich suchen soll. Und!

Selbst wenn ich dann vor den richtigen Zahlenkolonnen – also die, aus denen ich die richtigen Schlüsse ziehen könnte – sitzen würde ... ich würde nichts erkennen! Kein Schmiergeld, keine Erpressung, kein Schwarzgeld ... nichts."

„Aber du hast doch in deinem Team diesen Mayer, der kennt sich doch mit ..."

„... der kennt sich sehr gut mit Computern, Firewalls, Spyware und wie das Zeug alles heißt aus. Ja, das schon! Ich will gar nicht wissen, was er da für Tricks beherrscht ... Hauptsache, er beschafft mir die Informationen. Aber auch für ihn gilt – er ist kein Wirtschaftsfachmann. Ich brauche wen wie dich, die aus einem Zahlensalat einen Thriller oder eine Komödie herauslesen kann. Deshalb, Delia ... bitte bitte!"

„Jaja, ist schon gut. Du hast mich ja sowieso in der Hand."

Das war genau der Satz, den Halb bei ihr am meisten hasste. Natürlich hatte sie Recht, aber es kränkte ihn immer wieder, dass sie ihm auch nur den Gedanken an eine solche Unanständigkeit zutraute.

„Habe ich dir jemals auch nur eine Sekunde lang einen Grund gegeben, an meiner Loyalität dir gegenüber zu zweifeln?"

Beide wussten, dass sie jetzt in der nächsten Phase ihrer rituellen Satzduelle angekommen waren. Sie würde jetzt so etwas wie „Nein, nein – außerdem diene ich gerne der Gerechtigkeit" sagen. Darauf würde er noch circa zwei Minuten gekränkt vor sich hinmurmeln, bevor sie dann zur Besprechung der Details übergehen würden.

Aber heute lief es anders.

„Nein, Ludwig, hast du nicht. Im Gegenteil, machmal dachte ich schon, dass du vielleicht schwul bist. Weil du bist wirklich der einzige Mann, der nicht ein Mal probiert hat, mit mir ins Bett zu huschen. Aber ... ich weiß schon, du bist durch und durch hetero, also musst du wirklich ein so moralischer Kerl sein, dass es auch schon wieder fast nicht zum Aushalten ist. Vermutlich mag ich dich gerade deshalb ... sehr sogar." Sie starrte auf die Speisekarte, ohne auch nur ein Wort wahrzunehmen. „Es ist schon eine Ironie, dass ich für dich diese Kleinverbrechen begehe, weil du so anständig bist. Herr Ober, bitte als Erstes um zwei Gläser Champagner, wir müssen auf eine neue Erkenntnis anstoßen."

Als sie einander zuprosteten, wussten sie ganz genau, auf welch gefährliches „Beziehungseis" sie sich vorgewagt hatten. Sie durch das, was sie gesagt hatte. Und er durch sein Schweigen.

Erst nach der Vorspeise waren sie sich sicher, wieder auf festem Grund zu stehen.

„Also, Ludwig, wo soll ich deiner Meinung nach bei diesen Schmiedinger-Morden ansetzen?"

„Siehe mein ‚Zweitens' von vorhin – wenn ich das nur wüsste."

„Soviel ich in der Zeitung gelesen habe, ist plötzlich ein neues Geständnis aufgetaucht, das aus welchen Gründen auch immer als sehr glaubhaft gilt. Stimmt's soweit?"

„Stimmt."

„Blöderweise ist euch der mögliche Dreifachmörder gleich nach seinem Geständnis weggestorben, sodass ihr ..."

„... sogar noch während des letzten Satzes seines Geständnisses."

„... weggestorben, sodass ihr ihn logischerweise nicht mehr weiter verhören und seine Aussage überprüfen könnt."

„Stimmt."

„Das heißt wiederum, dass ihr den Dobler bald freilassen müsst. Also den Mann, der seit etlichen Jahren für diese grässliche Geschichte sitzt, die er allerdings nie gestanden hat."

„Wir sind uns aber nach wie vor sicher, dass es Dobler war."

„Wir? Oder du?"

Halb zögerte. Noch gestern hätte er ihr sofort ein ebenso überzeugtes wie leicht gekränktes „Wir!" entgegengeschleudert, aber nach dem heutigen Termin in Auens Wohnung war er sich nicht mehr ganz so sicher. In dem Moment tat er etwas, was er das letzte Mal vor ... ja, wann eigentlich? ... getan hatte. Er beschloss im Bruchteil einer Sekunde, ihr sein kriminalistisches Herz auszuschütten und keinen seiner Gedanken zurückzuhalten.

„Na ja ... ich! Und nicht einmal ich bin mir mehr so sicher, weil ..." Als Erstes erzählte er ihr von Auens Wohnung. „Und als ich diese völlige Leere in Kombination mit dieser seltsamen eisernen Ration gesehen habe, da habe ich mich erinnert. Vor ein paar Jahren war ich auf einige Monate in London bei Scotland Yard – ich war so eine Art ‚gehobener Lehrling'. Die hatten damals gerade einen irischen Killer im Visier. Warum auch immer ... irgendwas ist damals schiefgegangen, denn als die Kollegen die Wohnung stürmten, war der Vogel ausgeflogen. Und diese Wohnung hatte genauso ausgesehen wie die von heute Nachtmittag."

„Aber vielleicht hatte dieser Killer damals seine Sachen einfach mitgenommen, und deshalb war die Wohnung dann so leer?"

„Nein, weil es gab wirklich nicht die geringste Spur von irgendwelchen Möbeln. Und keinen einzigen Fingerabdruck oder auch nur irgendeine Hautschuppe. Der muss die ganze Zeit so einen Ganzkörperschutzanzug getragen haben, wie man ihn aus den Fernsehkrimis kennt."

„Und hat sich der nie geduscht? War der nie am Klo?"

„Die Kloschüssel und das Brett hat er offenbar nach jeder Benützung mit richtig schön ätzenden Putzmitteln quasi bis unter die Oberfläche gereinigt. Und die Dusche war unbenützt. Die englischen Kollegen gingen davon aus, dass er in einem Fitnessstudio Mitglied gewesen war und immer dort geduscht hat. Was natürlich sehr clever war – weil bei der Spurenlage gab es keine Chance, seine DNA zu isolieren."

„Und in der Wohnung habt ihr damals auch solche Nahrungsmittelpackungen gefunden?"

„Ja, mehr oder minder dieselbe Ausrüstung ... damit er sich nötigenfalls wochenlang nicht auf der Straße zeigen musste, sondern völlig von der Bildfläche verschwinden konnte."

„Aber wozu braucht so wer eine Mini-Wasseraufbereitungsanlage? Ich meine, in London gibt's doch genug Trinkwasser."

„Ja, schon. Und in Wien erst recht. Aber solche Leute wissen ganz genau, dass diejenigen, die ihnen auf der Spur sind ... Geheimdienste, Militär, Polizei – dass die die Trinkwasserleitung, die in diese Wohnung führt, mit K.o.-Tropfen oder Ähnlichem vollpumpen. Und deshalb diese Filterkartuschen."

„Beängstigend! Ich verstehe – weil die Wohnung von dem Auen genauso wie die von dem Killer in London ausgesehen hat, meinst du, dass dieser Auen ..."

„... ein Auftragsmörder gewesen sein könnte. Ja ... aber auch wieder nein."

„Jetzt versteh ich gar nichts mehr."

„Die Bilderrahmen! Die passen einfach nicht dazu."

„Und was schließt du daraus?"

„Keine Ahnung. Umso mehr hoffe ich auf deine Ergebnisse."

„Gerne. Aber welche? Wo soll ich graben?"

„Wir sind uns inzwischen sicher, dass Gregor Auen nicht seine richtige Identität war. Unter diesem Namen wirst du daher nichts finden."

„Ich kann's probieren."

Die Hauptspeise unterbrach ihre kriminell-kriminalistischen Überlegungen. Wie immer verschlang Halb sein geliebtes Wiener Schnitzel viel zu schnell, sodass er höchst ungeduldig auf seinem Platz herumrutschte, bis Delia ihre gebratene Leber langsam und genüsslich verzehrt hatte.

„Und, was ich dich fragen wollte – hättest du auch Zugriff auf die Aktivitäten anderer Banken?"

„Kaum. Außerdem muss ich da noch vorsichtiger als in meinem eigenen Haus sein."

„Na ja, dann kann ich nur hoffen, dass dieser Auen so unvorsichtig war, bei euch unter seinem falschen Namen irgendwelche Transaktionen getätigt zu haben."

„Also, Ludwig – wenn, dann hat dieser Mann ja wohl nur unter seinem falschen Namen agiert ... kaum unter seinem richtigen."

„Wohl kaum. Aber er könnte ja mehrere Alias-Namen benützt haben."

„Oje. Dann ..."

„Eben! Vielleicht hast du Recht und wir blasen die ganze Sache lieber gleich ab."

„Moment, Moment! Nicht so hastig mit den jungen verzweifelten Pferden. Vergessen wir diesen Auen ..."

„... du hast leicht reden."

„Nur für einen Moment. Würde es dir auch helfen, wenn ich in den Schmiedinger-Unterlagen etwas herumschnüffeln würde?"

„Ihr seid die Hausbank der Schmiedingers?"

„Wir waren. Jetzt gibt's nur mehr zwei armselige Girokonten ... eines von ihr, eines von ihm. Aber früher – ihre Wertpapierdepots zum Beispiel, die lagen bei uns. Außerdem haben wir so gut wie alle Finanzierungen für die gemanagt. Die haben ja sogar in internationale Bauprojekte investiert ... in manche davon allerdings gegen unseren Rat, dafür aber mit eigenen Vertrauensleuten vor Ort."

Einen Moment lang war er versucht, sie auf der Stelle zu küssen! ... was er aber dann angesichts des nach wie vor dünnen „Beziehungseises" doch lieber bleiben ließ. Sein Strahlen konnte und wollte er allerdings nicht verbergen.

„Wieso weißt du das jetzt schon? Hast du denn alle Akten der letzten zehn Jahre einfach so im Kopf?"

Es war tatsächlich so etwas wie ein historischer Abend, denn es gelang Halb erstmals, Delia Schoitelmüller zum Erröten zu bringen! ... was angesichts ihrer gemeinsamen Geschichte schon erstaunlich war.

„Nein, Ludwig, natürlich nicht! Aber ich habe seit deinem Besuch heute Nachmittag ein wenig nachgedacht und nachgegraben, und daher ..."

„Was kannst du mir über das Finanzleben der Schmiedingers sagen?"

„Noch nicht mehr als das, was ich dir gerade gesagt habe. So viel Zeit hatte ich auch wieder nicht ... noch nicht ... dass ich dir schon große Geheimnisse offenbaren könnte. Wirklich, Ludwig, manchmal bist du richtig kindisch!"

„Verzeih, aber ich halte dich eben für ein Genie."

Halbs charmantes Lächeln wandelte sich zu einem herzlichen Lachen – der Abend wurde immer „historischer". Das leise Rot auf Delias Wangen schien fast zu einem Dauerzustand zu werden.

„Und welchen Zeitraum soll ich durchforsten? Von 2004 bis zur Ermordung?"

„Nicht nur. Sei bitte so lieb und wirf auch noch einen Blick auf die Zeit nach dem Mord."

„Warum? Wenn Schmiedinger junior in irgendwelche illegalen Geschäfte verwickelt gewesen ist, dann werden doch jegliche Aktivitäten mit seinem Tod beendet gewesen sein. Ich mein, falls dieser Auen wirklich ein gedungener Killer und die ganze Geschichte von dem missglückten Einbruch nur Fassade war – falls also die Morde aus Rache oder als Warnung oder aus Habgier verübt wurden, dann war doch die ganze Geschichte mit dieser Tragödie beendet. Was sollte ich also nach jenem 6. Dezember 2007 noch in den Unterlagen finden?"

„Ich weiß schon – der Logik nach hast du Recht. Aber irgendetwas sagt mir, dass ..."

„Dein berühmtes Bauchgefühl?"

„Ja, genau! Apropos Bauchgefühl ... was möchtest du denn als Nachspeise?"

„Wie wär's mit einer Portion Kaiserschmarrn mit zwei Gabeln?"

„Eine wunderbare Idee! Herr Ober, bitte ..." – die eine Portion wurde ihnen dann ganz selbstverständlich auf zwei Tellern serviert, was sie allerdings gerade an diesem Abend bedauerten. Ein Teller, zwei darüber gebeugte Köpfe, vier Wangen ... beim nächsten Mal würde er nur Palatschinken bestellen ... ohne eine zweite Gabel.

## Donnerstag, 9. Mai 2013, 8.10 Uhr

Er bemühte sich sehr, frisch und freundlich in den Arbeitstag zu starten. Aber um diese Uhrzeit war es ihm fast unmöglich, auch nur wach zu sein – von Qualitäten wie aufnahmefähig oder sozial angepasst ganz zu schweigen. Trotz seines Leichtschlaf-Zustands war er sich bewusst, dass er es selbst gewesen war, der die heutige Morgenbesprechung auf acht Uhr angesetzt hatte, aber er war sogar zum Haareraufen zu müde. Selbstzweifel der Marke „Was hast du dir dabei nur gedacht?“ mussten bis zehn Uhr warten – erst dann würde er in der Lage sein, sich zum x-ten Mal zu schwören, nie wieder eine solche Dummheit zu begehen. Vorsichtig nippte er an der Tasse extrastarken Tees, die ihm wohl Helli hingestellt hatte. Eine gute Seele! ... und so munter! Er prostete ihr mit dem Tee zu.

„Danke. Also, ihr kennt mich ja zur Genüge und wisst daher, dass es eigentlich ein Irrsinn war, zu solch tiefnächtlicher Stunde mit der Arbeit ... also, mit meiner Arbeit, beginnen zu wollen. Aber ich fürchte, dass wir einen sehr langen Tag vor uns haben, daher – Morgenstund hat Gold im ...“ – bei „Mund“ konnte er ein Gähnen nicht mehr unterdrücken. Mit diabolischem Grinsen stellte er fest, dass zumindest der Ingeniöhr, Verena und Schwejk ebenso keine betonten Morgenmenschen waren, denn sein Grimassieren löste auch bei Ihnen deutliche Gesichtsmuskelverrenkungen aus, die sie kaum unterdrücken konnten.

„Ja, ich bin gestern aus dieser grässlichen Wohnung deshalb so überstürzt weggerannt, weil die mich fatal an etwas erinnert hat. Und zwar ...“ – als er ihnen seinen Verdacht schilderte, verwendete er fast dieselben Worte wie bei Delia. Auf diese Weise gewann er wertvolle Minuten, in denen sein Hirn langsam auf Touren kommen konnte.

„Ein Profikiller? Aber warum sollte der dann noch auf dem Totenbett gestehen? So einer hat doch bis zuletzt kein Gewissen, also wird er es auch kaum erleichtern wollen."

„Du hast ja Recht, Toni. Aber es schien mir eben ein neuer Gedanke zu sein, der uns vielleicht weiterhelfen könnte."

„Also, lacht's mich bitte nicht aus. Aber ich hätte da durchaus eine Idee, wieso selbst ein Profikiller auf dem Totenbett ein Verbrechen gesteht. ... noch dazu eines, für das ein anderer vielleicht unschuldig einsitzt."

Jetzt war Halb ganz wach! Denn genau diese Frage, auf die Verena eine Antwort zu haben schien, hatte er nach dem so unerwartet anders vergnüglichen Abend mit Delia hin- und hergewälzt, allerdings ohne auf eine sinnvolle Erklärung zu kommen.

„Wie gesagt, bitte nicht gleich laut loslachen, auch wenn es ein bisschen nach James Bond klingt. Was wäre, wenn irgendwelche Leute, irgendeine kriminelle Organisation, daran interessiert ist, dass Dobler freikommt? Dann wäre es doch durchaus logisch, dass sie den – aus ihrer Sicht glücklichen – Zufall des Herzinfarkts eines ihrer ‚Mitarbeiter' gut gebrauchen können. Also, sehr vereinfacht dargestellt ... böse Buben wollen, dass Dobler rauskommt. Einer von ihnen weiß, dass er bald – auf gewöhnlichem Weg, also ohne Gewalt – sterben wird. Daraufhin ordnen die bösen Buben an, dass er die Schuld an dem Verbrechen, das er einst tatsächlich begangen hat und für das Dobler unschuldig einsitzt, doch noch auf sich nehmen soll. Ihm schadet es nicht mehr, und die BBO, die ‚Böse-Buben-

Organisation', hat ihr Ziel erreicht ... nämlich, dass Dobler freigelassen wird."

„Gut, Verena, sehr gut! Erste Frage ... das würde aber doch bedeuten, dass Dobler damals wirklich ‚eingetauscht' wurde. Sprich – die damaligen so eindeutigen Beweise wurden von langer Hand vorbereitet und sorgfältig platziert, damit wir, die Geschworenen und das Gericht fest davon überzeugt sein würden, dass es nur Dobler gewesen sein konnte. Könnt ihr mir soweit folgen oder mach ich einen Denkfehler?"

Allgemeines Nicken, dann ein stummes Kopfschütteln – also fuhr Halb fort.

„Zweite Frage – was hatte Dobler dieser BBO damals angetan, dass er so bestraft wurde? Oder war er nur ein zufälliges Bauernopfer, das sich damals schlicht und einfach angeboten hat, um jeglichen Verdacht vom wahren Mörder und den dahinter liegenden Motiven abzulenken?"

„Ich würde eher deiner These von einer Bestrafung Doblers zustimmen, denn das würde auch erklären, warum die BBO ihn heute aus dem Gefängnis heraushaben will."

„Verena, das versteh ich nicht." – Wilt hatte zwar als Erster gesprochen, man sah aber auch den anderen an, dass sie bei Planners Ausführungen ausgestiegen waren.

„Was die Verena sagen will – glaub ich zumindest – ist Folgendes. Nehmen wir an, Dobler hat sich gegenüber dieser BBO damals irgendwie unbotmäßig verhalten ... er hat was gestohlen oder unterschlagen oder irgendwas verraten. Daher beschloss die BBO, ihn zu bestrafen ... so was in der Art. Erst später sind sie draufgekommen, dass Dobler etwas wusste, also im Besitz irgendeiner Information war, die sie brauchen konnten oder vielleicht sogar immer noch dringend brauchen. Verena, hast du das gemeint?“

„Chef, du kannst Gedanken lesen.“

„Leider nein, weil sonst würde ich diesem Dobler tief in die Augen sehen und könnte euch sofort sagen, ob es tatsächlich Auen gewesen war, der die Schmiedingers erschossen und den Einbruch nur vorgetäuscht hat.“

„... und wer hinter der BBO steckt und uns damals den Dobler so perfekt als Schuldigen präsentiert hat?“

„... und was eigentlich der Grund dafür war, dass ein Profikiller auf diese Schmiedingers angesetzt worden ist?“

„Schwejk, das kann ich dir auch ohne Gedankenlesen beantworten.“ – es lag vielleicht an der – für Halb – nach wie vor tiefnächtlichen Uhrzeit, dass er kindisch genug war, die erstaunten Blicke zu genießen.

„Allerdings musst du dich noch etwas gedulden, weil ich die entsprechenden Informationen erst in den nächsten Tagen bekomme.“

„Von wem, wenn ich fragen darf?“ – Mayer war die Gekränktheit darüber, dass nicht mehr er alleine das „Datenorakel“ zu sein schien, deutlich anzuhören.

„Das, lieber Ingeniöhr, kann ich dir leider nicht verraten. Was ich dir – und euch – aber sehr wohl verraten darf, ist, dass der Verlag der Familie Schmiedinger nur mehr das Aushängeschild eines weit verzweigten Kleinkonzerns war, den schon der Senior aufzubauen begonnen hatte. Möglicherweise hat sich dann der Junior mit den falschen Leuten eingelassen und ... na ja.“

Also ob sein Bauch das Ende seiner Ausführungen abgewartet hätte, begann er mitten in die kurze Pause hinein hörbar zu knurren. Halb verzog ärgerlich das Gesicht und klopfte auf seine Leibesmitte. „Ist ja schon gut. Bald gibt's Frühstück."

„Ach du Schande!" – wie von der Tarantel gestochen sprang Frau Drobatschnig auf. „Vor acht Uhr war die Konditorei noch nicht offen, und dann habe ich doch glatt auf Sie vergessen. Verzeihung, ich spring gleich hinunter und werden Ihnen – natürlich uns allen – ein paar köstliche Muntermacher bringen. Aber ... entschuldigen schon, Herr Hofrat, dass ich mich als Nicht-Kriminalistin da einmische, aber ich tät Sie gern was fragen."

„Nur zu, liebe Helli."

„Ich weiß nicht, wie ich es höflicher formulieren soll, aber ... aber glauben Sie alle wirklich an das, was Sie da gerade gesagt haben? Ein Profikiller, eine mafiöse Organisation, perfekt gefälschte Beweise, ein Unschuldiger in Haft, ein mit Absicht platziertes Geständnis von eben diesem Killer – das klingt alles so unwahrscheinlich, so vollkommen nach Hollywood-Thriller, aber doch nicht nach hier! Ich mein, wir sind doch hier weder auf Sizilien noch in Moskau noch in irgendeiner amerikanischen Gangstermetropole. Wir sind doch in Wien!"

Er wollte Helli nicht beleidigen, aber Halb konnte nicht anders, als schallend zu lachen. Jedoch bremste er sich sofort wieder ein – was ihm angesichts der Thematik nicht schwerfiel. „Helli, Sie hätten sich jetzt sehen sollen, Ihre Entrüstung war wirklich eine Wohltat ... und so schön patriotisch. Aber – im Ernst! Ja, leider – ich kann ... also, wir können uns sehr gut vorstellen, was wir da gerade skizziert haben. Ich weiß schon, Wien gilt immer noch als die Insel der Seligen. Aber – abgesehen davon, dass wir das schon lange nicht mehr sind ... falls wir das überhaupt je waren. Gerade, weil wir hier in einer der lebenswertesten Städte der Welt wohnen, haben wir natürlich zunehmend mehr Probleme. Weil, wo es so schön ist, wollen natürlich auch immer mehr Menschen mit sehr viel Geld leben. Und wo viel Geld ist, kommen immer mehr von denen nach, die auch viel Geld haben wollen … allerdings, ohne es sich vorher verdient zu haben. Ich will jetzt nicht den Teufel an die Wand malen und hysterisch behaupten, dass hinter allen strahlenden Fassaden nur das Böse gedeiht. Nein, natürlich nicht! Aber hinter jede … na, sagen wir vielleicht siebenundvierzigste frisch renovierte Fassade, da sollte man vermutlich wirklich nicht genauer hinsehen. Oder – also aus unserer Sicht, gerade dort sollten wir besonders aufmerksam nachschauen."

„Siebenundvierzigsten?"

„Ja, Schwejk, siebenundvierzigsten. Aber wenn es dich beruhigt, vielleicht ist es auch nur jede neunundvierzigste."

„Na gut, Herr Hofrat. Dann gehe ich jetzt, um Torten zu holen. … in der Hoffnung, dass ich weder am Hin- und schon gar nicht am Rückweg von irgendeiner Mehlspeis-Mafia entführt werde."

Das Zwinkern von Frau Drobatschnig quittierte Halb mit betont ernster Miene. „Nein, liebe Helli, da brauchen Sie sich nicht zu fürchten! Sie werden zwar jetzt gleich mit dem Bösen zu tun haben, aber dieses Böse schmeckt halt zu gut, um es nicht sein schreckliches Werk an Hüften und Bäuchen verrichten zu lassen. Und … noch etwas. Letztes Mal haben Sie doch all unsere Köstlichkeiten bezahlt, oder? Vielen Dank der edlen Spenderin, und …" – er musste die Stimme heben, um im spontanen „Helli-Beklatschen" noch gehört zu werden – „… diesmal werde ich natürlich als nobler Kaloriensponsor auftreten." Jetzt stimmte auch

Helli Drobatschnig in das zum „Chef! Chef!"-Gejohle mutierte Gebrüll ein, sodass sich Halb sicher war, dass angesichts ihres zutiefst unwürdigen Verhaltens mindestens die Innenministerin gleich den Raum betreten würde und sie alle …

„Was ist denn hier los? Sag, Ludwig, seid ihr alle vollkommen verrückt geworden?"

Nein, die Innenministerin war es nicht! Aber vielleicht wäre sie sogar die bessere Wahl gewesen – auf jeden Fall hätte sie kein entsetzteres Gesicht machen können als „ihrer aller Ernst" – Hofrat Straka.

„Herr Hofrat, gut, dass Sie gerade jetzt kommen. Da kann ich Sie ja noch fragen, was ich Ihnen für ein Tortenstück aus der Konditorei mitbringen soll? Übrigens, auf Kosten von Hofrat Halb."

„Na, dann … bringen Sie mir doch bitte das teuerste, das Sie finden können! … wobei ich hoffe, dass das die Schokoladentorte mit viel Schlagobers ist."

Mit einem „Geht in Ordnung" rauschte Frau Drobatschnig aus dem Zimmer. Dabei wurde sie von fünf neidvollen Augenpaaren verfolgt, die sich im nächsten Moment schamvoll senkten, um dem nun folgenden Theater nicht allzu direkt ins Auge blicken zu müssen.

## Donnerstag, 9. Mai 2013, 9 Uhr

„Und ihr meint also, dass Dobler irgendetwas weiß, das ihn für diese … wie habt ihr die genannt? … ‚Böse-Buben-Organisation' so wertvoll macht, dass die den wahren Mörder von den Schmiedingers gezwungen haben, noch auf seinem Totenbett ein Geständnis abzulegen, um eben den Dobler aus dem Gefängnis zu bekommen? Da scheint sich dann aber noch eine Frage zu stellen."

„Nur eine, Ernst? Ich wüsste noch etliche."

„Na, mir genügt einstweilen die eine. Und zwar, ob das nicht ein bisserl zu viel Zufall ist, dass gerade der Mann, der vor fünfeinhalb Jahren die Schmiedingers im Auftrag von wem auch immer ermordet hat ... dass gerade der just zu dem Zeitpunkt, zu dem diese BBO den Dobler draußen haben will, rein zufällig mehrere Herzinfarkte erleidet, und also relativ einfach überredet werden kann, die Morde zu gestehen. Weil ohne die Herzinfarkte wäre dieser Auen doch kaum zu überreden gewesen, das Geständnis abzulegen."

Wie so oft hatte Straka dem Eindruck, den er als überpenibler und schwerfälliger Beamter in hoher Position vermittelte, nicht entsprochen. Und obwohl sie um seine intellektuellen Fähigkeiten wussten, waren alle am Tisch auch diesmal wieder überrascht.

„Das würde aber bedeuten, dass ..."

„... dass ihr diese Ermittlungen langsam, aber sicher den Kollegen von der ‚organisierten Kriminalität' übergeben solltet." Genüsslich hatte Straka auch das letzte Schokoladentortenstück verzehrt, während er die Bombe platzen ließ.

„Ärgern oder nicht, das ist hier die Frage. Ob's edler im Gemüt, den Fall zu lösen, den Spott und Hohn der Zeitungen erdulden, oder den Fall Kollegen abzugeben. Durch keinen Widerstand bequemer enden? Sterben – streben ... oder ermattet aufzuhören, den ‚Hamlet' hier jetzt umzudichten" – als Halb das Gefühl hatte, die Verblüffung seines Teams würde jetzt gleich in Entsetzen ob seines literarischen Anfalls übergehen, hörte er mit seinen Variationen des berühmten Shakespeare-Monologs schlagartig auf. Mit leiser Süffisanz setzte Straka allerdings noch eins drauf.

„Nichts weiter! Und zu wissen, dass ein Schlaf … Ludwig, ich versteh eure Enttäuschung nicht! Seid's doch froh, diesen lästigen Palawatsch los zu sein! So ein Chaos wie dieser Fall – das kann doch kein Vergnügen sein."

„Ernst, das ist doch nicht dein Ernst? … o.k., ich hör schon auf mit den Wortspielen. Aber im Ern… also, jetzt wirklich offen und ehrlich. Du weißt doch genau, dass es diesen berühmten Punkt gibt, an dem einen ein Fall nicht mehr loslässt. Und diesen Punkt haben wir längst überschritten. Das ist jetzt unser Fall! Und wir werden ihn lösen! Basta."

„Ist ja gut, Ludwig, reg dich nicht auf. Ich nehme ihn euch ja nicht weg, ich will doch nur sagen, dass die ganze Geschichte offenbar eine Nummer zu groß ist für euer – noch so bewundernswertes – verschworenes Häuflein. Allein die Fragen, die jetzt noch auftauchen, wollt ihr die alle alleine klären?"

„Zum Beispiel welche?"

„Na zum Beispiel … warum hat der Auen sein – vermutlich wahres – Geständnis verfälscht? Er hat doch gesagt, dass er bei einem Einbruch erwischt worden sei … genauso, wie wir es bei Dobler vermutet hatten. Aber wenn Auen ein Profikiller war und die Schmiedingers schlicht und einfach umgebracht hat, weil das sein Auftrag war … warum hat er es damals nach einem Einbruch aussehen lassen? Und warum hat er sogar auf seinem Totenbett noch diese Version gestanden … und nicht schlicht und einfach die Wahrheit gesagt – dass er sie hat umbringen sollen und das halt einfach erledigt hat?"

„Na ja, vielleicht wollte er bis zuletzt das wahre Motiv für den Mord verschleiern, weil … wenn wir dann bei Schmiedingers danach gegraben und auch anderes belastendes Material entdeckt hätten, hätte uns das vielleicht zum Auftraggeber führen können?"

„Na gut. Dann kommen wir doch zu einer viel wesentlicheren Frage ... wie hat es diese BBO angestellt, dass Auen mehrere Herzinfarkte gerade zum passendsten – also, für die Hintermänner passendsten – Zeitpunkt hatte, ohne dass er daran gedacht hat, dass man ihn umbringen wollte? Weil wenn der auch nur die leiseste Ahnung gehabt hätte, dass er nicht zufällig gerade jetzt auf dem Sterbebett liegt, hätte er sich doch justament geweigert, noch in den letzten Sekunden zu gestehen."

„Nicht unbedingt, weil ... auch Killer sind erpressbar. Nehmen wir an, die im Hintergrund mussten fürchten, dass Auen ihnen nicht gehorchen und nicht gestehen würde – da wäre es doch logisch, dass sie zum Beispiel seine Familie entführen ließen und ihm drohten, sie alle umzubringen, wenn er nicht schön brav bis zu seinem Tode folgt."

„Aber ... Chef, Herr Hofrat – diese Gedankenspiele sind ja alle schön und gut, aber solange wir keine Ahnung haben, wer Auen war, können wir keine einzige dieser Fragen beantworten! Also – selbst wenn wir jetzt einmal davon ausgehen, dass Auen Dobler durch sein Geständnis aus der Haft herausholen wollte, weil es ihm befohlen wurde. Aber die Gretchenfrage bleibt immer noch offen! Wer, verdammt noch einmal, war dieser Auen wirklich? Und – fast noch schlimmer ... wie können wir diese Frage lösen?"

„Herr Haschek, was ich Kollege Halb gesagt hab, gilt auch für Sie ... und natürlich auch für die anderen. Nicht aufregen! Sehr ungesund! Und außerdem völlig nutzlos."

„Gut, Ernst, du hast natürlich Recht. Aber der Schwejk hat auch Recht ... also damit, dass es am wichtigsten wäre, endlich zu wissen, wer hinter dieser Kunstfigur namens Gregor Auen steckt. Verena, haben wir schon Resultate wegen der Fingerabdrücke? Ist der irgendwo bekannt? Interpol, CIA, österreichisches Salzamt, weiß der Kuckuck wo?"

„Leider nein. Keine Treffer bisher. Übrigens – ich soll doch heute noch einmal ins Marienspital fahren, um herauszufinden, wer die Zusatzkosten für Auen übernommen hat."

„Ja, genau. Und?"

„Na ja, sollte ich denen nicht gleich die ganze Leiche wegnehmen und sie auf die Gerichtsmedizin überführen lassen? Weil vielleicht finden die wirklich noch ein Gift in seinem Körper, das die Herzinfarkte verursacht hat – ganz so, wie's der Herr Hofrat vorher angedeutet hat."

„Sehr gute Idee! Mach das ... rassle mit den Ketten, sag denen, dass Gefahr im Verzug ist. Die Anordnung vom Staatsanwalt zur Obduktion reichen wir schnellstmöglich nach ... die ganze Leier eben."

„Mach ich. Aber da wäre noch etwas."

„Und zwar?"

„Diese Abkürzungen in seinem Taschenkalender, denen ich nachgehen sollte – also, das dürften ganz normale Namen sein, die aber auf den zweiten Blick dann doch ..."

„Wessen Namen?"

„Ja, das ist das Merkwürdige daran. Soweit der Ingeniöhr und ich das gestern herausfinden konnten, ist das Einzige, was diese Namen verbindet ... ja, wie gesagt, jetzt wird's echt abgehoben. Die sitzen alle im Gefängnis ... und zwar in Stein."

Es war, als ob sie plötzlich in einem schalltoten Raum säßen. Nicht das allerleiseste Geräusch war zu hören. Halb hatte sogar den Eindruck, die anderen hätten kurz zu atmen aufgehört. Vorsichtshalber hielt auch er einige Sekunden die Luft an.

„Und das bedeutet?" – es war Straka, der als Erster aus ihrer kollektiven Starre der Verblüffung erwachte.

„Keine Ahnung, aber das werden wir gleich herausfinden. Toni, wir fahren jetzt sofort noch einmal nach Stein. Verena, bitte schick mir Namen und Daten dieser Häftlinge auf mein Handy. Ingeniöhr, ich will alles über die Schmiedingers wissen! Alles, verstehst du? Wer die Tante vom Onkel der Nichte der Großmutter war ... ein komplettes Familienalbum der letzten fünfzig Jahre. Und bitte mit möglichst vielen Details. Schaffst du das bis heute um fünfzehn Uhr?"

Mayer nickte strahlend vor Glück – offenbar hatte ihn Halb doch wieder zu seinem „Lieblingstrüffelschwein des Internets" erkoren.

„Gut. Und du, Schwejk, übernimmst heute von Toni die Suche nach dem Sedlacek. Setz alle Hebel in Bewegung, an die du nur denken kannst. Ich glaub, wir brauchen den dringender als je."

„Alle Häbl! Jawoll, Herr Oberst-Hofrat, melde gehorsamst, wird ärledigt!" – vor allem in extrem hektischen Situationen imitierte Haschek gerne das berühmte „Böhmakeln" des „echten" Schwejk. Und meistens zeigte der plötzliche Tonfallwechsel auch Wirkung – zumindest bei Halb, der auch diesmal automatisch lächelte und daher sofort ruhiger wurde.

„Fein! Helli, wie immer – wir sind die Arme und Beine, und Sie das Gehirn, das uns koordiniert. Und du, Ernst, sei bitte so lieb und ..." – der martialische Klingelton von Strakas Handy überraschte ihn. Es klang, als ob mindestens fünf amerikanische Polizeiautos gleichzeitig mitten im Zimmer mit voller Folgetonhorn-Lautstärke herumrasen würden. Verzweifelt versuchte Straka, das lärmende Ding aus seiner Sakkotasche herauszufischen. Als es ihm endlich gelungen war, wechselte sein Gesichtsausdruck innerhalb nur eines Satzes von leicht verschämt zu nachdenklich alarmiert.

„Ludwig, ihr solltet euch beeilen. Gerade habe ich erfahren, dass das Gericht dem Antrag der Staatsanwaltschaft gefolgt ist, eine Wiederaufnahme des Verfahrens gegen Dobler zuzulassen. Ich muss dir nicht erklären, dass damit auch die Haft von Dobler ausgesetzt wird ... vermutlich schon heute!“

Mit einem „Nicht vergessen – fünfzehn Uhr Besprechung! Und ... danke, Ernst!“ stürmte Halb Wilt nach, der schon hinausgelaufen war. Mit einem „Ich Depp! Bitte, ich brauch noch ein Foto von dem Auen. Könnt ihr mir das blitzschnell vom Video herunternehmen und ausdrucken?“ kam er wieder hereingestürzt. Aber schon dreißig Sekunden später rannte er zum Aufzug, wo Wilt seit zwanzig Sekunden die Kabinentür aufhielt.

**Donnerstag, 9. Mai 2013, 10.10 Uhr**

„Langsam, Toni, langsam! Wir fahren zwar nach Stein, aber dieser Stein muss ja nicht unser Grabstein sein.“

„Na gut, bummeln wir halt so dahin.“

„Einhundertdreißig Kilometer pro Stunde auf einer österreichischen Autobahn ist kein Bummeln, sondern die erlaubte Höchstgeschwindigkeit. Jetzt sei doch nicht so nervös!“

Wilt war demonstrativ auf die rechte Fahrspur gewechselt und musste sich daher an die Geschwindigkeit der Schwerlastwagen anpassen.

„Himmelherrgott noch einmal, warum bleiben die denn stehen?"

„Toni, Vierzigtonner fahren meist nicht schneller ... zumindest die nicht, die ihre Pension erleben wollen. Und das wollen wir doch auch – auch wenn unsere Pension gegen Null gehen wird, trotzdem würde ich sie gerne ... Achtung! Pass auf!"

Trotz Vollbremsung kam ihr Wagen erst Zentimeter vor der Stoßstange ihres Vorder-LKWs zum Stehen. Ganz automatisch beugte sich Halb nach vor und versuchte, mit seinen Händen seinen Kopf zu schützen.

„Alles o.k., Chef! Der Dicke hinter uns steht auch schon. Alles in Ordnung!"

Vorsichtig entfaltete Halb seinen Oberkörper – in der monatelangen Physiotherapie nach seinen Schussverletzungen hatte er mühsam erlernt, wie er solche Bewegungsabläufe halbwegs schmerzfrei gestalten konnte. Als er sich wieder aufgerichtet und zurückgelehnt hatte, standen ihm immer noch die Schweißperlen auf der Stirn.

„Im Handschuhfach, Chef." Dankbar nahm Halb die Papiertaschentücher, während der Wagen wieder zu rollen begann. Langsam löste sich der Stau auf, sodass Wilt in der mittleren Spur einen „Geschwindigkeitskompromiss" fahren konnte.

„Chef, was ich noch fragen wollte ... wegen des Fotos von dem Auen, das du mitgenommen hast. Wieso war kein einziges in den Zeitungen – die bringen doch sonst von jedem Trottel und jedem Dreck eines?"

„Doch, bei einem Artikel war eines dabei ... ich glaube, vorgestern. Aber die haben nur sein Passfoto fotografiert ... das hat ihm dann wirklich nicht mehr sehr ähnlich gesehen.“

„Diese Namenskürzel in Auens Kalender ... du denkst, dass er sich da Treffen mit Häftlingen notiert hat? Aber warum sollte er die besucht haben? Und als wer? ‚Hallo und grüß Gott – ich bin ein Profikiller und würde gerne die Gefangenen X, Y und Z besuchen ... natürlich nur, wenn es der Anstaltsleitung recht ist!‘ ... so blöd wird gerade so jemand ganz sicher nicht gewesen sein.“

„Ja, das wär zu schön ... und auch wieder nicht.“

„Wieso?“

„Weil es wohl kaum auch nur zu einem einzigen Treffen mit einem Häftling gekommen wäre. Und weil wir dann keine Chance hätten, zu erfahren, was Auen dort wollte. Und weil ... ah, die Verena. Ja, was gibt’s?“ – im Gegensatz zu seinem Vorgesetzten hatte Halb einen leisen und sozial kompatiblen Klingelton auf seinem Handy, der nicht einmal in der Enge eines Autos erschreckend klang. „Noch mehr dieser Kürzel ... wie bitte?!“ Der Anruf hatte Wilt in seiner zügigen Fahrweise nicht gestört, aber Halbs verblüffter Aufschrei ließ ihn den Wagen fast verreißen. „Jetzt wird’s wirklich spannend! Ja, genau das ist die Frage. Vielleicht haben wir Glück und bekommen von Dobler gleich eine Antwort. Ja, bitte schick mir das SMS mit allen Namen. Danke! ... jaja, bis fünfzehn Uhr. Danke!“

„Welche Frage wird uns der Dobler beantworten?“

„Toni, das verrate ich dir nur, wenn du mir versprichst, trotzdem ruhig und sicher weiterzufahren.“

„Versprochen! Also was?“

„Der Ingeniöhr und Verena konnten weitere Kürzel-Codes knacken ... das waren auch alles Namen von Häftlingen aus Stein. Und jetzt kommt der Clou! Anfang letzter Woche war Auen zu Besuch bei ...“

„Nein! Nicht bei Dobler?“

„Doch, genau bei dem! Da stellt sich doch die Frage, was ...“

„Eine Frage? Also ich hätte sofort dutzende.“

„Übertreib nicht. ... die Frage, was Auen von Dobler wissen wollte.“

„Du meinst, Auen wurde von der BBO vorgeschickt, um Dobler nach dieser ominösen Information zu fragen, die für die anderen so wichtig war?“

„Das scheint mir logisch. Aber, egal – offenbar haben wir soeben den Fall gelöst! Affe tot, Klappe zu – Auens Geständnis war falsch, Dobler war und ist der Mörder der Familie Schmiedinger.“

Hatte Halb erwartet, dass Wilt auf diese Offenbarung hin mindestens eine Vollbremsung hinlegen oder aufs Gaspedal springen würde, wurde er eines Besseren und Ungefährlicheren belehrt. Toni Wilt sagte kein Wort und fuhr ruhig weiter. Halb beugte sich ein wenig vor, um besser erkennen zu können, ob sein Nebenmann plötzlich vom Sekundenschlaf übermannt oder gar einen Herzinfarkt ...

„Nein, nein, Chef, ich bin weder tot noch akut verblödet. Ich hab schon verstanden, was du da grad gesagt hast. Aber gerade deshalb gestatte ich mir nicht, darüber nachzudenken, weil ... also, das wär zu gefährlich. Zumindest, solange ich diese sieben, nein ... neun LKWs überholen will bzw. muss. Noch dazu mit diesem Trottel da hinter uns, diesem blinkenden Geländewagen, der uns fast schon rammt.“

Halb drehte sich, soweit seine Wirbelsäule es zuließ, um. Tatsächlich war dieses Monsterauto fast schon auf ihrer Rückbank angekommen.

„Na, wenn's sonst nichts ist …" – mit genüsslichem Grinsen legte Halb seinen Finger auf den Kippschalter, mit dem man den „Achtung Polizei!"-Schriftzug am unteren Ende der Heckscheibe aufleuchten lassen konnte.

„Aber Chef, das dürfen wir doch nur bei einem Einsatz benützen!"

„Toni, ich bin mir sicher, dass auch irgendwo steht, dass man das ‚zur Vermeidung von Unfällen und anderen Gefahrensituationen in Betrieb nehmen' darf. Oder so ähnlich. Na, und das tun wir jetzt."

Ebenso schnell, wie sich Wilts Gesicht vor Nervosität verzerrt hatte, entspannte es sich jetzt wieder. Es war, als ob dem Drängler hinter ihnen plötzlich bewusst geworden wäre, dass ihre Stoßstange eine hochgradig ansteckende Krankheit übertragen würde – so schnell ließ er sich zurückfallen. Als Wilt die Lastwagenkolonne überholt und sich wieder auf der rechten Spur eingereiht hatte, war der Geländewagen weder im Rück- noch im Außenspiegel mehr zu sehen.

### Donnerstag, 9. Mai 2013, 10.30 Uhr

Diesmal fanden sie einen legalen Parkplatz unweit der Strafanstalt, sodass Halb noch in Ruhe erklären konnte, wie er zu dem gewagten Schluss von vorhin gekommen war.

„Vermutlich ist das Ganze folgendermaßen abgelaufen. Als Dobler erfuhr, dass Auen mehrere Gefangene besucht hat, muss ihm schnell klar geworden sein, dass Auen hinter irgendeiner Information her war, die er, Dobler, kannte."

„Stellt sich natürlich die Frage ..."

„... warum Auen nicht gleich direkt nur Dobler besucht hat? Vermutlich aus zwei Gründen. Zum einen wäre es wahrscheinlich zu auffällig gewesen, nur zu Dobler zu gehen, und zum Zweiten ... möglicherweise wussten Auen und seine Hintermänner gar nicht genau, wer ihr Ziel war. Vielleicht hat Dobler sogar auf sich aufmerksam gemacht und sich zu erkennen gegeben ... wie auch immer, es spielt für uns keine wesentliche Rolle. Auen hat Dobler gefunden, und dann muss eine seltsame Verhandlungsrunde begonnen haben. Das hat vermutlich recht komisch geklungen, weil – die beiden konnten natürlich nicht offen reden ... es war ja sicher immer ein Beamter dabei. Und in diesem Gespräch voller verklausulierter Hinweise hat Dobler dann wahrscheinlich hoch gepokert. Das Allerlustigste daran ist ja, dass Dobler vielleicht nur begriff, dass diese BBO nach einem bestimmten Hinweis bei ihnen in Stein gesucht hat, aber in Wirklichkeit gar nicht wusste, was das war."

„Du meinst, Dobler war so dreist, dass er ..."

„Warum nicht? Dafür hätt ich sogar Verständnis. Wenn ich lebenslang – also vermutlich noch zwölf, dreizehn Jahre – sitzen müsste, würde ich auch alles tun, um rauszukommen. ... und lügen tät ich erst recht – kostet nix und ist relativ ungefährlich. Also, ob Dobler tatsächlich im Besitz dieser wertvollen Information war bzw. ist oder nicht, ist eigentlich egal. Auf jeden Fall hat er so getan, als ob. Und dann wird er Auen natürlich klargemacht haben, dass er das nur verrät, wenn sie ihn rausholen. Vielleicht hat sogar Dobler selber die Idee gehabt, in diesem falschen Geständnis das Detail mit der Halsentzündung des kleinen Ferdinand einzubauen bzw. einbauen zu lassen, damit das Geständnis auf jeden Fall authentisch wirkt. Er konnte ja damit rechnen, dass der Fall wieder bei uns landen würde. Und er konnte sicher sein, dass mir der Satz mit der Halsentzündung sofort auffallen würde ... Jaja, mein lieber Dobler ... das hast du dir fein ausgedacht! Aber nicht mit mir! Na ja, wie auch immer – Dobler hat Auen dieses Detail verraten können ... und dann musste er nur noch warten, dass irgendwer gezwungen würde, die Morde zu gestehen."

„Ja, aber, wenn Auen keinen Herzinfarkt gehabt hätte – wie hätten die denn wen auch immer dazu gebracht, einen Dreifachmord zu gestehen?"

„Toni, ich bitte dich. Als ob solche Leute zögern würden, irgendwen so unter Druck zu setzen, dass er alles zu gestehen bereit ist. Da muss man ihm doch nur die Kinder entführen und ihm drohen, die ..."

„Schon gut, ich hab verstanden."

„Außerdem – vielleicht hätten sie das ebenso per Video gelöst ... irgendwer veröffentlicht im Internet ein Bekennervideo mit genau dem Detail, welches das Geständnis eben glaubhaft macht. Im Anschluss daran kündigt derjenige auch gleich seinen Selbstmord an ... die Leiche wird leider nie gefunden ... et cetera ..."

„Und du glaubst, dass auf so ein Video hin die österreichische Justiz den Dobler tatsächlich freilassen würde?"

„Na ja ... gut, da hast du schon Recht. So eine Suppe wär vielleicht wirklich zu dünn ... aber das vorherige Beispiel mit dem erpressten Geständnis, das hielte ich schon für wahrscheinlich."

„Gut, also ... Dobler lässt Auen wissen, dass er die wichtige Information kennt, aber sie ihnen erst verrät, wenn sie ihn mittels eines falschen Geständnisses rausgeholt haben. Dass das ausgerechnet von Auen kommt, ist wirklich ein reiner Zufall. Und jetzt ..."

„... jetzt, Toni, hast du alles so kombiniert, dass wir den Fall schließen können. Wir müssen nur mehr beweisen, dass Dobler sehr wohl die Gelegenheit gehabt hat, Auen von dieser Halsentzündung zu erzählen. Und das werden uns ja jetzt wohl die Wachebeamten bestätigen. Dann wird kein Staatsanwalt dieser Welt ... na ja, zumindest keiner in Mitteleuropa ... mehr ein amtswegiges Wiederaufnahmeverfahren gegen Dobler beantragen. Und die Aussetzung der Haft schon gar nicht, da ja akute Fluchtgefahr bestünde. Dobler weiß ja ganz genau, dass er der Mörder von den dreien war und ist und immer sein wird. Na, und großartige soziale Bindungen hat er auch keine, keinen Posten, nix ... der ideale Kandidat für eine Flucht."

Da sie inzwischen den Besuchereingang der Justizanstalt erreicht hatten, deutete Wilt den demonstrativen Applaus, zu dem er bereits angesetzt hatte, nur vorsichtig an.

„Ist schon gut, Toni, gehen wir hinein?"

„Wart noch einen Moment. Nur noch zwei kurze Fragen."

„Dann setzen wir uns doch in den kleinen Park da drüben."

Dass gleich zwei erwachsene Männer auf einmal die winzige Wenig-Grün-mit-viel-Beton-Fläche betraten, waren die hiesigen Tauben offenbar nicht gewohnt. Erbost und auf der Suche nach fütterungswilligen alten Frauen flogen sie wie ein Kampfgeschwader auf und ließen einige ihrer „Bomben" auf die beiden Eindringlinge herunterplatschen.

„Pfui Teufel! Diese elenden Luftratten! Also, wenn wir heute noch so viel Glück haben, wie die uns jetzt draufge...“

„Toni, davon kann man nie genug haben. Also, vom Glück.“ – als Halb merkte, dass er mit den Papiertaschentüchern die Sauerei nur vergrößerte, ließ er es bleiben und beschloss, Dobler als vom Glück Gezeichneter gegenüberzutreten.

„Ich weiß schon, dass das für unseren Fall nicht wichtig ist, aber mich würde doch noch interessieren, was es ist, das Dobler weiß? Also ... was ihn zu einem so begehrten Böse-Buben-Subjekt macht.“

„Na, fragen wir ihn einfach.“

„Ja, sicher, Chef, das wird er uns natürlich gerne verraten.“

„Im Ernst, Toni. Wenn wir ihm klargemacht haben, dass wir wissen, wie es zu dem falschen Geständnis gekommen ist, hat er ja keinen Grund, es uns nicht zu verraten. Im Gegenteil, wenn er weiterhin seine Vergünstigungen in der Haft haben will, wird er gut beraten sein, uns wieder wohlzustimmen.“

„Was mich erst recht zu meiner zweiten Frage führt. Diese Morde damals, waren die jetzt irgendwelche Racheakte oder stimmt unsere Theorie mit dem tragisch schiefgegangenen Einbruch? Weil, im zweiten Fall hätten wir mit Dobler zwar den Mörder, aber eigentlich war er nur ein Dieb mit schlechten Nerven und blöderweise einer schussbereiten Waffe in Griffweite. Aber wenn es doch so eine Mafiaabrechnung war, dann hätten wir einen Profikiller geschnappt, ohne es zu wissen.“

„Nein, Toni, ich bin mir sicher, dass Dobler nur – wie du es so treffend formuliert hast – ein Dieb mit schlechten Nerven war.

„Und was machen wir mit dem Auen? Von dem nehmen wir doch nach wie vor an, dass er schon viel Ärgeres auf dem Kerbholz hat."

„Ja, der war vielleicht wirklich ein großer Fang. Na ja, da er jetzt tot ist, können wir ihn ja großzügigerweise dem 3.2.1-er Büro überlassen. Weil das ist ja dann ein Fall für die Kollegen von der organisierten Kriminalität."

Unter hämischem Gelächter verließen Halb und Wilt die Parkbank, wobei sie vorsichtige Blicke in Richtung der in den Baumkronen spärlich verbliebenen Vögel warfen.

**Donnerstag, 9. Mai 2013, 10.45 Uhr**

„Das kann nicht sein! Das kann einfach nicht sein – Sie müssen sich irren!" Ein Synästhetiker hätte Halbs Stimme wohl als orange-glühend gesehen. Tatsächlich fiel es ihm schwer, nicht einfach loszubrüllen und das Mobiliar zu zertrümmern. „Die zwei müssen miteinander gesprochen haben. Sie müssen die Gelegenheit gehabt haben, irgendwie Informationen auszutauschen! O.k., vielleicht war keiner Ihrer Leute bei diesem Gespräch dabei ... warum auch immer. Aber – wir sind uns absolut sicher, dass sich die beiden miteinander unterhalten haben. Oder wenigstens irgendwelche Zettel ausgetauscht haben. Wie steht's denn mit Kassibern?"

Wieder schüttelte Doktor Greiler den Kopf. „Herr Hofrat, glauben Sie mir bitte, als Leiter dieser Strafvollzugsanstalt würde ich selbst von den kleinsten verbotenen Dingen erfahren. Und so ein einsames Gespräch oder geheime Botschaften würden mir erst recht sofort hinterbracht werden. Wir haben da erstaunlich gute

Informationskanäle, die alle auf einer der schlechtesten Eigenschaften, die Menschen haben können, beruhen. Auf dem Neid ... hoch soll er leben! Weil selbst, wenn ein Häftling in den Genuss irgendeines – streng verbotenen – Vorteils kommt ... Handy, Drogen, Botschaften von oder nach draußen ... dann bleibt das auf keinen Fall unbemerkt. Auf so engem Raum kommt jedes Detail recht rasch zum Vorschein. Und kaum, dass ein anderer Häftling das mitkriegt, wird er das unter Garantie weitererzählen – allein schon deshalb, weil er sich mit dieser Neuigkeit wichtig machen kann. Außerdem wird er zu neunundneunzig Prozent eben neidisch sein. Wieso kriegt der eine Botschaft und ich nicht? ... und noch ein Grund mehr, den anzuschwärzen."

„Herr Doktor, bei aller Wertschätzung Ihrer Worte – ganz kann ich Ihnen das nicht glauben. Ich bin mir sicher, dass auch Sie hier Häftlinge haben, die den anderen derart drohen, dass die sie nie und nimmer verpfeifen würden. Selbst wenn die auf weiß Gott was draufkommen – die halten ganz sicher den Mund."

„Aber Herr Hofrat, wir sind doch hier nicht in einem zehnfach überbelegten amerikanischen Gefängnis, wir haben doch genug Beamte, um jegliche Gewalt schon im Keim zu ersticken."

„Derzeit aber nicht." Greiler, Halb und Wilt drehten verblüfft ihre Köpfe zu dem jungen Beamten, den sie fast schon vergessen hatten.

„Wie meinen Sie das, Herr ...?"

„Korber. Gilles Korber. Darf ich davon erzählen, Herr Direktor?"

„Ja, selbstverständlich. Jetzt tun Sie doch bitte nicht so, als ob ich Ihnen und den anderen den Mund verbieten würde. Was sollen denn die Herren vom Bundeskriminalamt von mir denken?"

„Nur das Beste, Herr Doktor! Also, Herr Korber, wie haben Sie denn das gemeint?“

Es war dem jungen Wachebeamten anzusehen, dass er seine vorschnellen Worte von eben am liebsten wieder hinuntergeschluckt hätte. „Also, wir haben normalerweise wirklich eine sehr gut aufgestellte Wachmannschaft, aber im Moment sind wir massiv unterbesetzt. Ein Virus ...“

„Grippe?“

„Ja, schon. Aber nicht die mit Husten und Schnupfen, sondern ...“

„Oh! Ja, wir verstehen.“ Fast gleichzeitig griffen sich Halb und Wilt auf ihre Bäuche und verzogen ihre Gesichter voller Bedauern.

„Sehr unangenehm. Und wie viele von den Häftlingen liegen auf der Krankenstation?“

„Na ja, das wäre der ... ah so, Sie meinen, dass auch die ...?“

„Ja, essen bei Ihnen nicht alle dieselben Menüs?“

„Ja und nein. Zu Mittag schon, aber Frühstück und Nachtmahl ...“

„Aber dann ist diese Infektion doch noch erstaunlicher.“

„Ich hab die Geschichte bisher nur so am Rand zur Kenntnis genommen, aber Sie haben natürlich Recht. Wenn die Infektion durch ein Mittagessen ausgelöst wurde, müssten ja auch etliche der Häftlinge erkrankt sein. Wenn sich allerdings einer unserer Beamten beim Frühstück oder Nachtmahl angesteckt hätte, dann ...“

„... dann ist es unlogisch, dass sich gleich mehrere mit ... also sich damit infiziert haben.“

Greiler und Korber hatten in derselben Sekunde die Bedeutung von Halbs Bemerkung begriffen. Allerdings zeigte ihr Gesichtsausdruck, wie unterschiedlich sie diese Erkenntnis bewerteten. Während Greiler mit steinernem Gesicht über die Folgen nachdachte, strahlte Korber vor geradezu kindlicher Freude über die gelungene Schlussfolgerung.

Um das Gespräch wieder auf die für sie entscheidende Frage zurückzuführen, versuchte Wilt zu beruhigen.

„Na ja, da werden halt die Kollegen von der Wache im Aufenthaltsraum von irgendeiner Mehlspeise genascht haben, die nicht mehr ganz frisch war. Aber bitte – kehren wir doch zu der Frage zurück, die für unsere Ermittlungen von allergrößter Bedeutung ist. Sie können hundertprozentig ausschließen, dass sich Dobler und der Mann, den wir unter dem Namen Gregor Auen kennen, jemals getroffen oder zumindest eine Botschaft ausgetauscht haben?"

„Hundertprozentig! Gerade in den letzten Wochen, seit dieser Schwarz ..."

„Verzeihung, Herr Doktor. Bitte erzählen Sie uns alles noch einmal von vorne. Ich war schon nach Ihren ersten Worten so frustriert, dass ich gar nicht mehr richtig zugehört habe."

„Gerne, Herr Hofrat. Schließlich sitzen wir ja alle irgendwie im selben Boot. Sie jagen die Verbrecher, und wir sorgen dafür, dass diese auf keinen Fall allzu bald wieder aktiv werden können."

Natürlich bemerkten Halb und Wilt den ironischen Unterton, aber sie waren momentan nicht in der Lage, sich dagegen zu wehren.

„Der Mann, dessen Foto Sie uns gezeigt haben und den Sie als Gregor Auen kennen bzw. kannten – der ist uns hier als Anastasius Schwarz bekannt. Herr Schwarz hat mich vor rund acht Wochen um einen Termin gebeten. Wenig später war er dann bei mir, um seine Bitte vorzutragen. Er stellte sich als Frühpensionist vor, der nach einigen Schicksalsschlägen in den Schoß der Mutter Kirche gefunden habe und ...“

„Entschuldigen, welcher Mutter Kirche?“

„Na ja, soweit ich weiß ... ja, stimmt. Das ist eine gute Frage. Ich habe automatisch angenommen, dass es sich um die katholische handeln müsste. Egal ... also, er habe großen Trost durch die Religion erfahren und würde jetzt gerne das Glück, das die Hilfe besonders gütiger und gläubiger Menschen bedeute, weitergeben. Ich muss dazu sagen – solche Spinner haben wir hier immer wieder. Meistens bedanken wir uns höflich und machen ihnen klar, dass wir sie hier nicht brauchen können. Aber manche von ihnen sind uns dann tatsächlich eine Hilfe – denen überlassen wir gerne Aufgaben wie zum Beispiel Theaterworkshops oder Sporttraining ... natürlich nur mit unseren ‚leichten Kunden‘, also den Insassen mit einer Haftstrafe unter zehn Jahren. Na ja, dieser Herr Schwarz hat mich irgendwie überzeugt – er war weder ein Eiferer noch ein Geiferer. Er schien wirklich Gutes tun zu wollen – und auf meine Frage, in welchem Bereich er sich denn seine Hilfe vorstellen könnte, hat er mir erzählt, dass er Psychotherapeut sei und daher gerne Gesprächstherapien anbieten würde. ... wofür wir an und für sich unsere professionellen Psychologinnen und Psychologen haben. Normalerweise lehnen wir solche Angebote immer ab. Aber gerade beim Herrn Schwarz ... wie soll ich sagen? – er hat mir von Anfang an imponiert. Er war eine der ganz seltenen Persönlichkeiten, die den Eindruck machen, als ob sie wirklich in sich ruhen würden. So, als ob sie nur mehr ein Ziel im Leben hätten und sich nicht – wie wir alle, wenn ich das so sagen darf – von tausenderlei Nebensächlichkeiten ablenken ließen. Er war wie eine Art Hohepriester –

aber nicht einer der gehässigen und bornierten Sorte. ... wenn Sie verstehen, was ich meine?“

Halb und Wilt nickten mit einem Blick, den ein Fremder als verständnisvoll beschrieben hätte. Kenner ihrer Augensprache hätten allerdings sofort die Botschaft dahinter erkannt, die in etwa „Eindeutig in der Midlifecrisis, auf der Suche nach einem Guru!“ lautete.

„Und deshalb habe ich es Herrn Schwarz ermöglicht, zweimal in der Woche mit einem unserer Häftlinge jeweils eine Stunde lang zu reden ... selbstverständlich in Anwesenheit eines unserer Beamten.“

„Natürlich! Und Sie haben sich sicher auch seine Papiere zeigen lassen?“

„Ja selbstverständlich. Warten Sie, ich hab hier die Kopien seines Passes sowie der Zeugnisse, die ihn als ausgebildeten Psychotherapeuten ausgewiesen haben.“

Die Kopie mit dem Passfoto, die Doktor Greiler ihnen vor die Nase hielt, zeigte ein Gesicht, das auf merkwürdige Weise gequälter wirkte als das des sterbenden Gregor Auen. Aber dass Anastasius Schwarz und Gregor Auen ein- und dieselbe Person gewesen sein mussten, war auf den ersten Blick zu erkennen.

„Die Dokumente schienen mir völlig in Ordnung zu sein. Also habe ich unseren Psychologen gebeten, mit Herrn Schwarz alles Weitere auszumachen. Herr Korber, ist der Magister Bauer zu sprechen oder ist er in einer Sitzung?“

„Nein, Herr Direktor, bis Mittag hat er keine Termine.“

„Wunderbar! Herr Hofrat, Herr Wilt, wie gesagt, nach dem Anruf Ihrer Sekretärin von heute Früh habe ich mich natürlich sofort erkundigt, ob sich der Häftling Dobler und Herr Schwarz je begegnet sind. Von allen, die ich gefragt habe, habe ich ein eindeutiges Nein als Antwort bekommen. Es tut mir leid, wenn das Ihre Ermittlungsergebnisse über den Haufen wirft, aber ich kann's nicht ändern. Auf Wiedersehen, meine Herren!"

„Auf Wiedersehen, Herr Doktor. Und vielen Dank dafür, dass wir Ihnen so viel Ihrer Zeit stehlen durften."

„Bitte gerne. Und wenn Sie noch etwas wissen wollen – ich stehe Ihnen jederzeit zur Verfügung."

Alle im Raum wussten natürlich, dass das nur hohle Worte waren. Im selben Atemzug aber waren sie froh, dass das Gespräch letztlich doch noch ruhig und informativ verlaufen war.

### Donnerstag, 9. Mai 2013, 11 Uhr

Halb war nach wie vor so in Gedanken, dass er seine Abneigung gegen Gefängnisse im Allgemeinen und gegen Stein im Besonderen gar nicht spürte, obwohl sie Korber über endlose und enge Gänge führte. Er versuchte verzweifelt, seine Argumentation von vorhin zu retten, aber wie er die Fakten auch drehte und wendete – ohne diesen einen wesentlichen Punkt konnte er sich seine „Affe tot, Klappe zu – falsches Geständnis, Dobler war's!"-Theorie an den Hut stecken. ... vielleicht irrte sich Doktor Greiler ja doch, und Dobler und Auen-Schwarz hatten tatsächlich irgendeine Möglichkeit gefunden, untereinander Informationen auszutauschen. Selbst wenn die beiden einander wirklich nie getroffen hatten – vielleicht hatte es doch jemand geschafft, ein Handy zu Dobler in die Zelle zu schmuggeln.

„Herr Korber, bitte um eine ganz ehrliche Antwort – ist es wirklich nicht möglich, dass ..." – an der synchronen Verblüffung Wilts und Korbers erkannte Halb, dass er soeben einen Dummheit begangen haben musste. „Nicht mich schonen! Was habe ich jetzt angestellt?“

„Chef, du warst offenbar in Gedanken versunken und hast gar nicht so richtig gehört, was dir der Herr Korber gesagt hat.“

„Nicht so richtig? Das ist noch untertrieben – entschuldigen Sie vielmals, aber ich habe gar nicht gemerkt, dass Sie mit mir gesprochen haben. Was haben Sie gesagt?“

„War nicht so wichtig. Was wollten Sie mich gerade fragen?“

„Ob es wirklich undenkbar ist, dass Dobler ein Handy hat bzw. gehabt haben könnte? Weil ... sagen Sie es Ihrem Direktor bitte nicht weiter, aber ich bin mir sicher, dass es gerade hier in Stein diese Art von Häftlingen gibt, vor denen sich andere fürchten. Diese Kapos, die können tun und lassen, was sie wollen, ohne von irgendwem verpfiffen zu werden. Und weil ich das nicht glaube ... oder umgekehrt – gerade weil ich sehr wohl an solche Angst-Hierarchien glaube, könnte ich mir durchaus vorstellen, dass hier drinnen auch ein blühender Handymarkt existiert.“

„Was diese Häftlinge angeht – ja, da gebe ich Ihnen Recht. Natürlich gibt’s die hier. Aber dass einer in der Zelle ein Handy hat – das ist doch extrem unwahrscheinlich.“

„Aber nicht unmöglich?“

„Unmöglich ist so gut wie nix hier herinnen.“

„Na ja, danke trotzdem. Ah so ... ja, und was haben Sie gesagt – vorhin, als ich noch in meiner Gedankenwelt herumspaziert bin?“

„Ja, also ... war nicht so wichtig.“ Wilt grinste derart unverschämt, dass Halb sich überhaupt nicht mehr auskannte.

„Toni, du grinst wie ein Hutschpferd und der junge Kollege neben uns stottert nur herum. Was hast du schon wieder angestellt?“

„Ich? Chef, das ist eine Gemeinheit, ich habe gar nichts angestellt! Aber du ... du warst schon wieder oder noch immer so in Gedanken versunken, dass er sich jetzt nicht mehr fragen traut, welche Ausbildungen vorausgesetzt werden, um zur Kriminalpolizei zu kommen.“

„Warum wollen Sie denn das?“

„Aus zwei Gründen. Erstens ist die Arbeit als Kriminaler viel interessanter als das, was ich hier mach. Und zweitens ist es viel besser bezahlt. Und außerdem werde ich in drei Monaten zum zweiten Mal Vater, und daher würden wir gerne in eine größere Wohnung umziehen, aber die kostet natürlich mehr Geld.“

„Wie groß ist Ihre jetzige Wohnung? ... Gratulation zum zweiten Junior.“

„Danke! Einundsechzig Quadratmeter.“

„Altgemeindebau? Hohe Räume?“

„Nein, Neubau, zwei Meter achtzig Raumhöhe.“

„Und ... darf ich fragen, was Sie zahlen?“

„Also, inklusive aller Nebenkosten ...“

„Egal! Ich biete Ihnen eine Hundertfünfzig-Quadratmeter-Altbauwohnung in Hauptmiete zum selben Preis an.“

Jetzt starrten ihn beide, Wilt wie Korber, endgültig mit diesem Mischblick aus Angst und Mitleid an. Das Angebot klang aber so verlockend, dass sich Korber doch dazu durchrang, in die Welt dieses scheinbar durchgeknallten Wunderwuzzis der jüngeren österreichischen Kriminalgeschichte einzudringen.

„Wo ist der Haken?“

„Da gibt’s mehrere. Zuerst – die Lage ist großartig, aber die Gegend scheußlich.“

„Wie meinen Sie das?“

„Perfekte Anbindung an den öffentlichen Verkehr, nur etwa zehn Minuten in die Innenstadt, tolle sonstige Infrastruktur ... soviel zur Habenseite. Hunderttausende Autos rasen an dem Haus vorbei ... pro Tag, versteht sich. Und außerdem gibt’s etliche Bordelle in der unmittelbaren Nachbarschaft. Fenster öffnen geht also nur in den Innenhof, der ist allerdings erstaunlich ruhig, groß und sogar begrünt ... glaub ich zumindest. Und am Abend ist die Gegend ganz gut bewacht, weil fast immer irgendwelche Kollegen um diese Etablissements herum Streife fahren.“

„Das klingt auch noch nicht nach einem echten Haken.“

„Noch immer nicht? Na gut, dann lege ich noch eins drauf! Oder ... besser gesagt, zwei. Erstens – Sie kriegen die Wohnung nur, wenn Sie ein guter Handwerker sind.“

„Bin ich, wirklich! Sie können einige von den Kollegen fragen, ich habe schon halbe Schrebergartenhäuser errichtet. Ob Strom, ob Wasser oder Dach, ich bin gut für jedes Fach.“

Jetzt war es an Halb und Wilt, leicht irritierte Blicke zu tauschen.

„Wo haben Sie denn den Blödsinn her?“

„Von meinem Großvater. Von dem habe ich meine handwerkliche Begabung geerbt ... und eben diesen Spruch. Und was wäre zweitens?“

„Ja, das ist meine UKP, meine ‚Unique Killing Proposition‘. Sie helfen uns dabei, den Fall aufzuklären – also zu beweisen, dass Dobler und Auen-Schwarz sehr wohl die Gelegenheit hatten, Informationen auszutauschen.“

„Also, ganz ehrlich ...“

„Sagen wir, Sie bemühen sich, uns dabei zu helfen.“

„Ja, das kann ich versprechen.“

„Gut! Wollen Sie und Ihre Frau lieber am Samstag oder am Sonntag die Wohnung besichtigen?“

„Sonntag bitte.“

„Da können Sie dann auch gleich abschätzen, ob Ihre handwerklichen Fähigkeiten ausreichen, mit mir gemeinsam Ihre – und auch meine – Wohnung zu renovieren.“

„Wann genau? Und wo?“

„Sechzehn Uhr? Ja, das ist am ...“ – mühsam notierte Halb die Adresse auf die Rückseite seiner Visitkarte. Dass er schon wieder schiefe Blicke erntete, weil er sich zweimal in der Hausnummer irrte, störte ihn nicht – mit entwaffnendem Lächeln rechtfertigte er sich, dass er eben „ein Neo-Hausbesitzer“ war.

### Donnerstag, 9. Mai 2013, 11.10 Uhr

„Ja, herein.“ Der Mann, auf dessen Türschild „Magister Walter Bauer“ stand, entsprach so gar nicht dem üblichen Klischee eines Psychologen. Hätte man nur die scharfen Bugfalten der Hose und das perfekt sitzende Sakko gesehen, hätte man den Herrn im Maßanzug, wenn auch ohne Krawatte, eher für einen Nobel-Architekten oder den Besitzer einer erfolgreichen Werbeagentur gehalten.

„Die Herren hier sind vom Bundeskriminalamt – Hofrat Halb und Herr Wilt.“

„Danke, Herr Korber. Der Herr Direktor hat Sie schon telefonisch angekündigt. Es geht um den Herrn Schwarz?“

„Ja, genau. Was können Sie uns über ihn erzählen? Und bitte – jedes Detail könnte extrem wichtig sein.“

„Ja, der Herr Schwarz ...“ – Halb war froh, dass Magister Bauer eine angenehm lebhafte Stimme hatte. Nichts war quälender, als sich auf einen stockenden Bericht in monotoner Sprachmelodie konzentrieren zu müssen.

„... weil Sie nach einem möglichen Zusammentreffen von Dobler und Schwarz fragen. Ja – und aber ganz eindeutig nein. Es stimmt schon, dass mich dieser Herr Schwarz gleich bei unserem ersten Gespräch nach dem Insassen Dobler gefragt hat. Weil, er wollte ‚gerade jenen, die schreckliche Schuld auf sich geladen haben‘ helfen. Ja, ziemlich genau so hat er das formuliert. Da ihm aber Doktor Greiler verständlicherweise den Kontakt zu unseren ‚schweren Burschen‘ verboten hatte ... worüber ich auch sehr froh war ..., musste sich Herr Schwarz einstweilen mit den leichteren Kunden begnügen.“

„Sagen Sie, was war denn Ihr Eindruck von diesem Schwarz? Und ... wie war er so als Psychotherapeut? Das können Sie als Psychologe ja sicher am besten beurteilen.“

„Am schlechtesten, Herr Hofrat, am schlechtesten! Er hat mir erzählt, dass er im Bereich der Psychoanalyse tätig sei. Na ja, und ich – ich bin ein Vertreter einer ganz anderen Richtung.“

„Psychoanalyse? Das ist doch das, was dieser Freud quasi erfunden hat?“

„Ja ... nicht nur. Aber es stimmt schon – er ist wohl der berühmteste Exponent, so eine Art Rockstar der Psychotherapien.“

„Sie sind also kein ... wie soll ich sagen ... Freud-Jünger?“

„Nein. Ich grabe meine Furchen in einem ganz anderen Psychogarten.“

„Und weil Sie kein Freudianer sind …"

„… und Herr Schwarz behauptet hat, einer zu sein, habe ich mich gehütet, ihn auch nur in das geringste Fachgespräch zu verwickeln."

„… behauptet hat, einer zu sein? Das klingt so, als ob Sie Ihre Zweifel gehabt hätten?"

„Jein. Zweifel – das wäre zu viel gesagt. Wir haben uns eben beide bemüht, auf keinen Fall fachzusimpeln. Abgesehen davon schien mir dieser Mann eine bemerkenswerte Persönlichkeit zu sein. Er hatte etwas an sich … schwer zu erklären. Er hatte auf den ersten Blick etwas von einem Buddhisten an sich … zumindest von so einem, wie man ihn sich nach dem Klischee vorstellt. Er schien tatsächlich irgendwie zu schweben. In sich zu ruhen. Aber die Energie, die ihn in diesem Zustand hielt, die war … aber wahrscheinlich habe ich mich einfach nur geirrt."

„Das glaube ich nicht. Bitte, versuchen Sie, Ihren Eindruck zu beschreiben."

Magister Bauer starrte nachdenklich vor sich hin. Dann ließ er seinen Blick durchs Zimmer schweifen, scheinbar ohne einen der Gegenstände bewusst wahrzunehmen. Erst als seine Augen wieder seine Besucher streiften, ging ein Ruck durch ihn.

„Auch wenn es mir schwerfällt, das zu sagen, aber … manchmal hat der Freud doch ganz gute Antworten parat gehabt. Er hat ja vom Todestrieb gesprochen – das wurde später dann unter dem griffigen Namen Thanatos berühmt."

„Das sagt sogar mir etwas. Eros und Thanatos – die sind so eine Art Gegenspieler?"

„Genau. Der Todestrieb stand und steht für Starre, Stillstand und – klarerweise – den Tod. So in der Richtung war die Energie, von der – meiner Meinung nach –

dieser Herr Schwarz durchdrungen war. Wobei ... Thanatos stimmt insofern auch wieder nicht, weil Schwarz war zu kraftvoll für eine reine Erstarrung. Er war ... nein, falsch. Er bestand aus konzentrierter Trauer, die ihn wie ferngesteuert auf dunklen Wolken durchs Leben schweben ließ, so hat er gewirkt."

„Entschuldigen Sie die Frage, aber – hätten Sie ihm nicht helfen können?"

„Das wollte ich! Ich habe ihn bei unserem zweiten Treffen ziemlich direkt darauf angesprochen. Ob er nicht psychologische oder medizinische Hilfe in Anspruch nehmen wolle. Daraufhin ist er richtig ausgerastet ... nur kurz, aber heftig. Was ich mir erlauben würde! Nein, nein, er sei im tiefsten Grunde seines Herzens – gerade in diesen Tagen – ein glücklicher Mensch. Und dann hat er sein Gesicht zu einem geradezu maskenhaften Lächeln verzogen. Da hat er mir fast noch mehr leidgetan als vorher. Also habe ich dieses Thema nicht mehr angeschnitten."

„Und wie ging's dann weiter?"

„Ich habe ein paar Häftlinge ausgewählt, bei denen ich mir vorstellen konnte, dass sie mit dem Herrn gerne sprechen würden. Ich hab sie der Reihe nach gefragt, letztlich haben sich vier gemeldet. Diese Gespräche fanden dann immer in einem unserer Besuchsräume statt, das sind die, die ..."

„Danke. Wir waren auch schon dort."

„Ah ja, natürlich. Na ja, und dann hat der Herr Schwarz – wie ausgemacht – zweimal in der Woche je eine Stunde lang mit einem Häftling gesprochen ... selbstverständlich in Anwesenheit eines unserer Wachebeamten."

„Und da war der Herr Dobler tatsächlich kein einziges Mal dabei?"

„Nein! Eindeutig nein.“

„Und hätte Herr Schwarz den Dobler wirklich nicht auf dem Gang ... nur für eine Sekunde, so im Vorübergehen ... treffen können? Oder hätte er nicht am Klo einen Zettel verstecken können, den sich dann Dobler zu einem anderen Zeitpunkt geholt hätte?“

„Noch einmal nein. Das sind ja ganz andere Trakte, in denen die Besuchsräume und die Zellen, wo der Dobler sitzt, untergebracht sind. Und sein Arbeitsplatz ist auch dort. Ich weiß, dass das seltsam klingt, aber ... glauben Sie mir bitte, den Herrn Schwarz und den Herrn Dobler haben Welten getrennt, auch wenn es nur ein paar hundert Meter waren.“

„Dann danke, Herr Magister. Nur noch eine letzte Frage. Gab es sonst noch irgendetwas, das Ihnen an Schwarz aufgefallen wäre? Vielleicht etwas, das Sie nicht gesehen haben, das aber jemand wie dieser Herr Schwarz hätte haben müssen?“

„Sie meinen so etwas wie einen Wirtschaftsanwalt ohne Krawatte? Auf den ersten Blick nichts Besonderes, auf den zweiten undenkbar.“

„Ja genau.“

„Leider nein.“

„Oder etwas anderes? Ein besonderer Duft? Eine ungewöhnliche Uhr? Eine spezielle Art zu gehen? Plattfüße? O-Beine? Ein Sprachfehler? ... was auch immer.“

„Ich fürchte, ich kann Ihnen nicht weiterhelfen. An diesem Mann ist absolut nichts Besonderes ... außer eben seinem Gemütszustand.“

„Nicht ‚ist‘, Herr Magister. An diesem Mann war ...“

„Wieso? Ist er tot? ... achso, jetzt verstehe ich erst. Deshalb interessieren Sie sich ... aber – nein. Ich verstehe es doch nicht. Sie sind doch Mordermittler, oder?

Heißt das, dass Herr Schwarz umgebracht wurde? Schrecklich! ... dann tut er mir noch mehr leid."

„Nein, Herr Magister. Herr Schwarz wurde nicht ermordet ... soweit wir es heute beurteilen können. Er starb infolge mehrerer Herzinfarkte. Aber vorher hat er noch einen Dreifachmord gestanden. Und zwar den, für den Dobler seit fünf Jahren sitzt ... wobei, ich mache kein Hehl daraus, dass ich überzeugt bin, dass ..."

„Chef! Nicht du, wir!"

„... dass wir überzeugt sind, dass hier schon der Richtige seine Strafe verbüßt."

„Von diesem ominösen Videogeständnis habe ich in der Zeitung gelesen. Aber ich wusste natürlich nicht, dass der Mann ... in den Zeitungen waren immer nur die Initialen G. A. angeführt?"

„Gregor Auen."

„... dass dieser Gregor Auen und unser Herr Schwarz ein- und dieselbe Person waren."

„Sehen Sie, deshalb sind wir ja hinter jedem noch so kleinen Detail her."

„Ja, klar. Wobei – jetzt verstehe ich auch erst ... ach Gott, der arme Mann! Das war dann wohl ein Herzinfarkt, den er bei uns erlitten hat."

„Wie bitte?!" Die letzten Sätze hatten sie schon im Stehen gewechselt. Es schienen nur mehr die üblichen Abschiedsfloskeln zu fehlen, bis sie das Gespräch freundlich, aber ohne Ergebnis beendet haben würden. Die letzten Worte aber trieben Halb, Wilt, Korber und Bauer wieder zurück in den Raum, zurück in die Anspannung.

„Bitte, das müssen Sie uns schon genauer erzählen."

„Selbstverständlich. Mir war bis soeben selber nicht klar, dass ... aber immer schön der Reihe nach. Ab seinem zweiten Besuch brachte Herr Schwarz immer irgendwelche Süßigkeiten mit – Schokoladetafeln oder kleine Bonbonnieren. Zuerst hat er sie den Häftlingen, mit denen er gesprochen hat, geschenkt. Aber dann wollte er auch einige der schweren Kunden beschenken – er hatte sich die Biographien dieser Männer angesehen und war sich sicher, dass sie quasi irrtümlich zu schrecklichen Verbrechen verführt worden waren ... wie eben der Dobler. Bei einem Einbruch unglücklicherweise drei Menschen zu erschießen ... so was in der Art eben. Und gerade diesen Menschen wollte Herr Schwarz zeigen, dass die Gesellschaft ... und Gott ... nicht auf sie vergessen hätten. Na ja, ein bisschen einen Religionswahn hatte der Schwarz schon, aber ... wie schon erzählt, er war trotzdem eine beeindruckende Person ... auf tragische Weise auch sehr authentisch. All die anderen Apostel, die wir hier im Lauf der Jahre kommen und gehen gesehen haben, die waren alle nur lästig gewesen. Aber der Schwarz, der war wirklich anders. Wie auch immer ... ich hab mich gerne bereit erklärt, seine Mitbringsel an die entsprechenden Häftlinge weiterzuleiten."

„Und Sie haben diese Süßigkeiten natürlich kontrolliert?"

„Wie üblich ... ab durch den Scanner. Aber da war nie was. Einige Wochen ist alles gut gegangen, bis Mitte letzter Woche. Als er mir die Süßigkeiten für die Insassen gab, die er eben nur beschenken, aber nicht persönlich sprechen durfte, ist ihm plötzlich schlecht geworden. Und zwar dramatisch schlecht! So arg, dass er kaum mehr Luft bekommen hat. Ich wollte natürlich die Rettung verständigen, aber das hat er strikt abgelehnt. Ich möge ihm nur ein Taxi rufen."

„Wissen Sie, wie Herr Schwarz sonst hergekommen ist? Mit dem Auto?"

„Ehrlich gesagt, das habe ich ihn nie gefragt. Herr Korber, wissen Sie da etwas?“

„Ich glaube, er hat einmal erwähnt, dass er sich beeilen muss, um noch seinen Zug zu erreichen.“

„Gut, das passt. Wir haben bei ihm weder einen Führerschein noch Fahrzeugpapiere oder einen Autoschlüssel gefunden. Bitte, erzählen Sie weiter.“

„Wie ich ihn dann hinunter zum Taxi begleiten wollte, hat er mich noch fest am Arm gepackt … erstaunlich fest, wenn man bedenkt, wie schlecht es ihm gegangen ist. Da hat er mich also am Arm gepackt und mit einer Stimme, wie ich noch nie eine gehört habe, gebeten … nein, richtig angefleht hat er mich, auf jeden Fall die Bonbonnieren zu übergeben. Und ich möge mich bitte ganz genau an seine Vorgaben halten, also auf keinen Fall die Bonbonniere, die er für den Häftling … was weiß ich … Mayreder mitgebracht hat, versehentlich dem Häftling Karczag geben. Oder umgekehrt. Die von ihm bestimmte Zuordnung habe einen Sinn … hat er mich angefleht. Ich hab ihm natürlich gesagt, dass ich das genau so machen werde, wie er es aufgeschrieben hat.“

„Er hat die Bonbonnieren beschriftet?“

„Nein, das stand alles auf einem schön geschriebenen Zettel – er hatte eine unglaublich präzise Schrift, wie gedruckt. Solche Schriften kenne ich sonst nur von Volksschullehrerinnen und Technikern … und natürlich Technikerinnen. Ohne einen Schnörkel, völlig klar. Sagenhaft!“

„Haben Sie diesen Zettel noch?“

„Moment. Wenn, dann ist er …“ – Magister Bauer hob mit Schwung seinen Papierkorb in die Höhe und leerte ihn auf den Boden aus. Selbst Halb war versucht, sich sofort hinzuknien und zu wühlen, aber als er sah, dass Bauer und Korber blitzschnell in die Hocke gegangen waren und bereits die Hälfte der zerrissenen und zerknüllten Papierfetzen gesichtet hatten, blieb er lieber sitzen, wobei er sich bemühte, auf keinen Fall allzu hofrätlich-würdig zu wirken.

„Leider nein .. nicht mehr da. Ich kann Ihnen den Zettel höchstens beschreiben. A5-Format. Das Papier hatte drei Spalten, von denen Herr Schwarz allerdings nur zwei beschrieben hatte. Links war der Name der Bonbonniere notiert. Und in der mittleren Spalte stand der Name des Häftlings, dem genau diese eine Bonbonniere gegeben werden sollte.“

„Und da stand auch Dobler drauf?“

„Ja, genau in der Mitte. Jetzt, wo ich nachdenk ... meinen Herren, ich muss mich korrigieren. Sie haben mich doch vorhin gefragt, ob mir noch irgendetwas Komisches am Herrn Schwarz aufgefallen wäre. Und das hab ich verneint.“

„Bis auf den Herzinfarkt.“

„Na ja, erstens wusste ich nicht, dass das ein Herzinfarkt war. Und zweitens war das nichts, was man als auffällig an einem Menschen bezeichnen würde. Das war einfach tragisch. Aber jetzt fällt mir doch noch etwas ein, das schon merkwürdig war. Eben auf dieser Liste ... da standen sieben verschiedene Bonbonnieren drauf.“

„Ich versteh nicht ganz?“

„Na, wenn Sie sieben – Ihnen im Grund unbekannten – Häftlingen eine Freude machen und jedem von denen eine Süßigkeit mitbringen wollen, was machen Sie dann? Sie gehen vermutlich in den Supermarkt und ...“

„... und greife ins Regal und nehme ganz automatisch sieben Stück von ein- und derselben Bonbonniere.“ – Halb warf Wilt einen bewundernden Blick zu.

„Stimmt, Toni. Keiner von uns würde sich die Mühe machen, sieben verschiedene Produkte zu kaufen."

„Aber ..." – Korber hob die Hand, als ob er erst um Erlaubnis fragen wollte, etwas sagen zu dürfen – „... was wäre, wenn von jeder dieser Bonbonnieren im Supermarktregal nur mehr drei oder vier Stück da sind?"

„Dann würde ich nach den letzten vier Stück der einen greifen und mir die restlichen drei von einem anderen Stapel nehmen."

„Ah ja. Natürlich." Korber ließ sofort den Kopf hängen.

„Aber, Herr Korber, danke für den Einwurf! Es ist immer besser, wenn ein kluger Kopf mehr mitdenkt." Mit wohlwollendem Lächeln unterstützten Wilt und Bauer Halbs Versuch, Korber wieder aufzuheitern.

„Genau das habe ich mit merkwürdig gemeint – im Nachhinein kommt es mir seltsam vor, dass Schwarz sieben unterschiedliche Bonbonnieren gekauft hat."

„Und, was schließen Sie daraus?"

„Keine Ahnung – wie auch immer ich es drehe und wende, mir fällt dazu nichts ein."

„Und die eine von den sieben Zuckerlschachteln – die, die genau in der Mitte der Liste stand, die hat der Dobler dann auch bekommen?"

„Wie man's nimmt. Genau an diesem Tag hatte auch ein Kollege von der Wache Geburtstag – noch dazu seinen fünfzigsten. Wir haben – natürlich im Geheimen – eine größere Feier ausgerichtet. Jeder von uns hat was dazu beigetragen, ich war für die ‚allerletzten Süßigkeiten' zuständig."

„Was bitte sind die allerletzten Süßigkeiten?"

„Zuerst gibt's eine Suppe, dann warmes und kaltes Fingerfood – Brötchen, kleine Schnitzerln und Fleischkugerln. So was halt. Danach Kaffee und Torte, und für den Schluss dann eben die ‚allerletzten Süßigkeiten', also alle Arten von Pralinen, die man sich im Weggehen noch schnell in den Mund schieben kann. Und da ist Folgendes geschehen. Genau in den paar Minuten, in denen ich den Herrn Schwarz zum Taxi begleitet habe, ist einer der Kollegen in mein Zimmer gekommen, um die Bonbonnieren für die Feier abzuholen. Was er nicht wissen konnte, war, dass die fürs Buffet gedachten Schachteln im Kasten hinter mir lagen. Er kam herein, sah die sieben Bonbonnieren am Tisch liegen ... und hat natürlich geglaubt, dass die als allerletzte Süßigkeiten gedacht waren. Und hat sie mitgenommen. Als ich wieder auf meinem Zimmer war, habe ich natürlich sofort die Verwechslung erkannt. Aber ich hab mir gedacht, dass das egal ist, weil ich ja den Zettel vom Schwarz noch hatte. Also bin ich gleich nach der Geburtstagsfeier in den nächsten Mega-Supermarkt gegangen ... der ist nur fünf Minuten von hier entfernt ... und habe genau die Bonbonnieren nachgekauft, die auf der Liste waren. Ich hab mir halt gedacht – wenn es dem Herrn Schwarz so ein besonderes Anliegen war, dass der Häftling X genau so eine und der Häftling Y so eine Schachtel bekommen soll, will ich ihm gerne diesen Wunsch erfüllen."

„Nur aus Neugier, was haben Sie mit den Kalorienbomben gemacht, die Sie eigentlich für die Feier gekauft hatten?"

„Gut, dass Sie mich darauf ansprechen." Zuerst voller Elan, doch sogleich mit schmerzverzerrtem Gesicht und einer Hand auf seinem rechten Kreuzbeingelenk war Magister Bauer aus seiner schiefen Sitzhaltung aufgefahren und zum Kasten gehumpelt. „Darf ich Ihnen eine Bonbonniere mitgeben? Schokolade ist gut gegen Ihre Enttäuschung ... Sie wissen schon, da produziert man Glückshormone. Zwei sind noch da – wollen Sie lieber ‚Süße Sünde' oder ‚Wiener Verführung'?"

„Die obere bitte. Vielen lieben Dank! Und danke auch für Ihre Geduld und die interessante Schilderung. Nur noch eine letzte Bitte – wir würden natürlich gerne mit den Häftlingen reden, mit denen Schwarz sprechen durfte. Wäre das möglich?"

„Ich schau, was ich tun kann. Sagen Sie, Herr Korber, den Kreuzer und den Robic, die können wir doch aus dem Küchendienst herausholen, oder? Und der Zgubinac und der Wiesinger?"

„Die sind beide in der Tischlerei. Auch kein Problem."

„Gut, dann schicken wir Ihnen die vier nacheinander in den Einser-Besuchsraum. Hat mich sehr gefreut! Und … tut mir leid, dass wir Ihnen diese eine Illusion – von wegen Kontaktmöglichkeit zwischen Dobler und Schwarz – zerstört haben."

„Kann man nix machen! Müssen wir eben wieder von vorne anfangen. Und vielen Dank auch für das süße Geschenk."

Obwohl Halb und Wilt zutiefst frustriert waren, hatten beide das Gefühl, einige ganz wesentliche Informationen erhalten zu haben. Sie wussten nur leider noch nicht genau, welche … aber vielleicht würden sie dieses Rätsel schon bald lösen. Bei der Konzentration an Glückshormonen!

**Donnerstag, 9. Mai 2013, 13 Uhr**

„Also, wenn der Zgubinac auch so ergiebig ist wie die drei bisherigen, dann war unser heutiger Ausflug ein kompletter Schuss in den Ofen."

„Chef, wie heißt's doch so schön: Ein wahrer Geist leuchtet nur im Dunklen."

„Aus welchem Glückskeks hast du denn diesen Spruch? Und außerdem – welchen ‚wahren Geist' meinst du denn? Die weiße Frau von Schloss MacDunnLochMacWhisky oder den kopflosen Sir Archibald von CastleStoneCastle? Wobei, ich glaub, in dem Fall wäre die weiße Frau der bessere ‚wahre Geist', so ein blütenreines Leintuch leuchtet sicher heller als jedes andere Gespenst."

„Chef, erstens war es kein Glückskeks, und zweitens meint in dem Fall der wahre Geist natürlich ..."

„Kein Glückskeks? Woher denn dann?"

Ein kurzer Kampf tobte in Wilts Gesicht – sollte er beleidigt sein, auf beleidigt spielen oder das Ganze mit einem Scherz beenden?

„Chef, du bist gut! Glückskeks? Angesichts des heutigen Pechs ... meinst du wirklich, dass ich irgendwann in den letzten Tagen ein Glückskeks gegessen habe?"

„Auch wieder wahr. Dann war's wohl eher ein Unglückskeks. Ah, der Herr Zgubinac. Halb, sehr erfreut, der Herr hier ist mein Kollege Wilt. Herr Zgubinac, Sie brauchen sich nicht fürchten, wir wollen von Ihnen nur wissen, ob ..."

„Es geht um den Herrn Schwarz, stimmt's?"

„Ja genau. Wie kommen Sie da drauf?"

„Ist er tot? Weil letzte Woche ist es ihm ja sehr schlecht gegangen ... das hat uns der Herr Magister erzählt. Und diese Woche war er nicht mehr da. Deshalb hab ich mir gedacht ..."

„Ja, Sie haben Recht, Herr Schwarz ist tot."

Bei den vorigen drei Gesprächen war dieser Satz jedes Mal das Startsignal für das große Schweigen gewesen. Daher machten Halb und Wilt schon Anstalten, sich langsam von ihren Stühlen zu erheben und ...

„Das tut mir leid. Sehr leid. Der Herr Schwarz war ein guter Mensch. Was wollen Sie wissen?"

„Ja, also ..." – vor lauter Verblüffung war Halb aus seinem Konzept geraten. „Bitte, erzählen Sie von ihm."

„Da gibt's nicht viel zu sagen. Am Anfang hab ich mir natürlich gedacht, dass er auch wieder so einer von der Sorte ‚Geh'ma Häftling schauen' ist."

„Was ist das für eine Sorte?"

„Das sind die ‚Komplexler', denen es gleich besser geht, wenn sie Leute wie uns sehen. Dann kommen sie sich gleich besser vor ... gemessen an so einem Abschaum wie uns."

„Und von der Sorte gibt's mehr?"

„Mehr als Sie glauben."

„Und der Schwarz, der war anders?"

„Ganz anders! Der war auch keiner von den Betbrüdern ... von denen, die einem dann dauernd die Ohren vollbrabbeln, dass uns Gott trotz allem liebt. Wir müssten nur Buße tun, dann würden wir vor der Hölle errettet werden. Hab ich auch schon erlebt."

„Kein Betbruder, kein Komplexler – was war er dann?"

Zgubinac schwieg, aber es war ein anderes Schweigen als vorher. Kein aggressives Beschimpfungsschweigen, sondern ein nachdenkliches, trauerndes.

„Ich weiß, das mag jetzt blöd klingen, aber der Schwarz war ein Mensch. Fast so einer wie Sie und ich. Der hat einen verstanden. Der hat einen sogar akzeptiert."

„Wieso nur fast so einer wie Sie und ich? Wieso nicht ganz so einer?"

Das Schweigen wandelte sich – jetzt war es ein vorsichtig abschätzendes.

„Herr Hofrat, Sie gelten als recht anständig, deswegen ...“

„Oh, danke.“

„Na ja, für einen Kieberer halt. Deswegen frag ich Sie jetzt so komisch ... schwören Sie mir, dass der Schwarz wirklich tot ist? Und dass ich ihm auf keinen Fall Schwierigkeiten mach, egal, was ich über ihn erzähl?“

„Ja, Sie haben mein Ehrenwort. Er ist tot. Warum?“

„Er war nur fast so wie Sie und ich, weil ... er war nicht er. Glaub ich zumindest.“

„Wer war er dann?“

„Das weiß ich nicht. Ich kann nur raten. Er war auf jeden Fall wer, der selber schon einmal ganz tief in der ... t'schuldigen schon ... Scheißgasse gesteckt ist, das hat man genau gemerkt. Also, wie er mit uns umgegangen ist. Weder von oben herab ... arrogante Drecksau. Noch so von unten herauf ... kriecherischer Schleimbeutel. Er war auf Augenhöhe.“

„Aber dann war er doch erst recht ganz so wie Sie und ich?“

„Nein, weil da war noch etwas. Diese Scheißgasse, das muss irgendein schreckliches Erlebnis gewesen sein. Der Schwarz ist nicht nur einmal im Dreck gesteckt, der muss im Super-Dreck tief drinnen eingetaucht gewesen sein. Ein ganz ein armer Hund.“

„Weil er Sie so gut verstanden hat und so auf Sie eingegangen ist?“

„Nein, weil ... und es kann ihm wirklich nichts mehr schaden, was ich Ihnen erzähl?“

„Ich schwör's, nein!“

Zgubinac beugte sich über den Tisch, so, als ob er Halb und Wilt ein großes Geheimnis zuflüstern wollte. Ganz automatisch trat Korber, der sich bisher dezent im Hintergrund gehalten hatte, drei Schritte vor, aber Halbs stilles Zeichen mit der Hand ließ ihn sofort wieder in Unauffälligkeit erstarren. Das Ganze schien aber nur Theater zu sein, denn Zgubinac sog lediglich scharf die Luft ein und lehnte sich wieder zurück. Dann drehte er sich sogar noch weg von den beiden Kieberern, als ob er die größtmögliche Distanz zu den Polizisten suchen würde.

„Da oben ins Eck hinein – von ihm oder jetzt auch von Ihnen aus gesehen rechts oben an der Decke ... dort hinauf hat er manchmal gesprochen. Da muss er irgendetwas gesehen haben ... nur er allein, sonst keiner. Und da hat er dann – mitten im normalen Gespräch – plötzlich zu fantasieren begonnen. Da oben, da muss seine zweite Welt gewesen sein."

„Bitte erklären Sie uns das genauer." Erst als Halb ihn ansprach, löste sich Zgubinac aus seiner verdrehten Haltung und kehrte körperlich wie geistig wieder in die Realität zurück.

„Das ist insgesamt drei ..., nein, zwei Mal passiert. Beim dritten Mal hat er es noch abgefangen. Also, wir waren mitten im Gespräch. Er hat immer viel erzählt, schon auch von religiösen Erfahrungen, aber vor allem von fremden Ländern. Und er konnte sehr spannend erzählen."

„Von welchen Ländern?"

„Sehr viel von Europa, vor allem von Frankreich. Aber auch Asien, Amerika. Nie was aus Afrika. Aber mitten im Erzählen ist ... das ist schwer zu erklären. Da ist in ihm plötzlich ein Vorhang heruntergefallen. Aber so einer aus Metall, durch den man nicht durchsehen kann. Da hat er dann von einer Sekunde zur anderen so einen glasigen Blick und eine völlig fremde Stimme bekommen. Mit der hat er dann angefangen, mit dem Eck da oben zu sprechen. Die war wirklich gruselig. Wie aus einem Horrorfilm.“

„So wie die Stimme des Teufels? Laut, sehr tief, etwas blechern?“

„Nein, nein, viel schlimmer. Leise, immer dieselbe Höhe – eher so eine Art Singsang. Die Stimme, die war reine Panik. Und so leise, dass sie der Aufpasser dort hinten nie gehört hat.“

Halb warf einen Blick auf Korber.

„Sie wollen mir sagen, dass das der Herr dort hinten in fünf Metern Entfernung nicht mehr gehört hat?“

„Ja. Aber bitte, wenn Sie mir nicht glauben, kann ich ja wieder in die Tischlerei zurück.“

„Herr Zgubinac, jetzt sind's doch nicht gleich beleidigt. Wir glauben Ihnen ja. Wie lange haben denn diese Phasen gedauert?“

„Nicht lang. Vielleicht dreißig, vierzig Sekunden.“

„Und dann ist er direkt wieder ins normale Gespräch zurückgekehrt? Wieder als Anastasius Schwarz?“

„Ja, aber seinen Vornamen hab ich nicht gekannt. Wie hat der geheißen? Anas... was?“

„Anastasius. Das kommt aus dem Griechischen und bedeutet ‚der Auferstandene‘.“

„Aha. Und was heißt mein Vorname, Ferdinand?“

Halb musste grinsen. Dass ihm seine Neigung, die Bedeutungen von Vornamen zu kennen, bei einem Gespräch mit einem Häftling nützen würde, hätte er sich nie träumen lassen.

„Ferdinand heißt soviel wie ‚kühner Beschützer‘ – kommt ursprünglich aus dem Gotischen. Dann war der Name vor allem in Spanien zu Hause, bevor ihn die Habsburger in Mitteleuropa bekannt gemacht haben.“

Das Lächeln auf Zgubinacs Gesicht machte ihn um Jahrzehnte jünger, er ähnelte einem Zehnjährigen an seinem ersten Schultag ... stolz und glücklich.

„Ein kühner Beschützer bin ich? Geil! Danke für die Info."

„Bitte gerne. Aber jetzt wollen wir von Ihnen auch noch was wissen ... und zwar das Wichtigste. Was hat denn der Herr Schwarz während dieser Anfälle gesagt?"

„Ich hab's nicht genau verstanden. Aber da war was Religiöses dabei ... glaub ich. Zuerst hat er gesagt: ‚Das kannst du doch nicht machen! Doch, du kannst! Du musst!' Und dann hat das Religiöse begonnen. Es hat so geklungen wie ‚Herr, lobe! Lobe – du musst das tun!' Und dann war's aus."

„War das bei der ersten oder bei der zweiten Séance? ... Sie wissen schon, so Momente, in denen manche mit dem Jenseits in Kontakt treten."

„In der zweiten. Bei der ersten hab ich fast gar nichts verstanden."

„Und das hat nach ‚Lobet den Herrn' geklungen?"

„Nein, nicht ‚lobet', nur ‚lobe'. Das war deutlich zu verstehen. Außerdem war's umgedreht – also zuerst ‚Herrn' und dann ‚lobe'. Und dann noch einmal ‚lobe'."

„Und Sie haben wirklich keine Ahnung, was Herr Schwarz damit gemeint haben könnte?"

„Ich hab mir halt gedacht, dass er in dem Moment eine ganz spezielle religiöse Erfahrung gemacht hat."

„Dann danken wir Ihnen vielmals für das Gespräch, Herr Zgubinac. Wie lange haben Sie noch vor sich?"

„Bei guter Führung nur mehr eineinhalb Jahre."

„Also, ich versprech Ihnen, wir werden der Anstaltsleitung berichten, wie bereitwillig Sie mit uns kooperiert haben."

„Danke. Aber bitte sagen S' das nur denen von ganz oben, weil wenn das einer von den anderen hier erfährt, dann ..."

„Keine Angst, nur dem Doktor Greiler. Wir wünschen Ihnen, dass wir Sie später nie wieder hier antreffen ... auf Wiedersehen, aber draußen!"

„Ja danke. Und ... bitte finden Sie den Mörder vom Herrn Schwarz. Weil der war jemand, der's ganz sicher auch nicht immer leicht gehabt hat. Und er ist trotzdem ein netter und anständiger Mensch geblieben. Finden S' den, der ihn um'bracht hat. Bitte!"

„Ja, aber ..." – Halb konnte gerade noch verhindern, dass Wilt Zgubinac in seinem Irrtum korrigierte. Er hatte zwar ebenso wie Wilt begriffen, dass Zgubinac Schwarz für ein Mordopfer hielt, aber er hatte gleich weitergedacht und war zum Schluss gekommen, dass es ihnen nichts bringen würde, das Missverständnis aufzuklären. Im Gegenteil – solange Zgubinac in ihnen so etwas wie Verbündete sah, wäre er eher zu einem weiteren Gespräch bereit, falls sich ein solches als sinnvoll erweisen würde.

„Ja, aber ... jetzt rennen Sie uns doch nicht so schnell davon. Wir wollten uns nicht nur mit Worten bedanken, sondern auch mit einer ‚süßen Sünde'. Aber nicht zu wörtlich nehmen, gell! Toni, du hast doch die Bonbonniere, die wir dem Herrn Zgubinac überreichen wollten, in deiner Aktentasche." Manchmal bereute es Halb, dass er zu solchen Terminen meist nicht den scharfen Geist Planners oder die soziale Intelligenz Hascheks mitgenommen hatte, aber andererseits ...

„Ah so, ja ... schade. Schade, Chef, dass du jetzt doch noch dran gedacht hast. Ich hab schon gehofft, du hast darauf vergessen und wir könnten eine besonders schmackhafte Heimfahrt feiern. ... war natürlich nur Spaß! Hier, Herr Zgubinac, lassen Sie sich's schmecken. Und ... immer schön dran denken – nichts schmeckt so süß wie die Gerechtigkeit."

... aber andererseits vermochte es kein anderer, sich über einen eigenen Fehler so vergnügt und vergnüglich lustig zu machen. Noch einmal legte sich das Lächeln des Zehnjährigen über Zgubinacs Gesicht. „Danke vielmals! Sehr lieb. Und ich werde bei jedem Bissen an die Gerechtigkeit ... an den Herrn Schwarz und an Sie denken. Sie werden seinen Mörder finden, da bin ich mir ganz sicher!"

Es war zu blöd, um wahr zu sein! Da stand er, der seit Jahrzehnten immer wieder mit dem Abschaum der Gesellschaft zu tun hatte, in einem Besuchsraum in Österreichs berühmtestem Gefängnis und war zu Tränen gerührt, weil ihn ein – wenn auch nur „leichter" – Schwerverbrecher gebeten hatte, den nicht existenten Mörder eines Mannes zu suchen, der möglicherweise selber ein Mörder gewesen war.

Es gab nur einen Trost – ein Seitenblick zu Wilt zeigte ihm, dass nicht nur er ...

Wie gesagt, zu blöd, um wahr zu sein!

Oder war es am Ende gar zu wahr, um blöd zu sein?

Wie immer, wenn Halb versuchte, Emotionen zu überspielen, übertrieb er es etwas mit seiner Polizisten-Härte.

„Herr Korber, wo können wir erfahren, wer wie oft und wann genau Dobler in den Jahren seiner Haft besucht hat?" Um seinen unabsichtlichen Befehlston etwas abzumildern, schob er noch rasch ein „Bitte" nach.

„Am Rückweg aus der Tischlerei hol ich die Daten. Wenn's recht ist, bring ich sie Ihnen hierher?"

## Donnerstag, 9. Mai 2013, 13.15 Uhr

Kaum, dass sich die Tür hinter Korber und Zgubinac geschlossen hatte, ließ Halb seine Schultern sinken.

„Toni, ich werd alt! Wie uns der vorhin aus Dankbarkeit darüber, dass wir auf der Suche nach dem Mörder vom Schwarz sind, beinahe um den Hals gefallen wäre – da war ich den Tränen nahe. Und sag jetzt bitte nicht, dass das am Geruch von dem Zgubinac gelegen haben muss ... wobei, der hat wirklich nach Holzleim gestunken, dass es nicht mehr feierlich war."

„Also, Chef, was redest du denn da! Erstens bist du der Jüngste von uns allen, von alt kann also keine Rede sein."

„Der Jüngste? Toni, hast du neben diesen Wahnvorstellungen noch andere Symptome?"

„Nein. Im Ernst, Chef. Erinner dich, wie du nach Monaten im Streckverband endlich wieder die ersten Schritte gehen konntest, da hast du mir gesagt, dass du dich trotz aller Schmerzen wie neugeboren fühlst. Also bist du nach wie vor im besten Säuglingsalter."

„Noch so ein lebensweiser Satz und ich befördere dich zu meinem Hausphilosophen."

„Was verdient man denn so als Hausphilosoph?"

„Öfters eine Tracht Zynismus. Und zweitens?"

„Zweitens liegen unsere Nerven blank, und da reagiert man eben etwas ... über. Vor drei Stunden waren wir uns sicher, den Fall gelöst zu haben – Dobler war und ist der Mörder, und mit diesem Auen hätten wir möglicherweise einen großen Fang gemacht. Und jetzt ... garantiert keine Möglichkeit, dass sich Dobler und Auen in der letzten Zeit miteinander verständigt haben könnten, dafür hat sich unser vermeintlicher dicker Fisch Auen zu einem offenbar anständigen Menschen namens Schwarz gewandelt. Also, wenn das kein Grund ist, zu heulen, dann weiß ich nicht."

„Nicht heulen, weiterdenken! Du hast da nämlich gerade etwas sehr Kluges gesagt."

„Ah ja?"

„Ja – Dobler und Auen haben sich in der letzten Zeit nicht miteinander verständigen können. Was wäre, wenn sich Dobler schon vor fünfeinhalb Jahren mit Auen bzw. mit dessen Hintermännern abgesprochen hätte?"

„Wie meinst du das?"

„Nehmen wir einmal an, die ‚Bösen Buben' hätten damals gezielt Doktor Ferdinand Schmiedinger liquidieren wollen. Nehmen wir weiter an, dass sie aber mit allen Mitteln vermeiden wollten, dass wir auf der Suche nach einem Motiv zu tief nachgraben würden. Was also machen sie? Sie tarnen den Mord als unglückliche Nebenerscheinung eines misslungenen Einbruchs."

„So weit kann ich dir folgen."

„Aber das hat denen noch nicht gereicht. Das sind Vollprofis, die bedenken und planen alles doppelt und dreifach. Denen genügte es also nicht, uns mit der Inszenierung eines schiefgelaufenen Einbruchs auf die falsche Fährte zu locken – nein, sie legten vorsichtshalber noch eins drauf, um uns ja vom weiteren Durchwühlen der Schmiedinger-Unterlagen abzubringen. Und was bot sich da Besseres an als ein Täter? Ein Täter, den wir zwar ein wenig jagen sollten ... es durfte ja nicht zu leicht aussehen. Aber natürlich musste der Täter geschnappt werden bzw. sich fassen lassen. Also hat man uns mit einer Schnitzeljagd und Dobler geködert. Und alle waren glücklich und zufrieden ... na ja, bis auf die Schmiedingers. Aber wir hatten einen relativ raschen Ermittlungserfolg. Und die hatten – warum auch immer sie das wollten – Schmiedinger exekutiert, uns von den wahren Hintergründen weggelockt und ihren ‚Soldaten' Dobler, der irgendetwas angestellt haben muss, bestraft. Aber nicht so hart, dass Dobler uns die ganze Geschichte verraten hätte und ihnen somit hätte gefährlich werden können. Nein – Dobler wusste, dass es für ihn am sichersten war, ein paar Jahre Gefängnis als Strafe für seine Verstöße gegen den Codex der BBO zu akzeptieren. Er wusste aber auch, dass sie ihm versprochen hatten, ihn nach ein paar Jahren, wenn Gras über die Schmiedinger-Geschäfte gewachsen wäre, mit dem falschen Geständnis eines anderen herauszuholen. Dass das dann gerade dieser Auen war, war reiner Zufall ... oder auch nicht – das werden wir ja sehen, wenn die Gerichtsmedizin seinen Leichnam auf Gift untersucht hat. Auf jeden Fall haben Dobler und die BBO schon vor seiner Verhaftung vereinbart, dass sie das Detail der Halsentzündung des kleinen Ferdinand dazu benützen würden, das falsche Geständnis authentisch aussehen zu lassen. Et voilà – und schon passen wieder alle unsere Überlegungen von heute Vormittag perfekt zusammen."

Wäre Halb dazu körperlich in der Lage gewesen, hätte er jetzt sofort mit einem Freudentanz begonnen. So aber begnügte er sich damit, eines seiner Lieblingslieder – Sur le pont d'Avignon – anzustimmen und mit einem spontan improvisierten Text zu verunstalten.

„Wir sind gut! Voller Mut! Denn der Dobler bleibt hier drinnen.

Auen tot! Keine Not! Alles bleibt soweit im Lot."

„Chef, Chef" – ausnahmsweise erlaubte sich Wilt, seinen Vorgesetzten geradezu anzubrüllen, um über die „Avignon"-Hörschwelle zu kommen. „Chef, manchmal bist du so genial, dass es richtig irreal ist ... aber leider wirklich nur wenig mit der Realität zu tun hat. Denn – du bist es doch immer, der uns allen predigt, dass man sich vor allem in den Täter hineinversetzen muss, um erfolgreich zu sein. Was will er? Wie tickt er? Wer ist er? ... diese Fragen hast du uns immer vorgebetet. Und jetzt willst du allen Ernstes behaupten, dass dieses feige, rückgratlose und egozentrische Dobler-Schwein bereit wäre, jahrelang unschuldig hier in Stein einzusitzen, nur weil es ihm von einer geheimnisvollen Organisation als Buße auferlegt worden ist? Das glaubst du doch selber nicht! Selbst wenn der Dobler irgendwas innerhalb so einer ‚Mafia' angestellt hätte, wäre der doch der Erste, der schlicht und einfach verschwinden würde. Abgesehen davon ... es tut mir leid, dir das so grob sagen zu müssen, aber du hast noch ein weiteres wesentliches Detail übersehen. Und zwar den Auen-Schwarz. Nach dem, was wir gerade gehört haben, war dieser Auen-Schwarz ein Getriebener, ein armer Irrer, aber kein kaltblütiger Profikiller oder Mafiasoldat. Zugegeben, wir wissen jetzt umso weniger, wer er gewesen sein könnte und warum er das – möglicherweise falsche – Geständnis abgelegt haben könnte und woher er dieses eine unglückliche Detail gewusst hatte. Aber ich trau mich meine Pension in spe zu verwetten, dass eines sicher ist ... er war nichts als eine arme Sau!"

Erschöpft von seinem Monolog, war Wilt nicht einmal mehr in der Lage, sich gegen Halbs drohenden Zornausbruch zu wappnen. Was aber egal war, denn ...

„Toni, sollte man mich eines Tages ... vielleicht sogar schon sehr bald ... fragen, wer als mein Nachfolger in Frage käme, würde ich ohne zu zögern deinen Namen ausrufen. Das war brillant! Ekelhaft gut! Und doch so formuliert, wie es nur ein echter Freund zusammenbringt. Aber bevor wir jetzt in den tückischen Emotionstiefen wahrer Männerfreundschaften absaufen, tun wir das, was wir am besten können ... zumindest du kannst das am besten. Nachdenken und Fakten sortieren."

„Chef, bitte jetzt keine ‚Mea culpa'-Exzesse. Selbstzerfleischung steht dir nicht!"

Das war endgültig zu viel! Jetzt gab es nur mehr einen Ausweg ...

„Toni ... du ... ich könnte dich ... also gut. Alles ... auf Anfang!" Zwischen den lachkrampfbedingten Atemnotanfällen stieß Halb die bitteren Erkenntnisse der letzten Stunden hervor.

„Ja ... Chef! Und dabei ..."

„Störe ich? Soll ich in ein paar Minuten noch einmal kommen?"

„Nein, nein, Herr Korber. Lassen Sie sich von zwei alten Männern, die nicht mehr wissen, ob sie weinen oder lachen sollen, nicht abschrecken."

Korbers Körpersprache machte deutlich, wie überrascht er war. Bis vor fünf Minuten hätte er auf die Frage nach seinem beruflichen Vorbild ohne zu zögern mit „Hofrat Halb" geantwortet. Aber jetzt? Betont ruhig legte er die Kopien der Besucherlisten auf den Tisch. „Sie sehen, Dobler wurde in all den Jahren nur von seiner Mutter, zwei Anwälten, einem Horst Lichtenberger und einem Dennis Sedlacek besucht."

„Den suchen wir verzweifelt. Steht da was über diesen Herrn Lichtenberger?"

„Laut dessen Auskunft war er ein alter Schulfreund. Der war das letzte Mal vor einem halben Jahr hier. Dobler meinte, er ist dann nach Kanada ausgewandert."

„Gut, das werden wir überprüfen. Wie alt ist die Mutter?"

„Achtundsechzig Jahre alt. Hat vor kurzem eine Hüftoperation gehabt. Ich hab sie zum letzten Mal vor drei Wochen gesehen, da ist sie noch sehr stark gehumpelt."

„Und die beiden Anwälte? Das waren vermutlich Doblers damaliger Verteidiger und irgendein Konzipient? Wie hat der geheißen? Irgendwas mit Tal ... Talberg, Ta..."

„Talbach. Doktor Heinz Talbach."

„Genau. Kanzlei Wimmer, Talbach und Partner. Wann war der Talbach zuletzt hier?"

„Das ist schon länger her. Vor nicht ganz drei Jahren. Aber der andere Anwalt, das war kein Konzipient. Ganz im Gegenteil, den Namen kenn sogar ich. Doktor Otto Bäuler."

„Wie bitte? Bäuler mit ä? Nicht mit e?"

„Nein, hier steht's ... Bäuler, Doktor Otto Bäuler."

Halb schubste Korber ein wenig zur Seite – was er sofort bereute, da der junge Wachebeamte mit einem beleidigten „Bitte, wenn Sie mir nicht glauben" gleich mehrere Schritte zurücktrat.

„Herr Korber, sein S' nicht so dünnhäutig! Dann wird das nix werden mit einer Karriere bei harten Burschen wie uns."

„Chef, was sind wir?"

„Toni, harte ... na, egal. Tatsächlich, der Bäuler! Der Schrecken aller Staatsanwälte. Liebling der Boulevardmedien. Verteidiger der Schwachen und Entrechteten ... wenn es ihm genug Publicity und Geld bringt. Zwei Mal war der beim Dobler. Vor fünf Monaten, und dann noch einmal vier Wochen später. Sagen S', Herr Korber, das waren nicht zufällig Sie, der bei den Besuchen dabei war?"

„Beim ersten schon, aber das hilft Ihnen auch nicht weiter."

„Wieso? ... ach Gott, ja, ich bin ein Depp! Die Gespräche zwischen Anwälten und ihren Mandanten sind natürlich vertraulich. Da war keiner von Ihnen unmittelbar dabei."

Korber nickte – und schien mit dieser Auf-und-ab-Bewegung ein gegenläufiges Kopfschütteln bei Wilt in Gang zu setzen.

„Chef, aber das passt doch nicht. Dobler als Mandant von Doktor Bäuler? Das kann sich der doch gar nicht leisten."

„Na ja, der Herr Hofrat hat doch gerade gesagt, dass dieser Bäuler sehr auf PR aus ist. Und bei so einem spektakulären Fall wie dem von Dobler ..."

„Herr Korber, bitte keine Denkfehler!" Halb unterbrach den jungen Beamten ebenso abrupt wie grob. Aber diesmal ließen die Denkfalten auf Korbers Stirn etwaigen beleidigt hochgezogenen Augenbrauen keinen Platz mehr.

„Stimmt, das war dumm von mir! Vor fünf Monaten war der Fall Dobler noch in keiner Weise spektakulär. Wieso war also der Doktor Bäuler bei ihm?"

„Sehr gut, Herr Kollege in spe. Dann fragen wir ihn doch einfach. Auf zum Dobler."

„Das geht leider nicht!" – die Mimik Korbers war in den letzten Minuten einem besonderen Härtetest ausgesetzt. Verblüfft, gekränkt, konzentriert und jetzt verschämt – es war fast wie ein „Zirkeltraining für die Gesichtsmuskulatur".

„Wieso nicht?"

„Ich hab ganz vergessen, Ihnen zu sagen, dass ... also, der Herr Direktor lässt Ihnen ausrichten, dass es ihm leidtäte, aber er musste den Dobler hochoffiziell entlassen. Vor zwanzig Minuten ist er abgeholt worden."

„Von wem?"

„Keine Ahnung, aber wir müssten das Autokennzeichen auf unseren Überwachungskameras erkennen können."

„Wieso stehen wir dann noch hier herum? Auf zu den Monitoren!"

„Ja, natürlich. Ich zeig Ihnen den Weg. Den Gang hinunter, dann nach links und dann ..." – Korber war überrascht, wie schnell Halb aus dem Stand heraus beschleunigen konnte. Wilt hatte bereits mit einem Katapultstart seines Vorgesetzten gerechnet, weshalb er den Bruchteil einer Sekunde vor ihm losgerannt war. Der Nicht-Halb-Kenner Korber hingegen war schnell ins Hintertreffen geraten, so konnte er nur mehr ein kurzatmiges „... und dann vorne bei der Tür bitte auf mich zu warten!" nach vorne keuchen.

**Donnerstag, 9. Mai 2013, 15.15 Uhr**

„Was soll ich euch sagen – die Aufnahme hätte jedem Agententhriller zur Ehre gereicht. Dobler schlendert durch die Sicherheitsschleusen, er grüßt freundlich nach rechts und links. Dann öffnet sich das Tor, Dobler geht betont langsam durch. In dem Moment fährt ein schwarzer Mercedes – S-Klasse – vor. Wenn der noch mit quietschenden Reifen weggerast wäre, hätte ich mitten in dem Monitorraum wie im Kino zu applaudieren begonnen."

„Und, Chef, wem gehört der Wagen?" Planner hatte als Erste die nächstliegende Frage gestellt ... und sie tat ihrem Chef den Gefallen, dabei große und bewundernde Augen zu machen.

„Laut Halterabfrage gehört die Kutsche ... na, was glaubt ihr?" Halb blickte siegessicher in die kleine Runde. Weder Verena noch der Ingeniöhr noch Schwejk würden erraten, wer sich so fürsorglich um Dobler gekümmert hatte und ihn …

„Der SOZUPA?" – Planners Antwort ließ Halbs Gesicht der Marke „gütig-überlegenes Lächeln eines Triumphators" augenblicklich in sich zusammenfallen, die kläglichen Überreste schienen an den plötzlich nach unten gezogenen Mundwinkeln hängen geblieben zu sein.

„Spielverderberin! Wie bist du drauf gekommen?"

„Logik, oh vermeintlicher Herrscher über unser aller Denken."

„Ah ja? Logik? Na, dann ist es doch nur logisch, dass jetzt du uns erzählst, was du heute so alles herausgefunden hast. … natürlich streng logisch geordnet."

„Ja, Chef. Ich war ja heute noch einmal …"

„Ihr Bericht, liebe Frau Magistra, muss noch etwas warten, denn … tatarata! Der Tortenexpress ist da. Ludwig, ich hab schon vom Kollegen Wilt die Kurzfassung eures turbulenten Steinabenteuers gehört und …"

„Wann?"

„Was wann?"

„Wann er dir das erzählt hat?"

„Gerade eben. Während du deinen anderen drei Musketieren berichtet hast, war der Kollege Wilt kurz draußen, um einem menschlichen Bedürfnis …"

„Du horchst meine Mitarbeiter am Klo aus?"

„Also, Ludwig, wie kannst du nur so hässliche Worte verwenden! Nein, wirklich – wir haben die kurze Zeit, die wir da nebeneinander gestanden sind, konstruktiv genützt und …"

„Gut gut, Ernst. So genau wollten wir das gar nicht wissen." Da er angesichts der üppigen Tortenstücke auf dem Stummen Diener, den Straka mit generösem Lächeln ins Zimmer gefahren hatte, keine längere Diskussion vom Zaun brechen wollte, würgte Halb das Rechtfertigungsgemurmel der beiden WC-Plaudertaschen kurzerhand ab. Es war der Moment, in dem ihm sein Magen signalisierte, dass er seit halb neun in der Früh nichts mehr gegessen hatte. Es war der Moment, in dem er seine Großzügigkeit im Umgang mit geschenkten Bonbonnieren zu bereuen begann. Es war der Moment, in dem er die Malakofftorte anvisierte und ...

„Ladies first. Frau Magistra, welche der Köstlichkeiten darf ich Ihnen aufwarten? Ludwig, wo sind die Teller?"

Mit einem tiefen Seufzer öffnete Halb den Kasten, der vormittags zum Herrschaftsgebiet von Helli gehörte. Um nicht als Vorgesetzter der zu alten Schule zu gelten, ging er vorsichtig in die Knie und ...

„Chef, bist du wahnsinnig, denk an dein Kreuz! Lass das doch die wahren Spezialisten machen." Das mit dem Wieder-aus-der-Hocke-Aufstehen war gar nicht so einfach, da er dazu kaum mehr Platz hatte. Denn wie aus dem Nichts waren um ihn herum Wilt, Planner, Haschek und Mayer aufgetaucht und lieferten sich einen regelrechten Ringkampf, wer als Erster Mehlspeisteller und Kaffeetasse hinhalten durfte.

## Donnerstag, 9. Mai 2013, 15.45 Uhr

Nach der Malakofftorte fühlte sich Halb wie neugeboren. Es war schon erstaunlich, was so eine geballte Ladung an Zucker im menschlichen Körper zu bewirken vermochte. Auen-Schwarz, Dobler, Doktor Bäuler, die SOZUPA – all diese Namen verschwammen zu einer Suppe, die weit entfernt von ihm sanft vor sich hinblubberte. Mit einem Blick in die Runde stellte er fest, dass es den anderen offenbar ähnlich erging. Um aber dem typischen Faulenzertum altösterreichischer Tortentiger nicht gleich für den Rest des Tages zu verfallen, beschloss Halb schweren Herzens, langsam und vorsichtig wieder ein Gespräch anzukurbeln.

„Ein Hoch auf den edlen Spender! Aber, jetzt sag schon, Ernst – welchem Anlass haben wir diese Errettung vor dem Hungertode zu verdanken?"

„Ach, weißt du, Ludwig, man braucht doch nicht immer einen konkreten Grund, um jemandem eine Freude zu machen. Ich dachte mir nur, dass ihr derzeit so unter Druck seid, dass euch eine süße Stärkung guttäte."

„So unter Druck?" – die besänftigende Wirkung der Malakofftorte war mit einem Schlag verflogen – „Ernst, spuck's aus, was immer es ist."

„Was meinst du denn, Ludwig?"

„Du bist erfreulicherweise ein ganz ein schlechter Schauspieler! So schlecht, dass ich dir nie und nimmer glaube, dass du uns diese wunderbare Tortenpause gespendet hast, nur, weil wir ‚so unter Druck sind'. Ernst, du weißt genau, dass wir das immer sind ... und sogar schon weit schlimmerem Druck standhalten mussten. Da hättest du schon längst dein gesamtes Gehalt für unsere Torten ausgeben müssen."

„Ludwig, jetzt bist du ungerecht! Ich bin eben ein netter und großzügiger Mensch ... zumindest manchmal."

„Das will ich auch gar nicht bestreiten. Aber dass du gerade jetzt – an einem Tag, an dem du uns noch in der Früh den Fall wegnehmen wolltest – so spendabel bist, macht mich doch ein wenig misstrauisch ... um es vorsichtig auszudrücken. Hast du schon mit dem

Hofrat Schober gesprochen? Ist es schon fix, dass das Drei-Einser-Büro den Fall übernimmt? Dann muss ich euch beide allerdings bitter enttäuschen, denn – wie du gerade vorhin auf der ‚menschlichen Bedürfnisanstalt' von Toni erfahren hast, gehen wir inzwischen doch wieder von einem normalen Tötungsdelikt aus. Ganz ohne organisierte Kriminalität."

„Meine Hochachtung, mein lieber Ludwig. Die Haken, die du schlägst, nur um diesen Fall zu behalten, die sind beachtlich."

„Da siehst du, wie beweglich ich wieder geworden bin."

„... und ich werde dich mit Freude daran erinnern, wann immer du mir erzählst, dass du eine Aufgabe wegen deiner alten Verletzungen leider nicht übernehmen könnest. Aber ich kann dich beruhigen, weder habe ich mit dem Kollegen Schober gesprochen, noch will ich euch den Fall wegnehmen."

„Dann, lieber Ernst, beginnen wir uns ernsthaft zu fürchten. Was ist der wahre Grund für all diese Köstlichkeiten?" – als Halb auf die leeren Teller deutete, erkannte er erst, wie groß das heutige Tortenangebot gewesen war.

„Jetzt bin ich wirklich gekränkt ... ich bin eben großzügig und ..."

„Ernst, bitte! Wo ist der Haken?"

Hofrat Strakas Gesichtsausdruck ähnelte einem Schlachtfeld. Immer wieder schien die Gekränktheit an Terrain zu gewinnen, letztlich übernahm aber wehmütige Vernunft das Kommando über seine Züge.

„Ludwig, ich hatte wirklich nicht die Absicht, euch zu bestechen. Es war höchstens der Versuch, dich etwas friedlicher zu stimmen."

„Mich allein? Es geht nicht um den Fall, um uns?"

„Ja und nein. Doch, um die Causa Schmiedinger dreht es sich sehr wohl, aber nicht um euch, sondern um dich allein. Es ist nämlich folgendes ... und ich bitte dich schon jetzt, nicht gleich wie ein Berserker auf mich loszugehen."

„So schlimm?"

„Nein, gar nicht. Zumindest würde ich das so sehen. Aber du, du ..."

„Wen muss ich diesmal um Entschuldigung bitten?"

„Wieso?"

„Ernst, das Schlimmste, was du mir bisher angetan hast, war, von mir eine öffentliche Entschuldigung zu verlangen. Immer, wenn ich irgendeinem ‚Gottsöbersten' oder einem Schmierblatt auf die Zehen zu treten geruhte, hast du von mir verlangt, mich bei einer Pressekonferenz öffentlich dafür zu entschuldigen. So mit allen menschenunwürdigen Zutaten garniert ... reuige Tränen in den Augen, vor Verzweiflung knirschende Zähne, so was eben. Ich kann mich noch gut an meinen letzten ‚Ich bereue'-Auftritt erinnern. Damals habe ich mir etwas Zwiebelsaft auf die Augen gespritzt, damit meine Tränen garantiert authentisch wirken. Und ... was war die Folge? Ich hab zu viel davon erwischt ... vier Tage lang habe ich wie ein italienisches Klageweib ausgesehen! Vier Tage! Rote Augen, Tränenschleier ... aber leider alles echt. Ich bin mir so blöd vorgekommen, dass ich fast heulen wollte ... wenn ich nur gekonnt hätte. Also – die Torten waren wirklich köstlich, wen soll ich diesmal um Verzeihung bitten?"

„Niemand im Speziellen, nur die österreichische Öffentlichkeit."

Halb bemühte sich redlich, der Bitte seines Vorgesetzten, ihn nicht gleich wüst zu attackieren, nachzukommen. Er zwang sich, tief ein- und auszuatmen, um wenigstens noch die nächsten paar Sätze ohne Schreikrampf auszusprechen.

„Was soll denn das bitte heißen? Soll ich mich auf den Stephansplatz stellen und ... jetzt dämmert's mir erst. Bitte, wofür soll ich mich denn überhaupt entschuldigen? Dafür, dass wir damals den Dobler verhaftet haben? Oder dafür, dass wir ihn jetzt wieder laufen lassen mussten?"

„Für beides, würde ich meinen. Bei den ‚Law and Order'-Zuschauern fürs Freilassen, und bei den Sozialromantikern fürs Verhaften. Wobei ... bei denen entschuldigst du dich am besten auch gleich dafür, dass es dich überhaupt gibt. Also ... beruflich gesehen."

„Und an welchen Pranger hast du da gedacht?"

„Kennst du ‚Brandheiß – Ihr Themenmagazin'?"

„Nein! Was soll das sein?" – doch, jetzt war es soweit. Die eisige Schärfe der letzten fünf Worte ließ keinen Zweifel mehr offen, dass Halb den Siedepunkt seiner Seele zumindest erreicht, wenn nicht schon überschritten hatte.

Als Erste warf sich Planner gegen das drohende Inferno aus Anschuldigungen und Beleidigungen.

„Chef, das ist so eine Diskussionssendung auf diesem Privatfernsehkanal, diesem ..."

„Und so was schaust du dir an?" Halb sah Verena dermaßen grimmig an, dass diese es kaum schaffte, nicht in Lachen auszubrechen.

„Chef, ich sehe mir so etwas natürlich nicht an. Aber ich überfliege die Fernsehprogramme, und daher ... und bevor du mich weiter so böse anstarrst, darf ich dir versichern, dass ich auch keine Aktien dieses Privatsenders besitze und somit zu hundert Prozent nicht für deren Sendungen verantwortlich bin."

Jetzt lag es an Schwejks sozialer Intelligenz, Halb die Möglichkeit eines ehrenvollen Rückzugs zu eröffnen. „Herr Hofrat, sagen Sie, war in dieser Sendung nicht auch schon die Innenministerin zu Gast? Und einmal – da war doch sogar der Herr Bundeskanzler …"

Straka griff dankbar nach dem argumentativen Rettungsring. „Ganz genau, Kollege Haschek. Die Frau Innenministerin war dort sogar schon mehrmals live zu bewundern. Und auch der Präsident des …"

„Ist schon gut, ich habe verstanden. Es ist für mich also eine große Ehre, in dieser … wie heißt die Sendung?"

„Brandheiß – Ihr Themenmagazin." – Halb hatte Mühe, den Namen zu verstehen, da ihn Planner, Wilt, Mayer, Haschek und Straka gleichzeitig fast schon gebrüllt hatten.

„… also mich in diesem Fernsehblödsinn zur Schau zu stellen. Und was genau soll das Thema sein? ‚Mein ganz persönlicher Dreifachmord'? Oder doch lieber ‚Auch Serienkiller haben Herzinfarkte'?"

„Ludwig, vielleicht sollten wir dir bis morgen Nachmittag doch noch eine Stunde bei einem Mediencoach zahlen? Weil, so wie du das angehst …"

„Ernst, soll ich lieber den Moderator oder den Mediencoach oder dich oder mich als Erstes umbringen?"

„Na ja, Ludwig, du wirst das schon machen. Morgen um fünfzehn Uhr …" – Straka hatte Halb dazu gebracht, sich in den einzigen bequemen Sessel seines Zimmers fallen zu lassen, während er unentwegt auf ihn einredete – „… und du wirst sehen, das ist dort gar nicht so …" – als ob er ihn hypnotisieren wollte, beugte sich Straka von oben über seinen tief in den Fauteuil gerutschten Freund und Untergebenen und redete sanft auf ihn ein – „… schlimm."

Das war zu viel – ob für seine geplagte Seele oder für seine steife Wirbelsäule, konnte Halb nicht genau sagen.

„O.k., Ernst, ich bin also morgen um fünfzehn Uhr in dem Studio. Dort werde ich dann in die Maske geschleppt und noch mehr verunstaltet. Im Lauf dieser Sendung, die um siebzehn Uhr beginnt und live übertragen wird, werde ich mit mehreren Kontrahenten über das Thema ‚Justizirrtum – kann es jeden von uns treffen?‘ diskutieren. Dabei soll ich eher mäßigend auf all die Spinner einwirken. Außerdem soll ich dezent einfließen lassen, wie sensationell hoch unsere Aufklärungsrate gerade bei Schwerverbrechen ist. Ah ja … und ich darf weder zu arrogant noch zu bescheiden rüberkommen. Und ich soll den, der mich etwas fragt, nur kurz in die Augen schauen und dann meinen Blick ganz natürlich auch zu den anderen schweifen lassen. Nicht zu sehr auf einen hinstarren. Und ich soll kurze Sätze verwenden … ab und zu ein prägnanter Ausdruck ist erlaubt, aber auf keinen Fall irgendwie aggressiv werden. Und nicht zu viele Fremdwörter. Hab ich noch was vergessen? … ah ja, legere, aber seriöse Kleidung – Leinenhose, einfärbiges Hemd, sportlich-elegantes Sakko.“

Halb musste tief Luft holen.

„Sehr gut, Ludwig, ich sehe, du beherrschst auch schon verschiedene Atemtechniken. Das wird dir morgen auch helfen, ganz wunderbar zu sein und …“

Kaum, dass Halb ebenso fest wieder ausgeatmet hatte, fiel er seinem Chef grob ins Wort.

„Eines noch, Ernst. Wenn ich diesen Blödsinn morgen tatsächlich gut über die Bühne bringen sollte, dann haben wir bei dir aber sehr viel mehr gut als diese Torten. So köstlich sie auch geschmeckt haben.“

In Strakas Augen schienen plötzlich Ziffern aufzuleuchten, man sah geradezu, wie hinter den Zahlenkolonnen die entsprechenden Rechnungen abliefen.

„Ja, wie viele Torten wollt ihr denn noch? Ludwig, das ist doch ungesund."

Unter dem meckernden Gelächter aller korrigierte Halb seinen Vorgesetzten. „Nein, Ernst, mit Torten ist es da nicht getan! Wir wollen ... ja, was wollt eigentlich ihr?"

„Schweinsbraten für alle!" „Freibier, Freibier ... befreit das Bier aus seinen Flaschen!" „Bitte schen, Herr Hofrat – keinen Turt'n, sondern so a wunderschene behmische Mehlspeis!" „Von allen ein bisserl!" „Und für mich, mein lieber Ernst" – wie ein großer Dirigent brachte Halb sein „Orchester" mit einer einzigen Handbewegung zum Schweigen – „muss es natürlich nichts von diesen zutiefst weltlichen Genüssen sein, die sich mein lieblicher Chaotenhaufen von dir wünscht. Nein, ich erbitte mir von dir etwas viel Subtileres, Unangenehmeres ..." – obwohl sich Straka automatisch zu winden begonnen hatte, fuhr Halb ebenso gnadenlos wie lustvoll fort – „... Unerfüllbares und Grausames ... na, hast du eine Ahnung, was es sein könnte?"

Beinahe wäre Straka „Nein, Gnade!" herausgerutscht, aber im letzten Moment besann er sich, dass eigentlich er der Herrscher über dieses Reich war. Ruckartig nahm er wieder die Chefpose ein, gleichzeitig kehrte ein Hauch von Strenge in seine Stimme zurück. „Nein, Ludwig, ich weiß es nicht! Und ich sag dir, wenn es wirklich etwas so Grausames sein sollte, wie du mir gerade so charmant weismachen wolltest, dann müsste ich mit offiziellen Ermittlungen beginnen und dein Team beauftragen, es herauszufinden. Schließlich sind wir ja dazu da, Gewaltverbrechen aufzuklären bzw. schon im Keim zu ersticken. Daher, oh Ludwig, sage es mir lieber gleich, bevor ich dich verhören lasse. Was willst du haben dafür, dass du dich morgen heldenhaft in der PR-Schlacht schlägst?"

Mit todernstem Gesicht stieg Halb auf Strakas Friedensangebot ein. „Edler Ernst ... schlicht und einfach, dass du uns in Ruhe unsere Arbeit machen lässt! Sonst nix."

Mit dieser realistischen Forderung hatte Straka offenbar am wenigsten gerechnet, weshalb er zuerst einmal seinen Mund öffnete, um ihn gleich wieder zu schließen. Erst beim zweiten Versuch brachte er ein „Ich hatte nie vor, euch daran zu hindern" heraus.

„Wunderbar, dann lasst uns doch jetzt die Feierlichkeiten beenden und wieder gute alte Polizeiarbeit verrichten. Verena, du warst dran mit deinem Bericht ... was hast du heute im Marienspital herausfinden können?"

**Donnerstag, 9. Mai 2013, 16.15 Uhr**

„Und daher bin ich mir jetzt nicht nur sicher, dass Gregor Auen ein falscher Name war ..."

„Das haben wir aber schon vorgestern angenommen."

„... sondern auch, dass der Auen nicht nur eine einzeln agierende Person war. Ich kann das nur schwer formulieren ... es wirkt so, als ob sich hinter dem falschen Namen und der realen Person ein geheimnisvolles Netzwerk verbirgt."

„Das was tut?"

„Wenn ich das wüsste, würde ich vermutlich auch die wahre Identität von Gregor Auen kennen."

Halb lächelte resigniert. „Jetzt hat mich der Toni nach unseren heutigen Stein-Gesprächen mühsam davon abgebracht, an der Theorie vom Profikiller Gregor Auen festzuhalten. Und jetzt kommst du uns mit diesen Erkenntnissen und Vermutungen! Und ... auf die Idee mit dem Netzwerk bist du nur gekommen, weil die SOZUPA die zusätzlichen Kosten von Auens Behandlung im Marienspital bezahlt hat?"

„Ja, hauptsächlich deshalb. Wobei – um nicht missverstanden zu werden, sage ich dir gleich, dass ich auch der Meinung vom Toni bin. Der Auen war kein Profikiller. Und das ist nicht nur ein Gefühl, das kann ich inzwischen auch begründen, und zwar folgendermaßen. In Auens Wohnung haben die Kollegen von der Kriminaltechnik massenhaft dessen eigene Fingerabdrücke und DNA-Spuren gefunden ... und das spricht massiv gegen die These, er sei ein Auftragsmörder gewesen. Weil ... so würde sich doch nie ein echter Profi verhalten! Der hätte doch alles klinisch sauber geputzt ... oder am besten erst gar keine Spuren hinterlassen. Nein, dieses Gefühl, diese Ahnung von dem Netzwerk hinter Auen – die basiert wirklich nur auf der Zusatzkosten-Geschichte. Ich meine, warum ist denn dieser Auen nicht einfach in eines der großen Wiener Krankenhäuser gefahren? Dort wäre er – aus medizinischer Sicht – mindestens genauso gut behandelt worden ... und das Ganze wäre mit seiner normalen Sozialversicherungskarte abgedeckt gewesen. Wozu also das teure Privatspital?"

„Darauf scheint mir nur eine Antwort logisch zu sein ... weil Auen wusste, dass er sich im Marienspital nicht fürchten musste, dass seine falsche Identität – und damit auch die gefälschte Sozialversicherungskarte – auffliegt."

„Verena, was meinst du? Hat Auen damit gerechnet, dass dort irgendwer seine schützende Hand über ihn hält? Oder ist er davon ausgegangen, dass gerade dieses Spital besonders ... na, sagen wir besonders locker mit den Ausweisen umgeht, sodass die Fälschung nicht auffällt?“

„Schwejk, das ist eine gute Frage. Ich wage eine Antwort ... vermutlich von beidem etwas. Schützende Hand plus nachlässige Kontrolle. Erst recht, da die SOZUPA für alle Zusatzkosten aufgekommen ist.“

„Wobei, nach dem, was du gesagt hast, wäre es doch logisch, dass dieses ominöse Netzwerk im Hintergrund nur die SOZUPA sein kann. Oder mach ich da einen Denkfehler?“ Das Gemurmel aus „Nein, kein Fehler“ und „Ja, die SOZUPA“ ermunterte Wilt, seine Gedanken weiterzuspinnen. „Aber dann stellt sich doch die Frage, welche Art Netzwerk die SOZUPA sein soll?“

„Das habe ich mich auch gefragt. Und deshalb bin ich ...“

„... natürlich gleich zur SOZUPA weiter und hast dich dort umgehört.“

„Nein, Chef, das schien mir nicht sehr zielführend ... die hätten mich doch sicher nur angelogen. Und das mit dem Mercedes, der den Dobler abgeholt hat, das habe ich zu dem Zeitpunkt ja noch nicht wissen können.“

„Ah so ... ja ... natürlich.“ Noch bevor ihm Verena geantwortet hatte, hatte Halb schon geahnt, was jetzt kommen würde, da sie ihn sofort mit ihrem mitleidsvollen Blick der Marke „Mein Gott, wie altmodisch!“ angesehen hatte.

„Also hast du dich an den Computer gesetzt und versucht, so viel wie möglich über die SOZUPA herauszufinden?“

„Stimmt genau."

„Und? Was hast du entdeckt?"

Verenas jugendlich-selbstsicheres Lächeln machte augenblicklich einem verlegenen Grinsen Platz.

„Genauso viel, wie wenn ich hingegangen wäre … nichts. Also, nichts Neues. Die ‚Szoloi Zellstoffprodukte und Papier Großhandel GmbH' ist, wie der Name schon sagt, eine Gesellschaft mit beschränkter Haftung. Aber! Wer die tatsächlichen Gesellschafter sind, ist nicht festzustellen. Spätestens auf der dritten Ebene dieser sehr verschachtelten Firmenarchitektur bin ich auf lauter Treuhandkonstruktionen gestoßen, bei denen man beim besten Willen keinen realen Besitzer bzw. Besitzerin feststellen kann."

„Hast du schon mit den Kollegen von der Wirtschaftskriminalität gesprochen, ob die was herausfinden können?"

„Ja, hab ich. Aber die haben mir auch nicht mehr sagen können."

„Dann werde ich morgen meine Geheimwaffe aktivieren. Vielleicht weiß sie ja, wie wir …"

„Sie? Ludwig, du hast eine weibliche Geheimwaffe?" Straka hatte sich nur zur Speerspitze der allgemeinen Neugier gemacht – es war den anderen anzusehen, dass sie mindestens ebenso gerne gewusst hätten, wen Halb meinte.

„Natürlich ist meine Geheimwaffe weiblich … *die* Geheimwaffe eben. Ich hätte auch von meinem Geheimtrumpf sprechen können, falls euch ein männliches Hauptwort lieber ist."

Um nicht auch ins Schmunzeln – Straka, Schwejk und der Ingeniöhr – oder gar ins Kichern – Verena und Toni – zu verfallen, wechselte Halb mit betont fester Stimme das Thema.

„Gut, dann gehen wir fünf gleich morgen in der Früh zur SOZUPA ... vielleicht erreichen wir mehr, wenn wir dort überfallsartig als kleine Armee einmarschieren. Die Taktik ist klar – wir verteilen uns auf möglichst viele Zimmer und befragen die Mitarbeiter, noch bevor diese Dame, die die Verena beim letzten Mal so rasch abgeblockt und hinauskomplimentiert hat, irgendwelche Direktiven ausgeben kann."

„Aber Chef, was sollen wir denn dort fragen? Die Verena hat doch schon alles über die SOZUPA herausgefunden ... und vor allem hat sie herausgefunden, dass es da nichts mehr herauszufinden gibt. Und was den Auen anlangt, da hat dieser SOZUPA-Drachen in der Zwischenzeit doch sicher alle Mitarbeiter gebrieft, was sie auf Fragen nach Auen zu sagen haben. Und wegen der zusätzlichen Spitalskosten ... wenn wir danach fragen, würden wir sicher wie die Trotteln dastehen und zu hören bekommen, dass die SOZUPA eben nur ausgezeichnete Mitarbeiterinnen und Mitarbeiter haben will ... und dass man heutzutage ausgezeichnetes Personal nur dann findet, wenn man als Arbeitgeber etwas Besonderes anbietet – und da würde eine private Zusatzkrankenversicherung eben dazugehören .... und gerade beim Herrn Auen, der doch ein so verdienter und geschätzter Kollege war, gerade bei ihm sei es doch selbstverständlich gewesen, die bestmögliche Behandlung zu finanzieren ... na, und so weiter und so weiter. Bla bla bla!"

Bei seiner Minirede hatte sich Wilt richtig echauffiert, sodass er die – seiner Meinung nach einzig logische – Schlussfolgerung nur mehr keuchend nachschieben konnte. „Daher ... wozu das Ganze? ... scheint mir ... ein Blödsinn, dieser SOZUPA-Termin morgen ... wenn ich ... so sagen darf."

Halb nickte ihm lächelnd zu. „Tief durchatmen, Toni, tief durchatmen. Selbstverständlich darfst du kritisieren … ja, du musst sogar. Wenn auch in gemäßigtem Tonfall. Aber diesmal ist deine Kritik unberechtigt, denn du gehst – das heißt, wenn ich mir euch so anseh, muss ich wohl sagen – ihr geht alle von einer falschen Voraussetzung aus. Denn wenn wir morgen gleich um neun Uhr früh bei der SOZUPA einfallen, werden wir nicht nach dem Herrn Auen fragen. Wir werden auch keine Unterlagen suchen, wo der Name Auen drauf- oder drinsteht."

„Sondern?" – wieder hatte sich Hofrat Straka zum Sprachrohr der Gruppe gemacht, die Halb in schöner Geschlossenheit verblüfft anstarrte.

„Gregor Auen ist tot. Es lebe Anastasius Schwarz! … wir werden jeden Zentimeter, jeden Papierkorb und auch jeden Mitarbeiter … und natürlich auch jede Mitarbeiterin … einzig und allein nach Anastasius Schwarz durchsuchen bzw. befragen."

Haschek pfiff durch die Zähne, Planner, Mayer und Straka hoben voller Anerkennung ihre Augenbrauen. Lediglich Wilt war nach wie vor etwas atemlos, weshalb er nur ein wertfreies „Na dann …" herausbrachte.

„Ernst, geht sich bis morgen Früh noch ein Durchsuchungsbeschluss für die Büroräumlichkeiten der SOZUPA aus?"

„Bis morgen wird das knapp. Und mit Gefahr im Verzug können wir auch kaum argumentieren, weil …"

„Doch, da hätt ich was."

Im Gegensatz zum Ingeniöhr liebte Schwejk solche „großen Auftritte", bei denen ihm schlagartig die Aufmerksamkeit aller zuteil wurde, eher nicht. Daher reagierte er auch diesmal unwirsch. „Na ja, ich sollte doch alle Hebel in Bewegung setzen, um diesen Dennis Sedlacek zu finden."

„Alle Häbl ... ja, genau." – Halb imitierte mit ernstem Gesicht Schwejks „Schwejk-Tonfall", mit dem dieser ihn vor einigen Stunden zum Lächeln gebracht hatte.

„Dennis Sedlacek ist inzwischen Monteur bei den Wiener Elektrizitätswerken. Sein letzter Auftrag, bevor er verschwunden ist, war, eine Alarmmeldung eines entsetzten Anrufers zu überprüfen. Und zwar hatte der ganz hysterisch bei der Störungshotline angerufen und behauptet, dass aus einem Hauptsicherungskasten Rauch käme. Da sonst keine Meldungen oder irgendwelche anderen Hinweise vorhanden waren, hat die Serviceabteilung Sedlacek allein hingeschickt, um nachzusehen, was da los wäre. Und jetzt ratet, wie die Adresse lautete ... Blutgasse 13."

„Verdammt! Ich hatte zwar richtig Sehnsucht nach einer Verbindung zwischen Auen-Schwarz und Dobler, aber doch nicht nach dieser. Verdammt noch einmal!"

„Ludwig, kann mir irgendwer vielleicht erklären, warum hier plötzlich die große apokalyptische Furcht ausbricht? Nur weil dieser Sedlacek verschwunden ist? Gut, Blutgasse 13 klingt natürlich schon richtig gut ... zumindest, wenn man ein Fan von Horrorfilmen ist, aber ..."

„Ernst, der Horrorfilm beginnt sehr real zu werden. Blutgasse 13 – das war die Wohnadresse von Gregor Auen!"

## Donnerstag, 9. Mai 2013, 16.30 Uhr

„Und, Schwejk, ich nehme an, dass du bereits das ganze Haus durchsuchen hast lassen ... da hat ja das Argument ‚Gefahr im Verzug' wohl genügt?"

„Ja, natürlich. Bis in den tiefsten Keller – bei diesen uralten Häusern mitten im Zentrum gibt es gleich mehrere Kellergeschoße – in der Blutgasse sind das fünf. Bis ganz unten ... das ist wirklich unheimlich."

„Und ihr habt sicher keine verborgene Falltür oder irgendeinen anderen Durchstieg zu einem weiteren Raum übersehen? Die Leiche vom Sedlacek könnte Auen-Schwarz ja weiß Gott wo da unten entsorgt haben."

„Nein, sicher nicht. Weil ich mich natürlich nicht nur auf meine und die Spürnasen der Kollegen verlassen habe, sondern ..."

„Und die Hunde haben auch nichts gefunden?"

„Nein, weder die Leichen- noch die Blutspurspürhunde haben angeschlagen ... also zumindest haben sie keine menschlichen Leichenteile gefunden. Wobei ..."

„Ja?"

„Falls der Auen-Schwarz die Leiche vom Sedlacek luftdicht verpackt hat, haben auch unsere vierbeinigen Spezialisten keine Chance."

„Aber, um Gottes willen, warum sollte denn dieser Auen-Schwarz den Sedlacek umgebracht haben?"

„Ernst, wenn wir das wüssten, dann hätten wir vermutlich unseren Fall gelöst."

„Chef, Herr Hofrat, mir scheint das schon logisch, warum der Auen-Schwarz den Sedlacek verschwinden lassen wollte. Weil ... egal, wer dieser Auen-Schwarz war, wir gehen ja nach wie vor davon aus, dass er durch sein falsches Geständnis den Dobler befreien wollte. Na ja – möglicherweise hätte Sedlacek zu einer echten

Bedrohung dieses Plans werden können. Vielleicht hat ihm Dobler während ihrer gemeinsamen U-Haft gestanden, dass er doch der wahre Mörder der Schmiedingers war. Und weil der Sedlacek inzwischen ein anständiger Mensch geworden ist, wäre er möglicherweise zur Polizei gegangen, als er von dem neuen, falschen Geständnis gelesen oder gehört hat. Und dann hätte er ausgesagt, was ihm damals der Dobler gebeichtet hat. Und damit hätte sich Auen-Schwarz erst recht wieder seine Aktion mit dem falschen Geständnis auf den Hut stecken können. Daher ..." – Wilt fuhr mit dem Daumen über seine Kehle, um Sedlaceks mögliches Schicksal zu demonstrieren.

„Glänzend kombiniert, Sherlock Wilt. Womit wir offenbar bei der letzten Frage angelangt wären, die zwischen uns und der Lösung dieses verqueren Falles steht. ... und die ich ironischerweise schon vor vier Tagen als die wichtigste Frage bezeichnet habe. Warum? Warum setzte Auen-Schwarz offenbar alles daran, mit diesem falschen Geständnis Dobler freizubekommen?"

„Ludwig, ich störe dich ja nur ungern in deinem brillanten Komprimierungsgedanken, aber ... sehe ich das richtig? Fragen wie ‚Woher hat Auen-Schwarz das von der Halsentzündung gewusst, wenn er nicht der Täter war?' oder ‚War er vielleicht nicht doch der Schmiedinger-Mörder?' oder ‚Wie lautet sein richtiger Name, wer verbirgt sich hinter den Alias-Namen Gregor Auen und Anastasius Schwarz?' sind für dich zweitrangig?"

„Ja, Ernst. Denn wenn wir den Grund für das Totenbettgeständnis kennen, haben wir – mit großer Wahrscheinlichkeit – alle anderen Antworten." Wie Recht Halb hatte, war auch am nachdenklichen Schweigen Strakas zu erkennen, dem diesmal kein „Aber, Ludwig" folgte.

„Also, auf zum Ideen Sammeln! Wer hat noch nicht, wer will noch mal? Warum gesteht Auen-Schwarz auf seinem Totenbett diesen Dreifachmord? ... und jetzt gehen wir bitte davon aus, dass nicht er, sondern Dobler der Mörder war."

„Ich weiß, es klingt pathetisch, aber ... aus Liebe?"

Halb nickte so langsam, als ob er in seinem Kopf eine schwere Last auszubalancieren hätte.

„Oh Ingeniöhr, du sprichst große Worte sehr gelassen aus. Aus Liebe? Können wir damit etwas anfangen? ... ich meine" – trotz der enormen Anspannung lächelten alle über Halbs unglücklich-originelle Formulierung – „... ich meine, nützt uns das bei unseren Ermittlungen?"

„Nein, ich kann mir nicht vorstellen, wie." Planner schüttelte heftig den Kopf, als ob sie sich selber in ihrem „Nein" bestärken wollte. „Dass Dobler in Auen-Schwarz verliebt war, können wir nach der Bemerkung des Gefängniswärters ausschließen. Abgesehen davon würde es, selbst wenn Dobler in Auen-Schwarz rasend verliebt gewesen wäre, nicht zwingend bedeuten, dass sich Auen-Schwarz verpflichtet gefühlt hat, Dobler quasi aus dem Gefängnis ‚herauszugestehen'. Und die umgekehrte Richtung ... na ja, da tappen wir völlig im Dunklen. Kannten die beiden einander? Wann? Wo? Wie lange? ... wir wissen nichts! Und daher scheint mir die Liebe wie immer etwas Wunderbares zu sein, aber als Motiv ist sie im konkreten Fall unbrauchbar."

„... und dieselben Überlegungen gelten auch für den großen Gegenspieler, den Hass. Da wir nichts über eine mögliche Beziehung der beiden wissen ..." – anstatt einer Vollendung des Satzes deutete Haschek mit seiner Handbewegung einen Lufthauch an, der ohne eine Spur zu hinterlassen entschwand.

„Und fassbarere Motive? Haben wir wenigstens irgendeinen Anhaltspunkt? Gier, Neid – irgendetwas Prosaisches? Ja – Ingeniöhr, du hast eine Idee?“

Mayer hatte als Einziger auf Halbs Frage reagiert, während alle anderen nur mehr wie k.o. gegangene Boxer auf den Schlussgong des heutigen Tages warteten.

„Nein, entschuldige, ich habe leider auch keine andere Idee. Ich hab nur ... also zeigen wollen, dass ich ja noch einiges zu berichten hätte.“

„Ah ja, die Familienchronik der Schmiedingers. Bitte um deinen Bericht ... aber bitte kurz.“

„Ganz kurz ... Rosalia Bachfurtner lautet die richtige Antwort – zumindest die, die ich herausfinden konnte. Denn ...“ – mit dieser ebenso kryptischen wie lächerlichen Eröffnung hatte Mayer wenigstens die Hälfte der verschwundenen Lebensgeister seiner Kollegen zum Wiedererwachen gebracht – „... du hast mir heute Vormittag gesagt, dass du wissen möchtest, wer die Tante vom Onkel der Nichte der Großmutter sei ... und die eine, die ich auf die Schnelle eruieren konnte, hat Rosalia Bachfurtner geheißen und ist 1946 verstorben. Wobei ich davon ausgegangen bin, dass du die Großmütter der Mordopfer, also von Ferdinand und Elisabeth Schmiedinger, gemeint hast. Gut – um es ganz kurz zu machen, konzentriere ich mich jetzt erst einmal auf die Mordopfer. Doktor Ferdinand Schmiedinger hat 2002 Elisabeth, geborene Blankenthal, geheiratet ... sehr reiche Familie mit altem Geld. Die Ehe war laut verschiedensten Aussagen sehr glücklich ... und die Krönung war die Geburt des kleinen Ferdinand am 17. Juni 2004. Ah ja – Ferdinand Schmiedinger war ein 1966er Jahrgang, seine Frau war zehn Jahre jünger. Wie es sich für solche Herrschaften gehört, waren sie in etlichen Clubs und sonstigen Fördervereinen engagiert ... Tennisclub, Reitclub, Segelclub, Verein der Freunde der schönen Künste et cetera. Aber … sie führten kein besonders gastfreundliches Haus … will heißen, sie traten nicht als große Partygeber oder Partygänger auf. Im Gegenteil, es scheint so, als ob sie gerne zu Hause im familiären Kreis geblieben sind … das ganze Gesellschaftsgetue scheint ihnen eher auf die Nerven gegangen zu sein. Als ich mich mit ihrem Freundeskreis beschäftigt habe, hat sich quasi dasselbe Bild ergeben – viele Kontakte, aber nur wenig echte Freunde. Ich hab mich bemüht, einige von denen anzurufen … und drei hab ich tatsächlich erreicht. Einhellige Meinung – die waren geradezu unzeitgemäß normale und herzliche Familienmenschen, die so nett waren, dass man ihnen nicht einmal das viele Geld übel genommen hat. Ein paar Zitate – ‚Ich war sehr gerne dort, man konnte dort so herrlich seine Alltagsbatterien aufladen.' … das hat mir eine Studienkollegin von Frau Schmiedinger gesagt, eine Doktor Barbara Wandler. Oder … na, egal, ich will's nicht zu lang machen, alle haben mehr oder minder idente Erlebnisse geschildert. Frau Schmiedinger hatte einen Kreis von in etwa vier echten Freundinnen, wovon zwei inzwischen im Ausland leben. Er war Mitglied bei den Rotariern, mit zwei seiner dortigen Bekannten war er befreundet. Außerdem mehrere Studienkollegen und noch drei Freunde aus der Schulzeit … mit letzteren war er wirklich eng befreundet. Ah ja, noch etwas Lustiges. Die beiden hatten einander bei der Geburtstagsfeier eines Freundes kennen gelernt, mit dem beide späteren Ehepartner schon über Jahre unabhängig voneinander eng befreundet waren. Der war dann auch einer ihrer Trauzeugen und der Taufpate vom kleinen Ferdinand. Diplomingenieur René Lauber … irgendein Baumensch, aber von dem habe ich noch nix gefunden, da müsste ich erst suchen, falls ich ihn auch noch anrufen soll."

„Nein, nein, nicht nötig. So wie du das schilderst, war das eine wirklich nette und normale Familie, die das Pech hatte, reich zu sein."

„Pech, Ludwig?"

„Ja, Pech! Ohne Reichtum keine Villa, ohne Villa kein Einbrecher, ohne Einbrecher ... na ja."

„Meinst du nicht, dass das eine etwas verkürzte Darstellung ist? ... und eigentlich zu einem zwanzigjährigen Links-Katholiken voller Ideale passt, aber nicht zu einem über fünfzigjährigen ... jetzt zitier ich dich ... Zeitweise-Atheisten ohne jegliche Illusionen?"

„Ernst, da siehst du es wieder, wie jugendlich im Geiste ich doch geblieben bin. ... zumindest, wenn ich so desillusioniert und müde bin wie heute – da hab ich dann plötzlich wieder lauter Ideale im Kopf, weil zu mehr reicht's nicht mehr! So, Herrschaften, für heute war's das! Wir treffen einander morgen um neun Uhr direkt bei der SOZUPA und ... ah ja, noch etwas. Ernst, bekommen wir jetzt angesichts dieser Sedlacek-Geschichte und der Tatsache, dass der schwarze Dobler-Mercedes auf die SOZUPA angemeldet ist, bis morgen in der Früh den Durchsuchungsbeschluss für die SOZUPA?"

„Ja, das sollte dann kein Problem sein."

„Gut, danke. Ja dann, noch einen schönen Abend."

### Donnerstag, 9. Mai 2013, 17 Uhr

Zum zweiten Mal in den letzten zwei Tagen stürzte Halb zur nächstgelegenen U-Bahn-Station. Doch diesmal war es nicht drohender Teemangel, sondern der Redaktionsschluss einer der größten Tageszeitungen, der Halb zu dieser Hektik zwang. Noch vor der Nachmittagsbesprechung hatte er in der Abteilung, die für Immobilienannoncen zuständig war, angerufen. Die Antwort – um siebzehn Uhr dreißig Annahmeschluss – hatte er sich penibel notiert, um sie in der Hitze des Nachmittagsgefechts erst recht wieder zu vergessen. Zumindest beinahe zu vergessen, weshalb er eben jetzt so in Eile war. Das diesbezügliche Gespräch mit Korber hatte ihn daran erinnert, dass er schon seit Tagen vorgehabt hatte, mit einer ernsthaften Suche nach Mietern zu beginnen. Zwar hatte er sich noch keinen Überblick über die derzeit üblichen Mietpreise verschaffen können, aber er wollte nicht noch eine weitere Woche abwarten, noch eine weitere Wochenend-Immobilien-Beilage ungenützt verstreichen lassen. Also hatte Halb beschlossen, ein „Versuchsballon-Inserat" zu schalten, um eine Ahnung von der Mietwütigkeit seiner Mitmenschen zu bekommen.

Mitmenschen oder Mietmenschen, das ist hier die Frage – als Halb mitten in der vollbesetzten U-Bahn dieser Versuch eines Wortspiels einfiel, musste er grinsen. Allerdings nur kurz, denn angesichts der Lage seines neuen Erbstücks und der höchst unerfreulichen Montagsgespräche mit den beiden Zuhälter-Psychopathen Procic und Perz bekam die Wortschöpfung „Mietmensch" gleich einen eher bitteren Beigeschmack. Jetzt musste Halb aber doch noch einmal lächeln, denn bei dieser Assoziation tauchten nicht nur abstoßende Bilder vor seinem inneren Auge auf, sondern auch ein sehr charmantes und lebendiges. Er beschloss, Delia noch heute anzurufen. Egal, ob sie etwas herausgefunden hatte oder nicht – allein ihre Stimme zu hören, würde ihn aufheitern und den Tag in einem versöhnlicheren Licht erscheinen lassen.

„Siebter Stock, Annoncenabteilung" – Halb warf einen furchtsamen Blick auf seine Uhr. Siebzehn Uhr fünfzehn – in einer Viertelstunde war Annahmeschluss. Sollte er seine Furcht vor engen Kabinenaufzügen mit Doppelstahltüren überwinden, oder sollte er doch lieber zu Fuß gehen und dadurch riskieren, zu spät zu kommen? Die sieben Stockwerke würden ihn ... na ja, er hatte sich in der letzten Zeit etwas gehen lassen und zu wenig Sport betrieben. Und erst die Torten von heute Nachmittag ... sieben Stockwerke in vier Minuten? Oder gar in drei?

Jetzt war seine Neugier geweckt.

Vier Minuten und zehn Sekunden später kam er schwer keuchend zum Schalter, hinter dem drei Frauen ihre Handtaschen packten und immer wieder sehnsüchtig die Wanduhr fixierten.

„Entschuldigung, darf ich noch eine Annonce aufgeben?"

Das Wesen in der Mitte – blond, Mitte zwanzig, etwas rundlich – konnte ihm beim besten Willen keine Antwort geben, da sie gerade begonnen hatte, hingebungsvoll ihre Lippen zu bemalen. Das Wesen links von ihr war offenbar so auf die Tiefen ihrer Louis-Vuitton-Kopie konzentriert, dass er ebenso „Das ist ein Raubüberfall!" hätte schreien können, ohne auch nur die geringste Aufmerksamkeit bei ihr zu erregen. Lediglich die rechte Dame wandte sich ihm zu – Halb hatte den Eindruck, dass in ihren Augen so etwas wie Mitleid mit seiner jetzt doch etwas verschwitzten Erscheinung und seinem nach wie vor stoßartigen Atem aufblitzte.

„Sie wünschen?"

„Ich hätte noch gerne eine Annonce für den morgigen Immobilienteil aufgegeben ... geht das noch?"

„Ich versteh nicht ganz?“ – der Blick, der Halb jetzt traf, war noch mitleidsvoller. Die junge Dame versuchte erst gar nicht, ihre Mimik etwas schonender zu gestalten, sodass Halb mühelos in ihrem Gesicht lesen konnte.

„Und warum bin ich Ihrer Meinung nach ein armer alter Spinner?“

„Das hab ich nicht gesagt!“ – kein Mitleid mehr, nur Verblüffung.

„Gesagt nicht, aber gedacht! Also, was ist so ungewöhnlich an meiner Frage – Sie oder eine Ihrer Kolleginnen haben mir doch heute Nachmittag am Telefon gesagt, dass ich bis siebzehn Uhr dreißig eine Annonce aufgeben kann.“

„Aber doch nicht persönlich, doch nicht hier, doch nicht auf Papier.“

Ein ernüchternder Gedanke durchzuckte Halbs Hirn.

„Sondern?“ – er war sich allerdings schon sicher, die Antwort zu kennen.

„Elektronisch. Über unsere Kundendatei im Internet.“

Er musste sich sehr zusammenreißen, um nicht laut loszufluchen. Außerdem ... na gut, wenn es denn nicht mehr anders ginge, würde er eben einen Kurs für internetwillige Einstweilen-Idioten besuchen. Vielleicht so einen Seniorenkurs? Auf jeden Fall im Geheimen!

„Sind Sie wirklich zu Fuß hier zu uns heraufgegangen?“ – jetzt war ihr Blick wieder voller Mitleid.

„Ja, natürlich. Das mach ich immer so!“ – dass er das aus Angst vor Aufzügen und nicht aus eisernem Willen, gesund zu leben, tat, verschwieg er vorsichtshalber.

„Na dann ... also gut. Ich werd sehen, was ich noch tun kann. Was wollen S’ denn schreiben?“

Halbs Erstaunen über seinen offenbar noch funktionstüchtigen – früher sogar ziemlich bekannten – Ladykiller-Charme war so groß, dass er angesichts dieser erneuten Bestätigung seiner Ausstrahlung nicht einmal im Ansatz Selbstzufriedenheit verspürte.

„Ja, also ...“ – das war das nächste Problem. Da er sich fest vorgenommen hatte, das Büro so früh zu verlassen, dass er ohne Hast die Annonce formulieren könnte, stand er jetzt vor der jungen Dame wie der sprichwörtliche „Ochs vor'm neuen Tor“. Dabei hatte das Ganze gerade so vielversprechend begonnen – auf jeden Fall könnte er ab nun guten Gewissens behaupten, auch er hätte schon einmal eine reizende junge Dame über eine Annonce kennen gelernt.

„Ja, also, ich hab ein Zinshaus geerbt und ...“

„Ah so?“ – ihre Stimmlage änderte sich von neugierig-mitleidsvoll zu weiblich-interessiert.

„Und da gibt es mehrere Wohnungen, die ich vermieten möchte.“

„Hauptmiete? Unbefristet?“

„Ja, natürlich. Ich hätte am liebsten lauter Mieter und Mieterinnen, mit denen ich mich gut verstehe. Ich will mich nicht mit denen befreunden, aber ...“

„Wo steht dieses Haus?“

„Das ist der Haken, weil ...“ – Halb gab der jungen Dame eine relativ präzise Beschreibung, wobei er allerdings nur von „entsprechenden Etablissements, na, Sie wissen schon ... in der Gegend eben“ sprach und nicht die genaue Anzahl der benachbarten Bordelle erwähnte.

„Wie groß?“

„Die meisten Wohnungen haben so hundertfünfzig Quadratmeter – ziemlich groß. Ah ja, Altbau ... Raumhöhe drei Meter dreißig. Und renovierungsbedürftig.“

„Und wie lange soll das Inserat sein?“

„Kurz! Ich will ja nur einen ersten Versuchsballon starten."

„Gut ... dann schreiben Sie doch: Großzügige (150 $m^2$) unbefristete Altbau-Mietwohnung in zentraler Lage mit grünem Innenhof sucht nette Familie mit Bastlerambitionen. Und jetzt das Wichtigste – die Kosten."

„Ehrlich gesagt, ich hab keine Ahnung, was ich dafür verlangen soll? Könnten Sie mir vielleicht ...?"

„Na ja, bei der Lage und der Größe ... wollen Sie sehr rasch vermieten oder haben Sie Zeit?"

„Irgendwas dazwischen."

„Dann schlage ich vor, Sie probieren es einmal mit tausendeinhundertachtundneunzig Euro, das klingt besser als tausendzweihundert."

„Zwölfhundert Euro? Für eine Wohnung?" Halbs Blick und Tonfall strotzten vor Skepsis ... was die Dame prompt missdeutete.

„Na ja, wir können auch gleich tausendfünfhundert Euro hineinschreiben. Aber bei so einem Preis, noch dazu ohne Betriebskosten, da müssen Sie dann schon rechnen, dass Sie erst in ein paar Wochen einen passenden Mieter finden, weil ..."

„Nein, nein, da haben Sie mich völlig falsch verstanden! Zwölfhundert Euro ... das erscheint mir wahnsinnig viel! Das hieße ja, dass ich bei ... ich glaub, es gibt fünf solche Wohnungen in dem Haus ... also allein an denen sechstausend Euro im Monat verdienen würde. Da red ich gar nicht von den kleineren Wohnungen."

„Kleinere Wohnungen haben Sie auch? Wie klein? Und wie viele davon?"

„Ziemlich genau siebzig Quadratmeter. Fünf Stück."

„Haben auch alle von denen Fenster in den Innenhof?"

„Ja, alle."

„Für die können Sie im Verhältnis locker noch mehr verlangen. Sicher siebenhundertneunundneunzig Euro pro Wohnung."

„Das heißt, ich könnte Ihrer Meinung nach ..." – wie von Zauberhand hatte die junge Dame einen Rechner in der Hand.

„Fünf mal achthundert plus sechstausend ... ja, Sie könnten locker zehntausend Euro pro Monat an Miete verdienen. Aber Sie hätten ja als Hausbesitzer und -verwalter auch Kosten ... von der Steuer ganz abgesehen. Ich schätz einmal, da blieben nicht mehr als ..."

„Nein, das ist trotzdem zu viel! Weil das wäre ja so viel, dass ich davon leben könnte. Und das würde bedeuten, dass ich kündigen könnte. Und das würde ich dann garantiert auch irgendwann einmal tun ... und zwar dann, wenn mich irgendeiner dieser jungen Schnösel-Juristen, die auf uns alte Hasen von ganz weit oben herunterschauen, wieder einmal bis aufs Blut quält. Und das wäre dann eine Katastrophe! ... das habe ich allerdings erst in den letzten drei Tagen begriffen."

„Warum? Das versteh ich jetzt nicht."

„Weil ich dann mein Leben wegwerfen würde. Bei allem Ärger ... ich weiß doch genau, dass ich ein Kriminaler mit Leib und Seele bin. Mein soziales Umfeld, ja, selbst das tägliche Fluchen über das frühe Aufstehen, alles wär weg! Nein, ich darf mit dem Haus auf keinen Fall so viel verdienen, dass ich mir meine Kündigung leisten könnte."

„Da hätt ich vielleicht eine Idee." Halb erkannte am Gesichtsausdruck seines Gegenübers, dass es sich selber als Teil der Lösung seines Problems sah. Und es musste ein sehr verführerischer Gedanke sein, denn man sah ihr förmlich an, wie sie sich in ihm badete und ...

„Ein Swimmingpool. Und später dann ein großer Wellnessbereich mit Whirlpool, Sauna, Geräten fürs Krafttraining, Tischtennistisch ... und was uns dann noch so alles einfällt."

„Ich verstehe kein Wort."

„Das ist doch ganz einfach. Erster Schritt ... Sie akzeptieren nur Mieterinnen und Mieter, die Sie mögen ... ohne, dass Sie deshalb einander zu nahe kämen. Zweiter Schritt ... sie verlangen eine Miete, die zwanzig Prozent unter dem, was Sie bekommen könnten, liegt. Weil – Sie wissen ja, was nix kost', is' nix wert! Also nicht zu viel und nicht zu wenig Miete ... zwanzig Prozent weniger als möglich ist gerade richtig. Dritter Schritt ... Sie nehmen sich selber gerade so viel Geld heraus, wie Sie vertragen können, ohne auf die Idee zu kommen, Ihren Job zu kündigen. Vierter Schritt ... das Geld, das übrig bleibt, legen Sie so an, dass es zusätzliche Zinsen bringt. Fünfter Schritt ... wenn Sie dann genug gespart haben, nehmen Sie das Geld und investieren es in die Ausstattung Ihres Hauses. Wie gesagt, in ein paar Jahren haben Sie dann vielleicht genug gespart, um den Innenhof überdachen und dort einen Swimmingpool bauen zu lassen. Oder eben ..."

„... Whirlpool, Wellness, Sauna und Co. ... ich verstehe. O.k., Sie haben mich überzeugt ... setzen Sie bitte die Annonce genauso auf, wie Sie es vorher formuliert haben. Und noch etwas ... Sie suchen nicht zufällig eine neue Wohnung? Hundertfünfzig oder siebzig Quadratmeter ... verkehrsgünstig gelegen und in Bälde mit Swimmingpool in einem überdachten Innenhof? Keine Angst, ich will jetzt nicht mit Ihnen anbandeln, aber ich könnte mir vorstellen, dass Sie so eine „Mögenohne-zu-nahe-kommen"-Mieterin wären. Und, hätten Sie vor, demnächst umzuziehen?"

Die junge Dame lächelte ... wodurch Halb automatisch daran dachte, dass so ein Schwimmbad wirklich eine feine Sache wäre. Da könnte er dann wieder regelmäßig Sport betreiben und seine Muskeln etwas ...

„Tatsächlich suchen wir eine neue Wohnung ... so in der Größe von siebzig Quadratmetern. Aber ich müsste natürlich zuerst meine Lebensgefährtin fragen, bevor wir uns auf die Annonce hier" – dabei wedelte die junge Dame mit dem inzwischen voll beschriebenen Blatt – „melden würden. Wäre das o.k. für Sie?"

„Ja ... fein ... natürlich." Halb hatte schon oft genug geübt, sein äußeres Erscheinen völlig unabhängig von seinem Innenleben zu gestalten. Daher war es auch diesmal kein Problem, ein lockeres „Und vielen Dank für Ihre Hilfe! Und das erscheint noch in der morgigen Ausgabe? Toll! Na dann, vielleicht auf baldiges Wiedersehen!" hinauszuposaunen, während der Text in seinem Inneren ganz anders klang.

Kaum, dass er die Tür zum – komplett leeren – Treppenhaus hinter sich geschlossen hatte, drängte das Innere lautstark nach außen. „Du bist ein alter Esel! Ladykiller-Charme? Dass ich nicht lache!" Drei Stockwerke tiefer hatte Halb sein verletztes Männer-Selbstwertgefühl schon so weit verarztet, dass er sich darüber freuen konnte, den ersten Schritt zu seinem neuen Nebenerwerbsleben als Hausbesitzer und Wohnungsvermieter getan zu haben. Und noch dazu so unerwartet erfolgreich ... was die Annonce betraf. Abgesehen davon ... vielleicht wäre ja auch die Lebensgefährtin eine brauchbare Mieterin.

Als er das Treppenhaus verließ und somit wieder unter Menschen trat, beendete Halb sein inzwischen schon leiseres Gemurmel mit einem kaum mehr hörbaren Seufzer. „Ladykiller-Charme! ... aber die Delia rufe ich gleich an, wenn ich zu Hause bin.“

### Donnerstag, 9. Mai 2013, 19 Uhr

„Grüß dich, Delia, Ludwig hier. Du, ich wollte nur fragen, ob du vielleicht schon ... wirklich? Toll! Und was hast du gefunden? Nicht am Telefon ... ich verstehe. Weil du dich vor dem amerikanischen Lauschangriff fürchtest? Nein? Ich auch nicht, im Gegenteil, ich bin ja froh darüber! Ja, doch, schon – weil jetzt weiß ich wenigstens, wo ich nachfrage, wenn ich etwas vergessen habe ... wie bitte? Na gut, wenn du meinst, dann bin ich eben ein kindischer Aff'. Nein, nein, ich bin wirklich nicht beleidigt – ganz im Gegenteil. In meinem Alter ist es schon eine Ehre, so genannt zu werden. Abgesehen davon ... aus deinem Munde ist fast alles ein Kompliment. Also, bitte, was bin ich jetzt? Ein kindischer Aff' oder ein Profi-Charmeur? Weil beides zusammen geht ja wohl nicht. Doch? Na ja, wie du meinst. Also, wenn du mir nicht am Telefon sagen willst, was du bereits herausgefunden hast, dann ... ja, dann hoffe ich sehr, dass du schon wieder Gusto aufs ‚Winkler am Eck‘ hast. Neunzehn Uhr? Ah, heute hast du keine Zeit. Morgen? Fein, dann sehen wir einander morgen um neunzehn ... ach Gott, bitte morgen erst um zwanzig Uhr. Weil ich bin ja ein Medienstar. Von siebzehn bis ... ja, ich glaub, die Sendung geht bis neunzehn Uhr. Ja, ernsthaft, ich bin morgen zu Gast in ‚Brandheiß – Ihr Themenmagazin‘. Befehl von oben ... leider. Nicht leider? Ah so, was du nicht sagst ... sogar die Innenministerin war dort schon zu Gast. Na, dann bin ich ja ab morgen Nachmittag ein wichtiger Mensch! ... zumindest so wichtig, dass ich leider erst um zwanzig Uhr Zeit habe. Ja, dann bis mor... oh, das ist sehr lieb! Danke für die Glückwünsche, wird schon schiefgehen. Und ich bin natürlich schon sehr neugierig auf deine Entdeckungen. Küss die Hand!“

Halb rollte sich zufrieden in seinem riesigen Lehnsessel ein, um sich sogleich wieder herauszuschälen. So ein Abend schrie geradezu nach mindestens einer Tasse Darjeeling first flush.

Eine Viertelstunde später versuchte er, trotz der Teetasse in der rechten Hand eine ähnlich entspannende Position zu finden. ... aber nicht zu entspannend, um nicht sofort einzuschlafen.

Es war ein entsetzlich langer Tag gewesen, der noch dazu schon um acht Uhr in der Früh begonnen hatte. Auen war Schwarz, das war klar – aber wer war er wirklich? Oder war Schwarz die „echtere falsche“ Identität? Über wen kamen Sie eher an den Mann hinter den beiden Fantasieexistenzen heran?

Immerhin – sie hatten einen ersten richtigen Hinweis erhalten. Auen-Schwarz war offenbar traumatisiert gewesen ... wenn man den Schilderungen von Ferdinand Zgubinac glauben durfte. Durften sie? Ja – Halb war sich sicher, dass ihnen dieser Häftling keine Lügenmärchen erzählt hatte. Abgesehen davon hatte ihnen auch Magister Bauer Ähnliches berichtet ... Schwarz sei wie ferngesteuert auf dunklen Wolken durchs Leben geschwebt.

Traumatisiert ... aber wie? Und wo? Und was sollte dieses religiöse Zeug bedeuten, das Anastasius Schwarz – wie immer er auch hieß – während seiner Anfälle vor sich hingeflüstert hatte? „Herr, lobe! Lobe – du musst das tun!“ Wollte er „den Herrn loben“? Oder sollte Gott ihn loben? „Du musst das tun" – vielleicht wollte er Gott sogar zwingen, zu loben? Ihn zu loben? Oder ein Werk von ihm, von Anastasius Schwarz?

Anastasius, der Auferstandene ... und Ferdinand, der kühne Beschützer – als Halb an das strahlende Gesicht von Zgubinac dachte, musste er lächeln. Manchmal war es schon erstaunlich einfach, jemandem eine Freude zu bereiten.

Noch ein Ferdinand! Es schien ihm, als ob er bei diesem Fall von lauter Ferdinands eingekreist wäre. Doktor Klaus Ferdinand Schmiedinger, Doktor Ferdinand Schmiedinger, der kleine Ferdinand – es würde ihn nicht wundern, wenn der wahre Auen-Schwarz auch Ferdinand geheißen hätte. Vielleicht sogar mit Nachnamen? Anastasius Ferdinand? Oder Gregor Ferdinand?

Ferdinand ... irgendetwas ließ Halb keine Ruhe, wenn er diesen Namen hörte. Ferdinand ... was war das nur?

Wieso eigentlich diese beiden Vornamen ... Gregor und Anastasius?

Vielleicht ... aber nein! Oder doch? ... ein erster hauchdünner Gedanke wand sich durch Halbs Hirn. Und nahm andere Gedankenfäden mit auf, sodass die Idee sich langsam zu einem festeren Seil spann, an das man vielleicht weitere Schlussfolgerungen anhängen konnte.

Wenn man davon ausging, dass die Wahl der beiden Vornamen kein Zufall gewesen war, bot sich bei „Anastasius" natürlich sofort eine Erklärung an. Wer immer dieser Schwarz in Wirklichkeit gewesen sein mochte, er hatte Schreckliches erlebt und war aus diesem Elend wie ein Phönix aus der Asche auferstanden. Der Auferstandene. Dazu würde dann auch die religiöse Tagtraumsequenz passen. Aber ... wie passte Gregor dazu? „Gregor“ kam aus dem Griechischen und hieß soviel wie „Wächter“ oder „Hirte“. Wen bewachte Gregor Auen? Dobler? ... wohl kaum, denn der war dort, wo er ihn herausgeholt hatte, am besten bewacht gewesen. Oder hatte sich Auen als Wächter der Gerechtigkeit gesehen? Aber dann wäre es doch erst recht sinnlos gewesen, Dobler seiner gerechten Strafe zu entziehen. Oder war Auen-Schwarz so verrückt gewesen, zu glauben, er könne vom Jenseits aus besser für Gerechtigkeit sorgen, vom Jenseits aus Dobler bestrafen? Oder aber ... nein! Halb weigerte sich, auch nur daran zu denken, dass Dobler doch unschuldig und Auen-Schwarz schuldig wäre. Nein! ... weil nicht sein kann, was nicht sein darf? Halb nahm seufzend einen weiteren Schluck Tee ... und verschluckte sich fürchterlich. Erst als er aus der gemütlichen Einrollposition geschnellt und auf die Füße gekommen war, bekam er wieder Luft.

Mit einer weiteren Tasse Tee setzte er sich vorsichtshalber gleich an den Esstisch.

Und wenn man den Gedanken, dass die Wahl der Vornamen nicht zufällig erfolgt war, als halbwegs tragfähig ansah und weiterdachte, dann ... wieso hatte sich dieser Mann die Nachnamen „Auen“ und „Schwarz“ ausgesucht? Gut, bei „Schwarz“ war es nicht schwer, eine tiefere Bedeutung zu erkennen. Schwarz, das Symbol des Leids, die Farbe der Trauer. Dieser Mann hatte eben schwarzgesehen ... logisch. Und auch wieder nicht, denn warum sollte er diesen symbolischen Nachnamen dann gerade mit dem Vornamen „Anastasius“ kombinieren? Der aus der Trauer Auferstandene? Vorsichtig wog Halb den Gedanken ab, er versuchte ihn wie eine Kugel hin- und herzudrehen, um zu prüfen, ob er auch wirklich rund war.

Und wie sah es mit der Kombination von „Gregor“ und „Auen“ aus? Der Hirte der Auen? Wessen Hirte? Wer waren seine Schafe? Waren diese Namen wirklich nur Ausgeburten einer gequälten Seele? Eines Mannes, der sich in einen Religionswahn geflüchtet hatte? „Herr, lobe! Lobe – du musst das tun!“

Halb fixierte die gold-schimmernde Flüssigkeit vor sich. „Und Assam, was sagst du in deiner unendlichen Weisheit?“ Mühsam kehrte er aus den Tiefen seiner Gedanken an die Oberfläche der Realität zurück. Hatten sie irgendeine wesentliche Information übersehen? Ganz sicher, aber leider lag es in der Natur des Übersehens, dass man auch im Nachhinein nicht entdeckte, was man übersehen hatte. Oder doch? Halb versuchte, sich mehr oder minder wortwörtlich alle Informationen, die ihnen heute der Ingeniöhr dargeboten hatte, ins Gedächtnis zu rufen. Es gelang ihm nur, sich an die „Eckdaten“ zu erinnern. Schmiedingers waren zwar eine typische Oberschichtsfamilie gewesen, was ihr soziales Umfeld betraf. Aber im Privaten waren Schmiedingers offenbar leidenschaftliche Familienmenschen gewesen, die sich viel Zeit füreinander und für Freunde und Freundinnen genommen hatten. So wie diese Doktor Wandler eine war. Oder dieser René Lauber. Halbs Mundwinkel verzogen sich zu einem zarten Lächeln. Er hatte einmal eine ähnliche Situation erlebt. Das war noch in der Zeit, als er Streife gefahren war – er war damals über Jahre mit einem Kollegen eng befreundet gewesen. Bei dessen Geburtstagsfeier hatte Halb dann eine junge Dame kennen gelernt, die sich ebenfalls als eine langjährige Freundin von dem Geburtstagskind herausstellte. Wie bei Schmiedingers ... das Ende vom Lied war allerdings ein ganz anderes gewesen. Wobei ... am Anfang schien es ganz wie bei

Schmiedingers zu laufen, die junge Dame und er waren sich langsam näher gekommen. So weit, bis eben jener gemeinsame Freund mit der jungen Dame nach Kanada ausgewandert war.

Doch ein ganz anderes Lied!

Halb schüttelte sich so heftig, dass der Tee beinahe über den Tassenrand schwappte. Nein, daran wollte und sollte er derzeit nicht denken!

Kanada ... bei der Erinnerung hatte eine kleine Lampe in seinem Kopf zu blinken begonnen. Irgendetwas war da mit Kanada? Ah ja – genau. Er hatte vergessen, den Ingeniöhr um die Überprüfung dieses Schulfreunds von Dobler zu bitten. Lichtenberger ... der war ja angeblich auch nach Kanada ausgewandert.

Gleich morgen in der Früh würde er daran denken, noch vor der SOZUPA-Hausdurchsuchung.

Die SOZUPA! „Assam, ich wette mit dir, ich weiß schon heute, was die uns morgen erzählen werden.“ – aus Ermangelung eines Gesprächspartners sprach Halb noch einmal mit seinem Tee. „Nein, einen Herrn Schwarz hätten sie nicht unter ihren Mitarbeitern. Ja, Herr Auen habe sich dank seiner gehobenen Position als Leiter der Verkaufsabteilung natürlich seine Zeit recht frei einteilen können ... aber sie seien jetzt doch sehr verwundert, zu hören, dass Herr Auen unter falschem Namen Häftlinge in Stein besucht habe. Davon hätten sie natürlich nichts geahnt. Nein, den Eindruck hätten sie nie gehabt, dass Herr Auen ein trauriger Mensch gewesen sei. Aber – zugegebenermaßen – sie hätten ihn ja nicht sehr gut gekannt. Was für ein schwarzer Mercedes? Ach so, ja, das ... nun, sie hätten sich eben diesem armen Herrn Dobler gegenüber verpflichtet gefühlt. Wenn schon ihr ehemaliger Mitarbeiter auf seinem Totenbett einen Dreifachmord gestanden hatte … das stünde ja schließlich in allen Zeitungen … dann müssten sie doch etwas für den armen Menschen, der an seiner statt über fünf Jahre unschuldig im Gefängnis gesessen ist, tun."

Mit einem letzten „Na, und so weiter und so weiter!" beendete Halb seine vorausschauenden Gedanken, bevor er seinen „Gesprächspartner" in die Küche trug und in den Geschirrspüler einräumte.

Als er noch einmal ins Wohnzimmer ging, um das Licht abzudrehen, fiel ihm eines der zahlreichen mysteriösen Details des heutigen Tages ein. Wo war Dennis Sedlacek? Würden sie ihn jemals finden? Lebendig? Oder …

Vielleicht … es war wohl die letzte brauchbare Idee an diesem langen und mühevollen Tag. Halb griff zum Telefon. „Schwejk, grüß dich! Entschuldige bitte die späte Störung, aber könntest du für den SOZUPA-Termin morgen ein paar Suchhunde organisieren? Weil laut Verena ist das Haus, in dem die SOZUPA sitzt, ja auch so ein alter Kasten … ja, der wird riesig sein. Vielleicht kannst du eine noch größere Staffel auftreiben? Weil mit dem Argument ‚Gefahr im Verzug' trau ich mich doch glatt, die Leichenspürhunde auch in Räumlichkeiten zu schicken, die vom Durchsuchungsbeschluss nicht abgedeckt sind. Ja, bitte sei so lieb! Was möchtest du mir noch erzählen? Du, es ist so laut bei dir im Hintergrund, ich versteh dich so schlecht … sag mir das doch morgen. Ja, dir auch einen schönen Abend, servus!"

Aus, Schluss, fertig – jetzt gab es endgültig keinen Grund mehr, sich nicht sofort dem neuen Schatz zu widmen, den er bei Frau Blumenstock-Schubert erstanden hatte.

Als Halb um drei Uhr einundfünfzig aufwachte, lag das Buch auf seinem Bauch. Offenbar hatte er gerade einmal drei Seiten gelesen, bevor er trotz hell leuchtender Nachtischlampe eingeschlafen war. Knurrend schaltete er das Licht aus und legte das Buch zärtlich auf den Bücherstoß neben seinem Bett. „Ich verspreche euch, dass ich euch alle auf einmal lesen werde, wenn ich endlich diesen verfluchten Schmiedinger-Auen-Dobler-Fall gelöst ..." – und schon war nur mehr ein leises Schnarchen zu hören.

**Freitag, 10. Mai 2013, 8.55 Uhr**

„Großartig! Wie hast du denn das gemacht? Ja, und ihr freut euch offenbar ganz besonders auf euren Einsatz." Halbs Morgengrüße gingen im Gebell etlicher Schäferhunde unter, die brav an der Seite ihrer Hundeführer standen. Als sie sich auf ein Zeichen hin sofort wieder beruhigt hatten, begrüßte Halb quasi offiziell „... die vier- und zweibeinigen Kollegen", bevor er sich seinem Team zuwandte. „Wie besprochen suchen wir nach Anastasius Schwarz. Was den SOZUPA-Fahrtendienst für Dobler anlangt – das heb ich mir bis zuletzt auf. Verplappert euch bitte nicht. Ja, dann noch etwas. Ingeniöhr, bitte überprüfe, ob ein Horst Lichtenberger wirklich ein Schulkollege von Dobler war und ob der vor kurzem nach Kanada ausgewandert ist. Und jetzt noch zu dem, was mir der Schwejk gestern Abend am Telefon erzählen wollte. Sprich, oh unser aller Schwejk."

„Nichts Besonderes, aber es passt ganz gut zu diesem Haus, weil das hat ja auch was von einem Spukschloss, so wie das Haus von den Schmiedingers, wo der Chef und ich vorgestern waren. Und seit gestern

Abend weiß ich, dass es dort nicht nur gruselig aussieht … nein, es soll dort tatsächlich spuken. Zumindest, wenn man einem alten Ministerialrat a.D. Glauben schenken will. Also, ich war gestern auf einer Feier, und da hat mir ein Kollege vom Polizeikommissariat in der Strampfgasse – das ist gleich ums Eck von der Schmiedinger-Villa – erzählt, dass innerhalb der letzten zehn Tage ebenjener würdige Herr Ministerialrat insgesamt drei Mal Anzeige erstattet hat … wegen Gespenstererscheinungen bei der Villa Schmiedinger. Der gute Mann geht nämlich jede Nacht mehrmals mit seinem Dackel äußerln – der ist schon sehr alt und hat eine schwache Blase … also der Dackel. Und bei ihrer Stoffwechselrunde kommen die beiden auch am Haus von den Schmiedingers vorbei. Und beide, Dackel wie Ministerialrat, schwören, dass es dort spukt. Den Dackel haben die Kollegen ja nicht fragen können, aber sein Herrl hat ganz aufgeregt berichtet, dass er in den vergangenen Nächten mehrmals ein richtig gespenstisches Klagen und Heulen vernommen hat! Dabei sei es vollkommen windstill gewesen, also es konnte auch nicht das Heulen des Windes in den Bäumen sein. Nein, nur ein Spuk komme in Frage. Drei Mal in zehn Tagen! Kein Wunder, dass auch wir das düstere Grauen unheimlicher Mächte verspürt haben, als wir …“

„Schwejk, mir scheint, du hast auf dieser Feier nicht nur zu viele Geschichten gehört, sondern auch etwas zu viel getrunken. Zur Strafe … und weil du schon gestern einige Erfahrung mit unseren vierbeinigen Freunden beim Leichensuchen gesammelt hast, darfst du auch heute wieder die Keller unsicher machen und …“

„Chef, bitte nicht! Ich erzähle auch niemandem, wie unangenehm auch du die Atmosphäre bei den Schmiedingers empfunden hast!“

Wider Willen musste Halb über die taktische Unverfrorenheit Haschecks lächeln. Der hatte sofort erkannt, dass es Halb nicht recht war, als „Angsthase mit übersinnlicher Übersensibilität“ hingestellt zu werden, aber dadurch, dass er sich dafür entschuldigt hatte, hatte er Halb schachmatt gesetzt. Denn würde dieser jetzt darauf bestehen, dass Schwejk bei der Kellerleichen-Suche dabei sein musste und sich nicht an der Befragung beteiligen durfte, hätte er den Anschein erweckt, als ob ihn Schwejks Anspielung weit mehr geärgert hätte, als es tatsächlich der Fall war.

Halb beschloss, grimmige Miene zum bösen Spiel zu machen.

„Na, dann will ich doch nicht so sein und dich selbstverständlich pardonieren. Ich wusste ja gar nicht, dass du dich so sehr vor dunklen Kellergewölben fürchtest.“

Touché! Halb hatte den Eindruck, dass sogar die Schäferhunde grinsen würden. In Haschecks Gesicht wechselte in Sekundenabständen das „Programm“ – zuerst Begreifen der Retourkutsche, dann kurz Wut, bevor er sich zu einem anerkennenden Lächeln durchrang.

„Hochachtung, Chef! Dich möcht ich wirklich nicht zum Feind haben. Darf ich also jetzt bei euch mitspielen ... so sehr ich die Arbeit der vier- und zweibeinigen Kollegen achte?“

„Gerne, aber nur unter der Bedingung, dass einer von euch den Durchsuchungsbeschluss mitgebracht hat.“

„Ja, hier!“ – Planner widmete sich ihrem Tascheninhalt. Dann zog sie sowohl ein gelbes Kuvert als auch eine Zeitung heraus. „Hier, Chef, der Durchsuchungsbeschluss. Und hier ... also, tolle Annonce. Müssen wir jetzt ‚Herr Immobilienmogul‘ zu dir sagen oder genügt ‚Dero Gnaden‘?“

„Erstens ist es am besten, wenn du gar nichts mehr sagst. Und zweitens tät ich gern wissen, woher ihr denn das überhaupt wisst?“ – noch während Halb diese Frage aussprach, kannte er bereits die Antwort. Straka! … wobei die Antwort, die ihm aus vier Kehlen entgegenschallte, ihren verehrten Vorgesetzten – zumindest offiziell – entlastete. „Weil wir Kriminalisten sind! Deshalb wissen wir alles!“

„Na dann – möge das so bleiben. So, nun zur Einteilung. Meine Herren und … ja, verehrte Hunde, bitte konzentrieren Sie sich auf die Kellerbereiche, zu denen die SOZUPA Zugang haben könnte. Wir werden Ihnen gleich die entsprechenden Schlüssel organisieren und …“

„Herr Hofrat, die Schlüssel für die Kellerabteile brauchen wir nicht. Falls irgendwo dort unten tatsächlich eine menschliche Leiche liegt, riechen das unsere Hunde schon am Kellereingang. Und wenn die anschlagen …“

„… kommen wir gelaufen. Also dann, auf in den Kampf!“

**Freitag, 10. Mai 2013, 9.45 Uhr**

„Nein, einen Herrn Schwarz haben wir nicht unter unseren Mitarbeitern. Ja, natürlich hat sich der Herr Auen seine Zeit recht frei einteilen können … bei seiner Position als Leiter der Verkaufsabteilung …“ – je länger er Frau Scholz zuhörte, desto mehr fürchtete Halb, dass Schwejk mit seiner Andeutung von vorhin Recht gehabt haben könnte. War er am Ende wirklich mit übersinnlichen Gaben geschlagen?

„... unter falschem Namen Häftlinge in Stein besucht? Nein, also davon haben wir natürlich nichts gewusst." – beinahe wörtlich hatte er gestern Abend all ihre fadenscheinigen Antworten vorhergesehen und seiner Teetasse erzählt. Lediglich bei einem Detail hatte er sich geirrt, wie er erleichtert feststellte.

„Der Mercedes? Ach so, ja – wir haben unseren Chauffeur nach Stein geschickt, weil uns ein Rechtsanwalt darum gebeten hat. Der Herr Anwalt ist nämlich einer unserer Gesellschafter und Freund des Unternehmens. Und als solcher hat er uns ersucht, diesen armen Mann, der offensichtlich unschuldig im Gefängnis saß, abzuholen und ..."

„Dieser Rechtsanwalt, das war doch sicher der Doktor Talbach? Oder war das der Doktor Wimmer?"

„Nein, das ist der Herr Doktor Bäu..." – die alten Tricks waren doch immer noch die besten.

„Bäuler wollten Sie sagen, nicht wahr? Doktor Otto Bäuler."

„Wenn Sie's eh schon wissen, was fragen S' mich dann noch!" – ob sich Frau Scholz mehr über ihre Unvorsichtigkeit oder über seine Raffinesse ärgerte, konnte Halb nicht erkennen. Es war ihm aber auch egal – Hauptsache, sie hatte ihm zumindest einen Ansatzpunkt gegeben. Einen einzigen, denn alle anderen Versuche, etwas zu finden oder zu erfahren, waren kläglich gescheitert.

Anastasius Schwarz ... wer sollte das sein?

Gregor Auen ... ein sehr stiller Kollege, von dem sie so gut wie nichts wussten.

... und auch die vierbeinigen Kollegen mit ihren zweibeinigen Hütern waren ohne Ergebnis in die Oberwelt zurückgekehrt. ... was Halb einerseits freute, andererseits noch mehr beunruhigte.

Auf ein militärisch-zackiges „Na, dann Abmarsch ... und auf Wiedersehen!" von Halb verließen sie mit hängenden Köpfen diesen Ort der vollkommenen Ahnungslosigkeit. Draußen standen bereits die Fahrzeuge der Hundestaffel ... ein letztes „Danke vielmals!", noch ein Streicheln über glänzendes Fell, dann standen Halb, Planner, Haschek, Wilt und Mayer allein auf der Straße.

„Da fahren sie hin, die Schäferhunde ... und zurück bleiben nur begossene Pudel." – als ob er seinen lyrischen Vergleich ernst genommen hätte und sich abtrocknen wollte, schüttelte sich Wilt vom Haaransatz bis zu den Zehenspitzen.

„Na ja, zugegebenermaßen waren wir schon erfolgreicher, aber noch ist ja nicht aller Tage Abend! Immerhin wissen wir jetzt, dass ..."

„Chef, verzeih die Unterbrechung! Du weißt, wir lieben dich als Chef. Aber bitte fühl dich nicht verpflichtet, uns aufzumuntern. Bitte sei einfach, wie du bist."

„Und wie bin ich?"

„Zynisch, brillant, cholerisch und trotz allem ein guter Mensch. Aber du bist keiner dieser Motivationsheinis, die ihr Team ..."

„Na gut, Toni. Dann sag ich euch eben nicht, was ich im allerletzten Moment doch noch von diesem Drachen da drinnen erfahren habe." – Halb bemühte sich sehr, seinen Worten ein möglichst beleidigtes Gesicht folgen zu lassen. Aber angesichts des vierfachen „Doch, doch, du bist auch einer der größten Motivationsheinis ... unser allerliebster, unser bester, unser one and only ... nun sag schon!" scheiterte er kläglich.

„Einer der mysteriösen Gesellschafter der SOZUPA ist niemand Geringerer als dieser Promi-Verteidiger, dieser Doktor Bäuler."

„Der, der schon vor Monaten den Dobler in Stein besucht hat?“

„Genau der. Und … jetzt kommt’s … er war es auch, der die SOZUPA gebeten hat … also ihr befohlen hat, den Dobler abzuholen.“

„Aber warum sollte er denn das tun?“

„Fragen wir ihn doch einfach. Weiß jemand von euch zufällig die genaue Adresse seiner Kanzlei? Ich …“ – noch bevor er „… weiß nur, dass sie auch hier im ersten Bezirk liegt“ sagen konnte, hatten sie bereits wie wild auf ihren Smartphones zu tippen begonnen.

„Ganz in der Nähe, Torgasse 2.“ – den heutigen Wettbewerb der schnellsten Finger hatte Haschek für sich entschieden. Zufrieden hielt er Halb das Display seines Telefons hin, auf dem ein Plan des ersten Wiener Gemeindebezirks zu erkennen war.

„Gut, dann nichts wie hin. Vielleicht haben wir ja dort das eine oder andere Erfolgserlebnis. Und nachher lade ich euch endlich ins Kaffeehaus ein, so, wie ich es schon vor Tagen versprochen hab.“

„Nein, Chef, das tust du nicht! Wenn wir uns heute von dir einladen lassen, dann werden wir morgen von Hofrat Straka gelyncht.“

Einen kurzen Moment schien Halb Planner heftig widersprechen zu wollen, aber als sie den Namen ihres Vorgesetzten fallen ließ, fiel es ihm wieder ein.

„Oh Gott! Ich muss ja heute um drei in diesem Fernsehstudio sein. Und vorher muss ich noch nach Hause mich umziehen. Danke für die Erinnerung … na gut, dann muss ich meine Einladung noch einmal verschieben. Aber unser Überfall auf den Doktor Bäuler geht sich schon noch aus.“

## Freitag, 10. Mai, 11 Uhr

„Es tut mir leid, aber der Herr Rechtsanwalt empfängt prinzipiell niemanden ohne vorherige Anmeldung."

„Ich glaube, in unserem Fall wird er eine Ausnahme machen. Bundeskriminalamt, Büro 3.2. – Allgemeine Kriminalität, Referat 3.2.1. – Gewaltkriminalität, Hofrat Halb mein Name. Die Herrschaften sind meine Mitarbeiter ... wir ermitteln nämlich gerade in einem Dreifachmord und müssen fürchten, dass es schon eine vierte Leiche gibt. Daher ... vielleicht kann der Herr Doktor ja doch eine Ausnahme machen?"

Bei jedem Satz war die Dame, deren Hauptaufgabe zweifelsohne im Abwimmeln lästiger Klienten bestand, um einen Tick blasser geworden. Halb fürchtete schon, dass er etwas übertrieben hatte, denn als sie sich mit einem „Ich werd sehen ... einen Moment bitte" von ihrem Sessel erhob, schien sie ein wenig zu schwanken.

Zwei Minuten später kehrte sie mit geradem Schritt und schiefem Lächeln zurück.

„Sie haben Glück, der Herr Doktor hat gerade jetzt kurz Zeit für Sie."

Als sie das Zimmer Doktor Bäulers betraten, musste Halb automatisch an eine dieser amerikanischen Anwaltsserien denken. Nicht nur, dass das Zimmer so groß war, dass sie selbst zu fünft das Gefühl hatten, verloren zu gehen, war es auch genau wie die Fernsehvorbilder eingerichtet. Vor allem die Urkunden- und Fotogalerie rechts und links hinter Bäulers Schreibtisch schien frisch aus einer New Yorker oder Bostoner Anwaltskanzlei geliefert worden zu sein. Erst bei näherer Betrachtung erkannte man die Unterschiede – die Urkunden stammten nicht aus Harvard oder Yale, sondern aus Oxford und Fontainebleau, und das obligate Händeschütteln-Foto zeigte Doktor Bäuler nicht mit Barack Obama, sondern mit dem österreichischen Bundespräsidenten.

Und auch das Lächeln des realen Doktor Bäulers war für eine typisch amerikanische „Nice guy"-Begrüßung etwas zu vorsichtig – es war allerdings nicht klar, ob er nur angesichts dieses „Überfalls" so zurückhaltend wirkte.

„Herr Hofrat, meine Dame, meine Herren, wie kann ich Ihnen behilflich sein?"

„Zuerst einmal vielen Dank für den spontanen Termin."

„Bitte gerne. Ich helfe den österreichischen Behörden natürlich, wo ich kann."

„Ja, das freut uns sehr. Sie wissen ja gar nicht, wie oft wir unehrliche oder gar keine Antworten zu hören bekommen. Gerade erst vorhin waren wir bei der SOZUPA, und ..."

„Ich weiß, Herr Hofrat. Frau Scholz hat mich schon angerufen. Sie wollen sicher wissen, warum ich die SOZUPA gebeten habe, den Herrn Dobler abzuholen."

„Auch."

„Auch? Nun – also dann der Reihe nach. Da ich gestern leider nicht eine Sekunde Zeit hatte, konnte ich nicht selber losfahren ... und in der Kanzlei war auch der Teufel los. Von uns hatte beim besten Willen niemand die Zeit, nach Stein hinauszufahren, weshalb ich dann eben meine lieben Freunde von der SOZUPA gefragt habe ..."

„Wieso haben Sie Dobler als Ihren Mandanten angeworben?"

„Angeworben?"

„Wir wissen, dass Sie ihn vor fünf und dann noch einmal vor vier Monaten in der Haft besucht haben.

Außerdem durften Sie mit ihm alleine sprechen, was ja nur Anwälten und ihren Mandanten erlaubt ist. Wieso war Herr Dobler Ihr Mandant?"

Dass Doktor Bäuler auf diese Frage nicht vorbereitet gewesen war, zeigte das leichte Schlucken, bevor er antwortete.

„Nun, die Causa Schmiedinger war natürlich einer der aufsehenerregendsten Prozesse der letzten ... ja, ich würde sagen, zwanzig Jahre. Und da Herr Dobler ja bis heute nicht gestanden hat, hat es mich als Strafverteidiger natürlich interessiert, ob in diesem konkreten Fall nicht vielleicht doch ein Justizirrtum vorliegen könnte. Und daher ..."

„Nur so? Ohne Auftrag?"

„Ich verstehe nicht ganz?"

„In wessen Auftrag haben Sie versucht, Doblers Unschuld zu beweisen?"

„In seinem natürlich! Doch nicht im Auftrag eines Dritten."

„Ah so. Na, dann danke für das Gespräch. Und danke noch einmal, dass wir Sie so unangemeldet überfallen durften. Auf Wiedersehen! ... ah ja, doch noch etwas. Wissen Sie, wo sich Dobler jetzt aufhalten könnte? Weil ... der Wagen von der SOZUPA, der hat Dobler doch zu Ihnen hierher in die Kanzlei gebracht, oder?"

In dieser Sekunde starrten Halb fünf Gesichter an – vier davon voller Bewunderung, eines voller Wut.

„Ja, schon, aber ... also, wohin Herr Dobler danach verschwunden ist, entzieht sich im Moment meiner Kenntnis. Aber wir haben uns einen Termin für kommenden Montag ausgemacht. Soll ich ihm sagen, dass er sich bei Ihnen melden soll?"

„Ja, bitte, tun Sie das. Noch einmal danke und auf Wiedersehen."

Erst auf der Straße brach die große Fragenflut über Halb herein.

„Chef, das war genial! Aber wieso sind wir nicht noch länger geblieben und diesem Bäuler nicht noch viel mehr auf die Zehen gestiegen?“

„Weil das mit dem Dobler-Mandat ohne Auftrag, das glaubt dem doch kein Mensch! Gerade dieser Anwalt, der keinen Handgriff ohne Vorschuss macht, soll einfach so aus purem Interesse an einem möglichen Mandanten zweimal nach Stein gefahren sein und …“

„Da geb ich dem Toni und dem Ingenlöhr Recht! Weil selbst, wenn Bäuler eine Wiederaufnahme des Verfahrens gegen Dobler erreicht hätte, hätte er sich doch ausrechnen können, dass er an Dobler kaum etwas verdienen würde.“

„Stimmt, Verena! Also, warum haben wir Bäuler nicht noch etwas mehr mit lästigen Fragen gepiesackt? Vielleicht hätten wir dann herausgefunden, wer ihm den Auftrag gegeben hat. Dann hätten wir auch eine erste Spur, wer Auen-Schwarz in Wirklichkeit war.“

„Nein, Schwejk, die haben wir leider noch nicht. Wohlgemerkt … noch nicht. Aber langsam kommen die Dinge in Bewegung. Immerhin ahnen wir jetzt, wieso Doktor Bäuler den Auftrag bekommen hat, eine neuerliche Verteidigung Doblers vorzubereiten. … weshalb er Dobler dann eben besucht und ihn als seinen Mandanten ausgegeben hat.“

Haschek, Wilt, Planner, Mayer – alle vier sahen Halb wie einen Halbgott an. Wie ein rätselhaftes Wesen, das Worte sprach, die man einzeln zwar verstand, deren Zusammenhang sich einem aber verschloss.

„Wieso ahnen wir das? Der Bäuler hat doch nicht den leisesten Hinweis ausgespuckt!“

„Nein, Schwejk, gespuckt hat er nicht. Aber ... und jetzt kann ich euch eine kleine Kritik nicht ersparen – er hat es uns schon verraten. Wenn auch gegen seinen Willen .. aber er hat uns klar und deutlich mitgeteilt, warum er so ein Interesse an diesem Fall hat. Allerdings ... ich muss zugeben, dass ich noch nicht genau sagen kann, wer ihm den Auftrag für ein Dobler-Mandat – abgesehen von Dobler selber – gegeben haben könnte, denn die Person bzw. die Personen, die der Grund für seine besondere Anteilnahme an dieser – im Grunde doch uralten – Geschichte sind, können ihm den Auftrag unmöglich gegeben haben."

In dem Moment war es nur mehr eine Frage von Sekunden, bis Planner oder einer ihrer drei Kollegen ihren verehrten Chef vor Ungeduld erwürgten.

„Na gut, ich erlöse euch von eurem Unwissen. Aber ich möchte schon noch einmal betonen, ihr seid ..."

„Chef!!" – aus vier Kehlen gebrüllt konnte auch dieses kurze Wort erstaunlich fordernd klingen.

„Ihr habt Augen, aber ihr nützt sie nicht zum Sehen!"

„Bitte, jetzt keine biblischen Sprüche! Was haben wir übersehen oder überhört oder ..."

„Übersehen, mein lieber Toni. Übersehen! Die Fotos! Ihr habt euch die Fotos an den Wänden nicht angesehen."

„Doch, schon. Da war der Herr Bundespräsident, dann noch ein paar andere Präsidenten ... natürlich immer mit einem lächelnden Doktor Bäuler daneben."

„Und weiter unten hingen lauter Fotos, die Doktor Bäuler als dynamischen Sportler gezeigt haben. Ein paar Tennisfotos, Golffotos ... war da sonst noch was?"

„Oh ja! Rechts unten waren eine Reihe von ..."

„Stimmt, Chef. Da waren Bilder mit Booten. Im Vordergrund immer der lächelnde Bäuler, dahinter jeweils ein stattliches Segelboot und um ihn herum braungebrannte schöne Menschen in strahlend weißer Kleidung."

„Sehr schöne Menschen ... von denen allerdings zumindest zwei seit 2007 tot sind. Um genau zu sein, seitdem sie ermordet wurden. Habt ihr sie nicht erkannt? Auf den Fotos rechts unten ... das strahlende junge Paar links von Bäuler, das waren die Schmiedingers!"

**Freitag, 10. Mai, 11.30 Uhr**

„Chef, du bist ein Hit! Müssen wir jetzt ‚Häuptling Adlerauge' zu dir sagen?"

„Keine schlechte Idee, Toni. Aber jetzt muss ich wirklich nach Hause, um mich umzuziehen. Vergesst bitte nicht, meinen sensationellen Auftritt heute Nachmittag aufzunehmen. Vielleicht brauche ich die Aufnahme noch vor dem Arbeitsgericht – quasi als Beweis für unmenschliche Behandlung, falls mich Straka nachher hinauswerfen will."

„Chef, du wirst glänzen!"

„Lieb von dir, Verena. Also nicht vergessen auf die Aufnahme. Ah ja, noch etwas – Ingeniöhr, du versuchst, sämtliche Verbindungen zwischen Bäuler und den Schmiedingers herauszufinden. Die Frage, die sich jetzt aufdrängt ... macht euch aber bitte nicht zu viele Hoffnungen auf eine baldige Lösung des Falles. Die Frage ist natürlich, ob ..."

„... ob Doktor Bäuler die Spinne im Netzwerk-Netz hinter Auen-Schwarz und Dobler und der SOZUPA ist?"

„Ganz genau. Also, Schwejk, du eruierst, in welchem Segelclub die Schmiedingers ... und wohl auch Bäuler ... Mitglieder waren. Dann geht ihr zwei, Toni und du, dorthin ... wie üblich, lästig sein, ohne hinausgeworfen zu werden. Versucht es mit Charme – auf die Tour ist dort vermutlich mehr zu erfahren als mit der harten ‚Mordkommission, gestehen Sie endlich'-Masche."

„Ich soll charmant sein? Chef, das kannst du mir nicht antun!"

„Doch, Toni, ich kann. Weil unser ultimatives Charmebündel brauch ich für meinen Spezialauftrag. Verena, du gehst zuerst zu Straka und dann versuchst du dein Glück im Straflandesgericht – vielleicht findest du Näheres über den Antrag von Bäuler auf Wiederaufnahme des Verfahrens gegen Dobler heraus. Dazu muss es irgendetwas geben – wenigstens ein paar Aktennotizen. Gut, soweit wär's das für den Moment. Dann ... wünscht mir Glück!" – noch während die vier ihrem Chef lautstarke „Wird schon schiefgehen!", „Toi toi toi, viel Erfolg!", „Hals- und Stimmbruch!" und „Hofrat Halb – Superstar!" nachriefen, war Halb schon davongeeilt. ... um sich allerdings gleich noch einmal umzudrehen und zu ihnen zurückzustürzen. „Eins noch ... Verena, du hast doch die heutige Zeitung, in der meine Annonce erschienen ist. Ich hab sie mir ja noch gar nicht angesehen – zeigst du sie mir bitte?" Planner griff in ihre Tasche und gab Halb den Teil mit den Immobilieninseraten.

„Oh, entschuldige bitte." – in der Hektik war Halb die Zeitung aus der Hand gerutscht. „Lass nur, ich mach das schon." Ganz Kavalier der alten Schule beugte sich Halb hinunter, noch bevor sich Verena hätte bücken können. Trotz seiner steifen Wirbelsäule war er erstaunlich rasch in solchen Bewegungen, wobei er gelernt hatte, in solchen Situationen zuerst in die Knie zu gehen und dann ...

Krrsch! – es war so laut, als ob ein ganzes Feuerwerk explodiert wäre. Jeder von ihnen hatte diese Situation so oft trainiert, dass sie auch jetzt im Ernstfall professionell reagierten. Eine Sekunde später kauerten sie hinter den geparkten Autos, und Halb brüllte in Richtung einiger Passanten: „Vorsicht, ein Heckenschütze! Runter mit Ihnen! Gehen Sie in Deckung!" Fast zeitgleich hatte Haschek sein Handy am Ohr. „Schussattentat auf Polizisten. Vor dem Haus Torgasse 2, erster Bezirk. Wir wissen leider nichts über Zahl und Position der Schützen. Ja, danke!" Verena war inzwischen zu Halb gerobbt. „Chef, alles in Ordnung? Oder bist du verletzt?" Halb lächelte ihr dankbar zu. „Alles o.k., nur ein paar blaue Flecken. Und ein Glück, dass uns die Zeitung heruntergefallen ist, sonst ..." – vorsichtig drehten sie ihre Köpfe in Richtung des Loches, das die Hauswand hinter ihnen verunstaltete. Es war ziemlich genau auf der Höhe, auf der noch vor einer Minute Halbs Herz und Lungen geschlagen und gepumpt hatten.

„Ein Profi, nicht schlecht!"

„Deine Begeisterung in Ehren, aber wenn du dich nicht in genau diesem Moment gebückt hättest ..."

„Da sieht man doch wieder einmal, wie notwendig gute Manieren sein können."

Noch bevor Verena eine zu emotionale Antwort geben konnte, die sie vielleicht in einigen Minuten schon bereut hätte, zerrissen mehrere Sirenen die gespenstische Stille.

Der Rest war Routine ... wenn auch eine immer noch gefährliche. Nach den ersten Streifenwagen trafen das Spezialkommando und die Hubschrauber ein, die rasch alle möglichen Positionen des Schützen überprüften. Aber es war niemand zu sehen ... was keinen von ihnen überraschte, da sie inzwischen alle von einem Profi ausgingen. Nachdem die Krankenwagen, die automatisch zum Tatort gerufen worden waren, erfreulicherweise unbenützt wieder abgefahren waren, setzten sich Halb und sein Team auf die Rückbänke eines der Polizeibusse.

„Chef, ich meine das ohne Ironie, ich glaube, du brauchst jetzt Polizeischutz." Halb seufzte tief – Polizeischutz war eine der Sachen, die ein Polizist am meisten verabscheute.

„Kränk dich nicht, es ist ja vielleicht nicht für lange. Ich mein, dass gerade heute gerade hier auf dich geschossen wird, zeigt doch, dass wir offenbar auf der richtigen Spur sind. Vielleicht sind wir schon so nah am Täter dran, dass er eben nervös wird und ..."

„Apropos Täter – vielleicht wissen wir jetzt, wo sich der Dobler vor einer halben Stunde aufgehalten hat. Hier gegenüber, am Dach."

„Nein, Toni, nein, Schwejk. Ich glaub, ihr irrt euch alle. Der Dobler war's ganz sicher nicht, zumindest ist mir nicht bekannt, dass der je irgendeine Art von Scharfschützen-Ausbildung absolviert hätte. Es ist ja nicht so, dass man einfach eine Waffe in die Hand nimmt und sagt: ‚So, jetzt treffe ich auf hundert Meter genau ins Herz.' Und deshalb glaub ich auch nicht, dass es wer von der SOZUPA oder gar der Doktor Bäuler war, weil ... na ja, dasselbe Argument – bei denen wird's doch keinen Scharfschützen geben. Außerdem hätte wohl kaum die Zeit gereicht, das vorzubereiten und dann rechtzeitig hier zu sein und ... nein, das kann ich mir nicht vorstellen! Aber bitte, überprüft jetzt dann im Büro alle Mitarbeiter sowohl der SOZUPA als auch der Kanzlei Bäuler – vielleicht ist eine oder einer von denen Sportschütze oder war sogar einmal beim Heer in einer Spezialausbildung ... so was eben. Und wenn wir dann das Kaliber wissen, dann ..."

„Entschuldigen Sie, darf ich kurz stören?" – der junge Mann hielt zwischen seinen gummibehandschuhten Fingern der linken Hand ein ziemlich verbeultes Ding, dessen ursprüngliche, todbringende Form durchaus noch zu erahnen war. „Es ist ein großes Glück, dass diese Hausmauer so feucht ist ... also ein Glück für uns, nicht für die Hausbewohner. Auf jeden Fall ist das Projektil so weit unverletzt, dass ich Ihnen gleich auf den ersten Blick sagen kann ... also, so etwas habe ich noch nie gesehen. Das kenn ich nur aus den Lehrbüchern – eine Patrone für die Großwildjagd. Ich kann mich irren, aber ich glaube, das ist eine 585er Nyati. Die kann man nicht einfach so in irgendein Gewehr hineingeben, dafür braucht man schon spezielle Büchsen, wie zum Beispiel ..." – schon beim Wort „Großwildjagd" war Planner blass geworden. Es war ihr anzusehen, wie sie sich nicht gegen die Bilder wehren konnte, die an ihrem inneren Auge vorbeizogen.

„Danke Herr Kollege, ich glaub, die Herren und ich können uns jetzt ganz gut vorstellen, was passiert wäre, wenn Hofrat Halb ..."

„Lass nur, Verena. Der junge Mann will uns sicher noch etwas Wichtiges mitteilen, nicht wahr, Herr Kollege?"

„Ja, schon ... ich dachte mir, ich zeig Ihnen ein paar Gewehrmodelle, die für so eine Patrone geeignet sind. Vielleicht kommt Ihnen ja eines davon irgendwie bekannt vor?"

Bei diesen Worten zog er aus einer der zahllosen Taschen seiner Anglerweste ein viel zu groß geratenes Handy hervor. Nach mehreren Tipp- und Wischbewegungen hielt er das Display so, dass alle fünf etwas erkennen konnten.

„Nein, nein, nein, nein ..." – Halb begann schon zu überlegen. Der junge Ballistiker hatte doch soeben gesagt, dass es nur wenige Modelle gebe, mit denen man eine solche Spezialmunition verschießen könne. „Nein, nein, nein, nein ..." – also würde diese Bildershow nicht mehr lange dauern, sodass er noch nach Hause sausen, sich umziehen und dann ins Studio stürmen könn... – „Halt! Stopp! Gehen Sie bitte ein Bild zurück. Ja, die Waffe kenne ich!" Gerade in den letzten Tagen hatte Halb es etliche Male geschafft, dass ihn seine Mitarbeiter entgeistert anstarrten. Aber gemessen an diesem Moment waren das alles völlig normale Blicke gewesen.

„Du kennst ... diese Waffe?"

„Ja! Und ich kann euch beruhigen – der Schuss galt mir allein, aber er hat überhaupt nichts mit unserem Schmiedinger-Fall zu tun."

„Sehr beruhigend."

„Ja, find ich auch. Danke, Herr Kollege, Sie waren wirklich eine enorme Hilfe. So, wo ist der Leiter dieses Einsatzes? Ah, servus Fritz, bist du ..." – Halb war zu einem der Uniformierten gelaufen, sodass Haschek und die anderen nur kopfschüttelnd sitzen blieben. Nach einem kurzen und offenbar sehr erregten Monolog kam Halb wieder zu ihnen zurück. „Ich hoffe, dass die den Perz rasch finden und verhaften. Ich bin mir sicher, dass es dieser elende Zuhälter war, der mich töten wollte. Ich hab vor fünf Tagen genau so ein Gewehr neben ihm an seinem Schreibtisch lehnen gesehen. Ja, das war genau so eines mit solchen Einlagen aus irgendeinem schimmernden Metall! Das sieht diesem Psychopathen ähnlich, dass er sich mit einer Büchse für die Großwildjagd schmückt. Er wollte mir ja unbedingt mein neu ererbtes Haus abkaufen, um ein weiteres Bordell draus zu machen. Was ich natürlich abgelehnt habe. Dann hat er mir seine drei heuchlerischen Furien auf den Hals geschickt. ... und bevor ihr noch fragt, wen ich damit meine, sag ich euch gleich – später! Einstweilen nur soviel, dass der Perz noch einmal probiert hat, mir mein Haus abzuluchsen. Dann hat er heute – vermutlich durch Zufall – meine Annonce gelesen und gewusst, dass ich jetzt ernst mache mit dem Vermieten. Und da muss er mir von zu Hause weg gefolgt sein ... und während wir drinnen beim Doktor Bäuler waren, hat er sich da oben in Position gebracht ... So, aber jetzt muss ich wirklich rennen, um noch irgendwie zurechtzukommen. Seid bitte so lieb und ruft bei dem Sender an, dass ich leider erst um sechzehn Uhr dort sein kann. Erzählt's denen irgendein Märchen, aber um Gottes willen nicht die Wahrheit, weil die würden sie uns nie glauben."

### Freitag, 10. Mai, 16 Uhr

„Bitte sehr, Herr Hofrat. Die Dame ist für Ihre Maske zuständig. Nur ganz kurz – dann bringe ich Sie in unseren Warteraum, damit Sie noch etwas entspannen können." Gegen seine Erwartung war Halb schon knapp vor vier Uhr im Studio gewesen, sodass er endlich ein wenig durchatmen konnte.

„Grüß Gott!" – er deutete eine Verbeugung an, die sowohl den beiden Maskenbildnerinnen als auch dem Herrn am benachbarten Schminkplatz galt.

„Bitte, Herr Hofrat, darf ich Ihnen gleich das Tuch umlegen?" – eigentlich war es wie beim Friseur, nur dass die Damen weniger mit Schere und Kamm hantierten, dafür umso mehr nach Tuben, Tiegeln und Pinseln griffen.

„Sie sind der Hofrat Halb, nicht wahr?" – aus dem Nachbarsessel kam eine etwas gequälte Stimme.

„Ja, der bin ich." Halb versuchte, verständlich zu sprechen, obwohl ihm gerade Rouge auf die Wangen aufgetragen wurde.

„Es ist mir eine große Ehre und Freude, Ihre Bekanntschaft zu machen. Musenspiel ... so heiß ich wirklich. Doktor Wolfgang Musenspiel."

„Er erfeut, Er Dokdor!" – mit fest eingezogenen Wangen zu reden, war gar nicht so einfach! Aber da er gerade zu einem pausbäckigen Mitvierziger verjüngt wurde, war ihm eine deutlichere und ausgiebigere Kommunikation kaum möglich. Was aber nichts ausmachte, da Doktor Musenspiel ohnehin am liebsten seine eigene Stimme hörte.

„Es ist mir deshalb so eine Freude, weil ich bin ja so ein großer Krimifan ... also nein, falsch. Ich bin ein Liebhaber echter Kriminalfälle, und für so wen wie mich ist so wer wie Sie natürlich der Held schlechthin. Ich habe auch alle Sherlock Holmes', Hercule Poirots, Perry Masons und wie die alle heißen im Lauf der Jahrzehnte verschlungen, aber ein echter Mordermittler mit echten Lei... pardon, ich wollte sagen, echten Opfern, das ist natürlich ganz was anderes. Ich hab sie alle studiert, Ihre großen Fälle. Der Preintinger-Fall – mein Gott, das waren halt noch Zeiten. Und der berühmte Fall der Anna Z. – großartig! Und dann, die ermordete Prostituierte ... ganz wunderbar! Und beim Mogvan-Fall, da hab ich wirklich mit Ihnen und um Sie gezittert. Schön, dass es Ihnen wieder so gut geht. Und dass ich Sie gerade heute kennen lernen darf, ist mir ein ganz besonderes Vergnügen. Weil dieses neuerliche Aufwallen der entsetzlichen Dreifachmord-Geschichte – für jemanden wie mich ist das natürlich schon eine spannende Angelegenheit. Darf ich Sie dazu ein bisserl was fragen, Herr Hofrat?"

Beinahe hätte Halb sein Gesicht so sehr verzogen, dass ihm die ganze Schminke durcheinandergeraten wäre. Aber ein sanfter Schulterdruck der Maskenbildnerin und die Tatsache, dass genau in diesem Moment ihre Betreuerin hereinkam, um sie in den Warteraum zu bringen, ermöglichten den verschiedenen Schichten auf seinem Gesicht, noch weiter zu trocknen.

„Ja, bitte ... Aber als echter Fachmann wissen Sie natürlich, dass ich Ihnen nicht viel erzählen darf. ... laufende Ermittlungen, Sie verstehen?"

„Ah so, ja, klar. Na ja, ich bin mir sicher, dass ich mich selbst über das kleinste Detail, das Sie mir berichten können, wahnsinnig freuen werde. Außerdem – vielleicht könnten Sie mir ja sogar ein bisschen was von der ursprünglichen Tragödie erzählen, weil ..."

„Kaffee, Tee, Orangensaft, Mineralwasser – was darf ich Ihnen bringen?" – der Warteraum entpuppte sich als die Kopie eines Wiener Kaffeehauses mit kleinen Tischen mit Marmorplatten und den klassischen Thonet-Stühlen.

„Orangensaft und Mineralwasser bitte. Für Sie auch, Herr Hofrat?" – selbst bei der Wahl des Getränks erlaubte Doktor Musenspiel nicht allzu viele Worte außer seinen eigenen. Halb nickte ergeben ... ganz besonders, da er ohnehin weder Kaffee noch einen solchen Tee getrunken hätte.

„Ja, wie ich schon sagte – ich wäre auch sehr dankbar, wenn Sie mir die Einzelheiten der damaligen Vorfälle schildern könnten. Ich habe damals leider nicht die Muße und die Ruhe gehabt, diesen schaurigen Dreifachmord wenigstens in den Medien zu verfolgen. Ich war nämlich extrem unter Druck – ja, das ganze Elend hat Ende November 2007 begonnen. Habe ich schon erwähnt, dass ich im österreichischen Außenministerium tätig bin … wobei, damals war ich noch in einer Organisation. So einer internationalen … ja, und da war ich dann für die Koordination dieser schrecklichen Angelegenheit zuständig. Also … natürlich nicht für die Koordination der scheußlichen Sache selber – nein, selbstverständlich nicht! Ich war der Koordinator der verschiedenen Aktivitäten, die zur Befreiung dieser armen Seelen hätten führen sollen. Um genau zu sein, war ich natürlich nur der von Österreich abgestellte Koordinator, weil es ging ja auch um einen österreichischen Staatsbürger. Also, neben mir saßen damals auch ein Kollege aus der Slowakei, einer aus Finnland und einer aus Schottland. Ah ja, und dann noch einer aus Frankreich – weil das Opfer, das die österreichische Staatsbürgerschaft hatte, der war Doppelstaatsbürger. Ziemlich ungewöhnlich, aber damals noch häufiger als heute. Ja, der war eben französischer und österreichischer Staatsbürger, deshalb auch der Kollege vom französischen Außenministerium."

„Herr Doktor, entschuldigen Sie, wenn ich Sie unterbreche, aber sollten wir uns nicht beide auf unsere Auftritte konzentrieren? Ich weiß ja nicht, wegen welcher Aufzeichnung Sie hier sind, aber ich muss dann live vor die Kamera und …"

„Ich auch, Herr Hofrat, ich auch! Habe ich das noch gar nicht erwähnt – wir sind in derselben Sendung. Ja, aber wir haben ja noch … das sind ja noch über dreißig Minuten! Da haben wir noch genug Zeit, um uns auf unsere großen Auftritte zu konzentrieren. Also, wie gesagt, weil damals eine Slowakin, ein Finne, ein Schotte und eben dieser Austro-Franzose entführt worden sind, waren wir …" – Halb hatte seine Ohren auf Durchzug gestellt. Er ging seine Argumente einzeln durch. Wie hatte Straka doch so treffend gesagt? Das eine oder andere prägnante Wort solle er schon in die Diskussion einwerfen, aber auf keinen Fall dürfe er aggressiv wirken. So hatte es ihm Straka vorgebetet ... allerdings hatten sie da beide noch nichts von Doktor Wolfgang Musenspiel gewusst.

„... dabei war ja zumindest am Anfang gar nicht klar, ob die vier wirklich entführt worden oder ob sie nur einem tragischen Unfall zum Opfer gefallen waren. Weil bei so einem großen Bauprojekt, da hätte auch sonst etwas passiert sein können. Das waren nämlich alles Spezialisten, diese vier jungen Techniker. Deshalb sind die ja auch vom UNO-Flüchtlingshilfswerk auf diese südostasiatischen Inseln geschickt worden, um bei dem Bau dieser neuen Siedlung jeden einzelnen Abschnitt zu überwachen. Da hat das UNHCR nichts dem Zufall überlassen wollen, weil das war ja ein Pilotprojekt. Die haben doch damals dieses neue Baumaterial erstmals getestet, ob es wirklich ...“ – ob seine Kleidung die passende war? Leger, sportlich, lässig-elegant, aber mit einfarbigem Hemd. Ja, doch – an seinem Outfit sollte es nicht liegen.

„... aber das war natürlich den dortigen Extremisten ein Dorn im Auge, weil die wollten den Leuten ja weismachen, dass diese Naturkatastrophe eine Strafe ihres Gottes war, weil sich die Regierung massiv gegen die Errichtung eines Gottesstaates zur Wehr gesetzt hat. Mit großem Militäreinsatz und allem, was dazu gehört ... aber die Geiseln haben die natürlich auch nicht gefunden. Kein Wunder, in dem Dschungel. Und auch die anderen Geheimdienste waren machtlos, die hatten keine einzige Spur und ...“ – hoffentlich konnte er Straka die Freude machen, dezent fallen zu lassen, wie großartig ihre Aufklärungsbilanz sei. Zumindest bei den Gewaltverbrechen, da waren sie wirklich sehr gut! Und wenn es ihm jetzt noch gelänge, diese verfluchte Auen-Schwarz-Dobler-Geschichte aufzuklären, dann würden sie auch in den Medien wieder einmal die Könige der Schlagzeilen sein – und das würde Straka ebenso gefallen.

„... aber auch deshalb war ich mir sicher, dass es diesen Entführern gar nicht so sehr um politische oder religiöse Ziele ging. Nein, das waren ... ja, natürlich waren das Bestien, aber es waren gierige Bestien, die schlicht und einfach Lösegeld erpressen wollten. Ich glaub ja bis heute nicht, dass die je vorhatten, diese armen Hunde wieder freizulassen. Ab dem Moment ihrer Entführung waren die todgeweiht, egal, was noch geschehen würde." – Entführung? Doch, ja – jetzt hatte Halb trotz Weghörens das Gefühl, zu wissen, wovon diese Nervensäge die ganze Zeit sprach. Vor drei Tagen ... ja, das war am Dienstag gewesen, da hatten sich doch Ernst und Toni über eine „noch grässlichere Geschichte" unterhalten, die damals im Dezember 2007 alle Schlagzeilen beherrscht hatte.

„... was schon sehr interessant war, weil alle Kollegen im Koordinationsausschuss haben mir ausdrücklich versichert, dass weder das finnische noch das slowakische noch das schottische noch das französische ... na, und von unserem eigenen Ministerium habe ich es natürlich selber am besten gewusst – an keines der Außenministerien war auch nur eine einzige Zeile mit einer Lösegeldforderung geschickt worden. Es wurden allerdings Geheimdienst-Gerüchte laut, dass es sehr wohl Erpresserbriefe gegeben hätte. Aber angeblich hatten sie diese Lösegeldforderungen nur an Unternehmen und sogar an einzelne vermögende Privatpersonen geschickt. Ja, weil diese Terroristen, diese Verbrecher hätten eben überhaupt kein Vertrauen in

Staaten oder andere offizielle Einrichtungen wie zum Beispiel das UNHCR gehabt. Deshalb sollen sie ihre Lösegeldforderungen angeblich eben nur an Firmen und Privatpersonen in den jeweiligen Heimatländern der Geiseln geschickt haben. Wer weiß, ob das stimmt? Auf jeden Fall ..."

„Und, Herr Doktor, wie hießen diese armen Entführungsopfer? Ich bin mir sicher, Sie wissen das noch ganz genau." – in Wirklichkeit war es Halb völlig egal, aber er konnte der Versuchung nicht widerstehen, Musenspiel in Verlegenheit zu bringen. Der Schuss ging allerdings gewaltig nach hinten los, denn der Dauerredner vis-à-vis zögerte nur ganz kurz, bevor er antwortete.

„Ja, natürlich. Aber Sie müssen schon entschuldigen – meine Fremdsprachenkenntnisse sind ja ziemlich gut, aber es hapert leider bei meiner Aussprache."

„Macht nichts."

„Also, der Finne hieß Juho Hämäläinen, der Schotte ... der hieß ganz klassisch David Wallace. Die slowakische Diplomingenieurin trug den schönen, zutiefst slowakischen Vornamen Anneliese ... ja, die hatte deutsche Ahnen gehabt – Anneliese Cerna. Angeblich war die junge Dame mit dem Austro-Franzosen liiert – zumindest hat das ein Gerücht behauptet. Wobei ... ich muss natürlich betonen, dass ich auf solche Gerüchte überhaupt nichts gebe und immer weghöre, wenn ..."

„Selbstverständlich, Herr Doktor, ich habe auch nichts anderes angenommen. Und dieser Austro-Franzose, wie hat der geheißen?"

„Wer? Ah so, der ... ja, der – der war eben auch französischer Staatsbürger, und zwar von seinem Vater her. Der stammte aus dem Elsass, aber trotzdem wurde der

Name natürlich französisch ausgesprochen. Wie gesagt, mein Französisch ist fürchterlich, also ..."

„Nur Mut, Herr Doktor. Ich denk mir dann den Rest schon dazu."

„Ja, das ist sehr lieb von Ihnen. Der Vorname war auch für mich einfach auszusprechen, der Mann hieß René. Und der Nachname ... also, das hat so geklungen wie Lobeeee, mit einem ganz langen e als zweite Silbe. Ja, René Lobeeee."

„Und wie ging's dann weiter?"

„Können Sie sich gar nicht mehr erinnern? Es war entsetzlich! Wir wissen bis heute nicht, ob überhaupt irgendein Lösegeld bezahlt worden ist. Auf jeden Fall wurden Hämäläinen, Wallace und Cerna am heiligen Abend 2007 vor laufender Videokamera geköpft. Mit einem Säbel von hinten enthauptet! Bestialisch! Das Video stand damals schon eine Stunde später im Internet – es war einfach nur abstoßend und schrecklich! Ein einziger Alptraum!"

Die Erinnerung an die katastrophalen Bilder ließ selbst Doktor Musenspiel verstummen. Eigentlich hätte Halb die unerwartete Stille genießen wollen, aber allein die Schilderung der damaligen Ereignisse reichte aus, um auch ihn tiefe Trauer spüren zu lassen.

„So, meine Herren, in einer Viertelstunde ist Sendungsbeginn. Wenn Sie sich vielleicht langsam drauf einstellen möchten – ich hol Sie in fünf Minuten ab."

Halb wurde beinahe panisch. Mit diesen Bildern vor seinem inneren Auge sollte er überlegen, aber nicht arrogant vor der Kamera agieren? Nein, so nicht! Gott sei Dank blieb ihm ja immer noch sein Lieblingsinstrument, um solche überemotionalen Zustände auf ein für einen Hofrat des österreichischen Bundeskriminalamtes würdiges Maß herunterzuschrauben.

Er musste das Gehörte einfach in intellektuelle Fesseln legen, dann würde er sich auch vor der Kamera wieder adäquat verhalten können.

„Sie sagten, dass der Finne, der Schotte und die Slowakin grausam hingerichtet wurden. Aber was war mit dem Österreicher ... also dem österreichisch-französischen Doppelstaatsbürger?“

„Ja, das war das letzte große Rätsel dieser unmenschlichen Geschichte. Auf dem Video war er nicht mehr zu sehen. Und seine Leiche hat man auch nie gefunden – im Gegensatz zu den Geköpften. Deren sterbliche Überreste konnten geborgen und dann in ihren Heimatländern unter großer Anteilnahme bestattet werden. Ich denk mir halt, dass der Austro-Franzose schon vor dieser fürchterlichen Schau-Hinrichtung tot war ... ob ermordet oder an etwas anderem verstorben, ist ja auch nicht von Bedeutung. Und sein Leichnam lag eben irgendwo anders in dieser grünen Hölle – an einer Stelle, wo die Armeetrupps, die dann die anderen Leichen gefunden haben, gar nicht erst gesucht haben. Na ja, ich bin zwar kein Experte, aber ich nehme an, dass in so einem Klima und an so einem Ort jede organische Substanz rasch verschwindet. Vermutlich hätte man schon nach wenigen Wochen gar keine Leiche mehr gefunden, selbst wenn man gewusst hätte, wo er umgebracht worden war.“

„So, meine Herren, darf ich Sie ins Studio bitten. Bitte drehen Sie Ihre Handys ab. Ich darf Ihnen Ihren Moderator und die anderen Gäste vorstellen. Und wenn Sie dann bitte ...“ – ab dem Moment, in dem die Scheinwerfer und das rote Studiolicht aufleuchteten, war Halb wie in Trance. Es schien ein fruchtbarer Entrückungszustand gewesen zu sein, denn kaum war alles vorbei, stürzten die meisten zuerst auf ihn zu, um ihm für seine informativen Beiträge zu danken und ihm zu seiner souveränen Leistung zu gratulieren.

**Freitag, 10. Mai, 19.05 Uhr**

„Ja bitte. Ah, du bist's, Ernst. Danke dir, ja, ich war ganz gut. Nein, das schließe ich nicht nur aus deinem Anruf, sondern auch aus der Gratulation der Fernsehleute um mich herum. Wo ich gerade bin? In der Maske, beim Abschminken. Ja, eine ungewöhnliche Erfahrung für echte Männer wie uns. Nein, ich bin jetzt nicht plötzlich in die Midlifecrisis gerutscht, Ernst, das war ein Scherz! Sonst nichts! Apropos ‚echte Männer' – war die Verena bei dir? Und, hat es in den letzten Monaten solche Bemühungen gegeben? Gerüchteweise, aha. Und kannst du diese Gerüchte etwas präziser definieren? Ja, genau das haben wir erwartet! Und weiß die Gerüchteküche auch, wann das war? Vor einem halben Jahr ... aha. Und warum Bäuler gerade damals seine Fühler nach den Chancen einer Wiederaufnahme des Verfahrens ausgestreckt hat – darüber weiß die Fama nichts zu berichten? Nichts! Na gut, dann danke ich dir für deine Glückwünsche und die Information. Übrigens, weißt du zufällig, ob der Perz schon geschnappt worden ist? Vor einer Stunde? Gut ... sehr gut! Wie bitte ... heute Abend? Nein, ich bin schon vergeben, aber vielen Dank für die Einladung. Servus! Bis morgen!"

Trotz aller offenen Fragen war Halb mit sich und der Welt zufrieden. Es war schon erstaunlich, wie befreiend Erfolge sein konnten.

Der Erfolg, einen ersten Zusammenhang zwischen der SOZUPA, Auen-Schwarz, Doktor Bäuler, den Schmiedingers und Dobler entdeckt zu haben.

Der Erfolg, nicht erschossen worden zu sein.

Der Erfolg, eine Live-Diskussion im Fernsehen mit Anstand hinter sich gebracht zu haben.

Der Erfolg, einen wunderschönen ...

„Herr Hofrat! Jetzt rennen S' mir doch nicht davon!"

... der Erfolg, Herrn Doktor Musenspiel entkommen zu sein, der war ihm nicht vergönnt!

„Herr Doktor, was kann ich noch für Sie tun?"

„Ich wollt ihnen nur gratulieren – Sie waren wirklich großartig! Sie sind ein Naturtalent vor der Kamera. Und wegen der Causa Schmiedinger ..."

„Ja?" – jetzt, jetzt gleich würde das zweite Attentat des heutigen Tages auf ihn verübt werden. Und dagegen würde kein Polizeieinsatz helfen, nur eisernes Lächeln und ...

„... vielleicht kreuzen sich unsere Wege ja irgendwann einmal wieder. Und dann müssen Sie mir die ganze Geschichte von A bis Z erzählen. Ja, dann wünsche ich Ihnen alles Gute! War sehr nett, mit Ihnen geplaudert zu haben ... auf Wiedersehen, meine Verehrung!"

Doch, auch dieser Erfolg!

„Dann wünsch ich Ihnen auch alles Gute, Herr Doktor Musenspiel. Auf Wiedersehen!" – jetzt stand einem hinreißenden Delia-Abend eigentlich nichts mehr im Wege.

Außer vielleicht ...

## Freitag, 10. Mai, 20.05 Uhr

Sie saß in derselben Nische wie vorgestern.

„Herr Ober, hätten Sie eine Vase für uns? Hier, Delia – ich hoffe, Sie gefallen dir." Halb hielt die weißen Rosen wie einen Schild vor sich – ganz so, als wollte er Delia doch etwas auf Distanz halten, weil ihm seine Vorfreude auf das Treffen bereits etwas unheimlich geworden war. Allerdings wäre sein Vorhaben ohnehin gescheitert, denn Delia machte einfach zwei Schritte um das Blumenhindernis herum, nahm es strahlend in Empfang und küsste Halb auf seine rechte Wange.

„Danke Ludwig, die sind wunderschön! Aber eigentlich hättest doch du die Blumen verdient ... als Medienstar. Du warst wirklich großartig! Lässig, aber nicht lästig, elegant, aber kein Dandy, klug, aber kein Klugsch... na, du weißt schon. Als ob du nie etwas anderes gemacht hättest."

„So, bitte sehr, die Vase." Halb beschloss, dem Ober als Dank für dessen Timing ein besonders üppiges Trinkgeld zu geben. Er konnte nun einmal solche Lobeshymnen kaum vertragen, selbst, wenn sie aus Delias Mund kamen.

„Danke, danke! Aber wer Heldentaten vollbracht hat, hat auch entsprechend Hunger. Herr Ober, bringen Sie mir bitte die ersten zwei Seiten der Speisekarte. Nein, im Ernst – hast du dir schon etwas ausgesucht?"

Sie hatte ... und Halb entschied sich diesmal nur für „eine Kleinigkeit, etwas Leichtes, vielleicht ... ja, bitte einen Schweinsbraten mit Kraut und Knödel". Da er erst beim Lesen der Speisekarte merkte, wie hungrig er tatsächlich war, bestellte er sich vorsichtshalber auch noch eine Leberknödelsuppe, „um nicht bis zur Hauptspeis' zu verhungern".

Bis zur Suppe gingen sich nur einige Smalltalk-Phrasen aus – „Und, wie war dein Tag? ... abgesehen von deiner medialen Meisterleistung." „Nichts Besonderes ... ich bin nur fast erschossen worden." „Witzbold!"

Zwischen den Gängen war gerade mal Zeit für ein „Erzähl schon, was hast du herausgefunden?" „Also, ich dachte mir, dass ... ah, da kommt ja schon mein Kalbsgulasch", sodass sich Halb bis zum letzten Bissen in Geduld üben musste. Und auch dann wollte er nicht gleich mit der Tür ins Haus fallen, weshalb er ...

„Ludwig, ich seh's dir doch an, du platzt ja schon vor Neugier."

„Platzen schon, aber nicht nur aus Neugier – ich glaub, daran ist auch der Schweinsbraten schuld."

„Also willst du noch etwas in Ruhe verdauen? Soll ich dir noch nicht sagen, was ich herausgefunden habe?"

„Doch doch" – Halb war über Delias letzten Satz so entsetzt, dass er gar nicht das spöttische Schimmern in ihren Augen bemerkte – „... bitte, ich bin zwar etwas zu sehr gesättigt, aber durchaus noch aufnahmefähig. ... also, geistig eben."

„Keine Angst, das war doch nur Spaß! Also ... wie soll ich beginnen?"

„Ich würd vorschlagen ... am Anfang."

„Gut, ja ... am Anfang war dein Bauchgefühl!"

„Bitte vermeide dieses Wort, weil ... au, weh."

„Herr Ober, bitte um einen Digestif für den Herrn. Also gut, dann war es eben deine Intuition. Und die war genial!"

„Ah ja?"

„Schau, ich hatte doch vorgeschlagen, nur die Unterlagen von 2004 bis zum Dezember 2007, also bis zum Mord, zu durchforsten. Daraufhin hast du ..."

„... habe ich dich gebeten, über dieses Datum hinauszugehen, sofern dir das möglich wäre. Ja, selbst in meinem derzeitigen Zustand kann ich mich noch an meine vorgestrigen Worte erinnern."

„Und du hattest vollkommen Recht, weil es ist erst später spannend geworden."

„Wann?"

„Deutlich später. Jänner, Februar, März 2008 – da haben die Schmiedingers, also die Senioren ... ja, eh klar ... also da haben sie begonnen, systematisch alle Beteiligungen abzustoßen, alles zu verkaufen. Es schien so, als ob sie einfach nur auf ihren Tod warten würden. Aus die Maus – ihr Leben war vorbei."

„Was man ja nachvollziehen kann."

„Durchaus. Und es wäre gar nichts Besonderes gewesen, wenn sie alles verkauft und das Geld einfach auf ihren Konten liegen gelassen hätten. Man hätte ja noch am ehesten erwartet, dass sie die Millionen irgendwelchen caritativen Einrichtungen spenden würden. Oder dass sie eine ‚Ferry-Lisa'-Stiftung errichten würden, die sich ... was weiß ich ... der Sorge um Opfer von Gewaltverbrechen verschreibt. Aber ..."

„Wie kommst du auf Ferry-Lisa?"

„Na, ich hab halt irgendwelche Abkürzungen für die beiden Vornamen genommen – manche dieser Stiftungen tragen Eigennamen, manchmal sogar Kosenamen, damit will der Stifter seine besondere Verbundenheit mit den Personen, deren Andenken die Stiftung gewidmet ist, zum Ausdruck ..."

„Ihr Kosename war Eba."

„Na gut, dann hätte diese Stiftung halt ‚Ferry-Eba'-Stiftung geheißen."

„Warum Ferry?"

„Weil es die übliche Koseform von Ferdinand ist. Im Dialekt gäbe es noch Ferdl oder Ferl, vielleicht auch noch Ferdi, aber ansonsten ... eben Ferry."

„Danke! Entschuldige die Unterbrechung."

„Ja, wo war ich ... ah ja, also man hätte noch erwarten können, dass sie eine Stiftung errichten. So etwas in der Art. Aber der Aufbau solcher Spendengelder-Konstruktionen ist zumeist leicht nachvollziehbar."

„Und das war er plötzlich nicht mehr?"

„Nein! Denn ab Juni 2008 wurden monatlich fünftausend Euro auf ein Konto in der Schweiz überwiesen."

„Und was war das für ein Konto? Und laufen diese Zahlungen immer noch?"

„Erstens ... ist nicht zu eruieren. Und zweitens ... nein, diese Zahlungen gingen bis September 2010, aber dann waren sie wie abgerissen."

„Und was schließt du daraus?"

„Das scheint mir recht klar zu sein – für so etwas gibt's meistens nur einen Grund. Die Schmiedingers haben schlicht und einfach begonnen, Geld an der österreichischen Steuer vorbeizuschmuggeln."

„Du meinst, dass das Schwarzgeld war?"

„Ja, genau."

„Aber warum sollten die Schmiedingers das tun? Ich mein, gerade nach dieser Katastrophe, wenn sie – wie du richtig gesagt hast – nur mehr auf ihren Tod warten?"

„Für die Schlüsse bist du zuständig, ich liefere nur Fakten ... na ja, und auch ein paar Vermutungen."

„Was du ganz wunderbar getan hast! Vielen lieben Dank!"

„Das ist aber noch nicht alles. Im Oktober 2010 hat der alte Doktor Schmiedinger sechzigtausend Euro auf ein ziemlich mysteriöses Konto überwiesen – das liegt allerdings auf einer ganz anderen Bank, weshalb ich da nicht näher recherchieren konnte. 2011 gingen auf dasselbe Konto noch einmal fünfundsechzigtausend Euro, und 2012 waren es dann neunundsechzigtausend Euro."

„Warum hältst du dieses Konto für mysteriös?"

„Na ja, dieses Konto liegt auf einer Bank auf der Insel Jersey."

„Steueroase?“

„Genau. Und um solche Konten herum sind dann meistens solche Konstruktionen gebaut, die nur einem Zweck dienen – irgendetwas noch mehr zu verschleiern. Zum Beispiel eine Treuhandkonstruktion.“

„Und ... so, jetzt verspreche ich dir, dass ich dich das für heute Abend zum letzten Mal frage: Was schließt du daraus?“

„Dasselbe wie vorhin – meiner Meinung nach geht es um Steuerhinterziehung. Es werden nur die Konten und die Konstruktionen etwas verändert, aber das Ziel scheint mir immer dasselbe zu sein.“

„Und – die wichtigste Frage zum Schluss. Wie kann ich dir danken? Liebst du immer noch diese kleinen Kohlenstoffpressungen? Ja? ... na gut, dann werde ich eben die Seiten wechseln müssen und extra für dich einen Juwelier ausrauben. Hast du einen Lieblingsjuwelier? Soll ich bei dem Überfall auf ein bestimmtes Schmuckstück achten?“

„Unbedingt! Aber für den Anfang würde schon eine Nachspeise reichen.“

Halb hatte gehofft, dass sie das sagen würde. „Herr Ober, bitte bringen Sie der Dame noch ... wie wär's mit ein paar Palatschinken? Ja, dann bitte um Palatschinken für die Dame.“

Delia schaute ihn verblüfft an.

„Möchtest du nicht mitessen? Für mich allein wird das zu viel sein.“

Halb bemühte sich redlich, seine Freude nicht allzu deutlich zu zeigen.

„Gerne! Wenn der Ober die Palatschinken bringt, werde ich ihn um eine zweite Gabel bitten. Aber einen zweiten Teller brauchen wir nicht, oder?“

## Freitag, 10. Mai, 23 Uhr

Erst als er das kochende Wasser über die Teeblätter goss, spürte Halb, wie die Anspannung der letzten Stunden von ihm abfiel. Als er sich – endlich! – Sakko und Hemd ausgezogen hatte, sah er, dass der Hechtsprung von heute Mittag mehr Unheil als nur ein paar blaue Flecken angerichtet hatte. Vorsichtig schmierte er den letzten Rest einer „Anti-Prellungsschmerz"-Salbe auf seinen linken Ellbogen, der ihm am meisten wehtat. Dass sein Körper aber noch ganz andere malträtierte Stellen anzubieten hatte, merkte er erst, als er sich wieder in seine „Faultier-in-Lehnsessel"-Position manövrieren wollte. Nach einigen höchst schmerzhaften Versuchen gab er sein Vorhaben auf und beschloss, seinen Tee lieber in einer heißen Wanne zu genießen.

Als der Schuss ätherisches „Muskelfreund"-Badeöl seine volle Duftwirkung entfaltet hatte, glitt Halb immer mehr in jene Grauzone zwischen Wach- und Klartraum. Ereignisse, fremde Informationen und eigene Gedanken der vergangenen Tage vermischten sich zu einem Wahrnehmungsbrei, von dem er abwechselnd kleine und große Bissen hinunterschluckte. Ab und zu ärgerte das Kind den Erwachsenen in ihm, weil es in dem Brei herumstocherte, ohne auch nur ans Essen zu denken. Es machte ihm ein seltsames Vergnügen, aus großen Batzen mehrere kleine zu formen und diese dann mit anderen kleinen Häufchen zu einem größeren zu gruppieren.

Ein Gipfel, der aus dieser Masse immer wieder herauswuchs, war das Gespräch mit Delia. So sehr er sie auch als Finanzfachfrau schätzte, in diesem Fall wollte seine einfach nicht ihrer Meinung folgen. Zwar war er sicher, dass Vater und Sohn Schmiedinger hin und wieder tief in die Trickkiste nicht immer legaler Steuervermeidungskniffe gegriffen hatten, aber nach dem 6. Dezember 2007 ... nein! Haschek und er hatten beide denselben Eindruck gehabt – Schmiedingers waren gequälte Seelen, die nichts anderes mehr wollten, als möglichst bald erlöst zu werden. Allerdings ... in seinem Wahrnehmungsbrei blitzte ein winziges Detail auf. Da war ein Ton gewesen, der Frau Schmiedingers Stimme für einen Sekundenbruchteil mit einer erschreckenden Energie erfüllt hatte, die nicht zu diesem Vor-Tod-Stadium passte. Aber trotzdem ... nein! Er konnte es beim besten Willen nicht glauben, dass Klaus Ferdinand Schmiedinger nach dem Tod seines Sohnes und seines Enkels noch die Kraft gehabt hätte, auf so raffinierte Art Schwarzgeld verschwinden zu lassen. Abgesehen davon ... woher sollte denn dieses Schwarzgeld überhaupt kommen? Noch einmal nein ... das war keine Konstruktion, um die österreichische Finanz zu betrügen. Aber weshalb hatte Schmiedinger dann dieses Geld überwiesen? Zuerst – bis zum September 2010 – die fünftausend Euro im Monat. Und dann noch die sechzigtausend Euro und die nachfolgenden ähnlich hohen Beträge – das waren ja fast Jahresgehälter.

Jetzt erhob sich ein anderes Detail aus seiner breiigen Umgebung und forderte seine Aufmerksamkeit. Doktor Wolfgang Musenspiel ... Nervensäge mit Fremdsprachen-Aussprache-Problemen. Hämäläinen, Wallace, Cerna und „Lobeeee“ ... wohlgemerkt mit mindestens vier e am Ende.

Und der Vorname, René ... der Wiedergeborene. Was diesem armen Hund wohl widerfahren war, dass seine Leiche nie gefunden wurde? Waren er und Anneliese Cerna wirklich ein Paar gewesen? Wenn ja, dann waren sie vermutlich ein ebenso strahlendes Paar wie Schmiedingers auf den Segelboot-Fotos.

Das Badewasser kühlte etwas ab, weshalb Halbs Geist ein wenig wacher wurde. Aber sein geplagtes Gehirn wollte noch nicht von den lustigen Spielwelten lassen, die es sich aus dem Wahrnehmungsbrei gezaubert hatte. Es war, als ob sein Denken am Rande einer Sandkiste säße, nur dass es mit Brei statt mit matschigem Sand spielte. „Komm, jetzt steh auf! Weg von der Breikiste, raus aus der Wanne!“ – Halb begann laut zu lachen. Wenn ihn jetzt Straka hören würde, er bräuchte sich nie wieder im Büro blicken zu lassen. Wobei, gerade in dieser Woche hatte sein Chef gleich mehrfach bewiesen, dass er seinen slawischen Namen nicht zu Unrecht trug. Denn eine „Straka“, eine Elster, war ein sehr kluges Tier – so wie Ernst.

Im Ernst, Ernst! ... was wohl ein Psychologe wie Magister Bauer zu ihren Dialogen sagen würde? Vielleicht würde er ihnen krankhafte Witzelsucht attestieren? Na ja, immer noch besser, als ein von dunkler Energie getriebener Charakter wie dieser Schwarz zu sein, der ja offenbar wirklich ...

Ab dieser Sekunde stellte sich die Frage nach dem zu kühlen Badewasser nicht mehr, denn es gab kaum mehr welches ... zumindest nicht in der Wanne. Denn trotz aller Ellbögen und sonstiger schmerzender Körperpartien war Halb mit einem Satz aus der Wanne gesprungen.

„Ich Idiot, ich blindes Rindvieh ...“ – während er sich mit der linken Hand behelfsmäßig abtrocknete, griff er mit der rechten nach seinem Handy. „Schwejk, entschuldige bitte die späte Störung, noch dazu am Frei..., ja, danke für das Kompliment. Ja, ich hab schon gehört, ich bin ein mediales Ausnahmetalent. Du, ganz etwas anderes ... bitte, es ist eine Katastrophe geschehen. Besser gesagt, ich glaube, sie wird eintreten ... und zwar möglicherweise in diesen Minuten. Hör mir zu und schreib mit! Du verständigst die anderen und ihr kommt sofort zur Schmiedinger-Villa. Ja, natürlich mein ich die Alten! Dorthin, wo wir vorgestern waren. Und kommt bitte ohne Leuchtreklame und Musik ... ganz unauffällig. Alles andere dann vor Ort, ich bin in zehn Minuten dort!"

Halb hatte es geschafft, sich während des Telefonats anzuziehen. Nur die Schuhbänder musste er noch binden, bevor er davonstürzte. ... und gleich wieder zurückkam. Mit fiebrigen Fingern öffnete er seinen Safe. Die Patronenpackung steckte er sich in die Hosentasche, seine Waffe schob er einfach in die rechte Sakkotasche, denn für das Anlegen des Schulterhalfters hatte er in diesem Moment wirklich keine Zeit.

**Freitag, 10. Mai, 23.30 Uhr**

Der Ministerialrat und sein Dackel hatten sich nicht getäuscht ... und sich trotzdem geirrt. Es war tatsächlich ein gespenstisches Klagen zu hören, nur, dass es nicht von Geistern stammte. Außerdem schien es nicht aus der Villa der Schmiedingers zu kommen – es kam von weiter hinten, aus dem dunklen Wald, der gleich hinter dem Haus begann.

Vorsichtig schlich sich Halb an das Haus heran. Einen kurzen Moment überlegte er, ob er nicht einfach klingeln sollte. Um was zu sagen? „Entschuldigen Sie, wo halten Sie denn den Herrn Sedlacek gefangen? Im Keller? Oder haben Sie ihn schon getötet? Und der Herr Dobler – lebt der noch?" – Nein, mit dieser Strategie hätte er vermutlich kein Glück. Denn wenn er Recht hatte, wären Schmiedingers in diesem Moment gerade zu allem fähig ... und er war nach wie vor auf sich allein gestellt.

Im schwachen Licht des Mondes und seiner Taschenlampe erschien der Kasten vor ihm noch viel unheimlicher und uneinnehmbar. Lediglich an seiner rechten Seite wirkte er noch am ehesten verwundbar. Denn dort unterbrach ein kleiner Vorbau die lange und abweisende Linie des burgartigen Gebäudes. Halb machte einen großen Bogen weg vom Haus und bewegte sich entlang des Waldrands seitlich der Villa, bis er auf der Höhe der ehemaligen Kohlenrampe war. Dann drehte er seine Taschenlampe ab und rannte geradeaus auf die schräge Luke zu. Jetzt konnte er nur hoffen, dass die Scharniere der quadratischen Abdeckung nicht vollkommen verrostet waren. Da er in der rechten Hand seine Waffe hielt, fuhr er mit den Fingern der linken Hand vorsichtig unter den Bügel und hob die Eisentür millimeterweise hoch. Das leise Quietschen kam ihm zwar wie das Aufjaulen eines ganzen Orchesters vor, aber Halb tröstete sich damit, dass das Geräusch in den oberen Stockwerken wohl nicht mehr zu hören war. Zudem beruhigte er sich damit, dass er sich doch geirrt haben könnte und Schmiedingers möglicherweise bereits vor dem Fernseher schliefen. Jetzt erst wurde ihm klar, dass er mit großer Wahrscheinlichkeit überreagiert hatte. Seine Angst von vorhin und sein panischer Anruf bei Haschek schienen ihm in diesem Moment wie eine der größten Dummheiten seines Lebens. Anstatt dass er in Ruhe noch einmal alle Fakten sortiert und am Montag mit seinem Team besprochen hätte, war er blindlings losgestürzt. Halb schüttelte verärgert den Kopf – hatte ihn das Attentat vielleicht doch mehr aus seiner seelischen Bahn geworfen, als er es sich eingestehen wollte? Oder war es der Fernsehauftritt gewesen? Egal – wenn er schon hier war, konnte er auch gleich überprüfen, ob er mit seinen alptraumhaften Befürchtungen nicht doch richtig lag. Ja – das wäre sehr vernünftig, denn das würde ihm vielleicht sogar eine Lehre sein!

Halb leuchtete in das Dunkel der Kohlenluke hinein – wie erwartet gab es eine kurze Rampe, die er mühsam hinunterrutschte. Leise klopfte er sich den Kohlenstaub von seiner Kleidung – was war er nur so blöd gewesen, bei seinem überstürzten Aufbruch gerade nach dieser teuren Jacke zu greifen ...

„Guten Abend, Herr Hofrat! Bitte erschrecken Sie nicht, aber ich ziele gerade mit einer zwar alten, aber durchaus noch funktionsfähigen 08er-Pistole auf Sie. Sie wissen schon, das ist die alte ‚Luger' – ich habe sie als junger Bursch im April 1945 einem sterbenden Soldaten abgenommen und seither immer in Ehren gehalten. Glauben Sie mir, sie schießt noch sehr gut ... also legen Sie Ihre Waffe ganz langsam auf den Boden, dann verschränken Sie Ihre Hände hinter dem Kopf und drehen sich langsam zu mir um. Ab jetzt, wenn ich bitten darf."

Halb tat, wie ihm befohlen wurde. Abgesehen davon, dass es in solchen Situationen immer das Dümmste war, den Helden zu spielen, ließ die eisige Kälte in Schmiedingers Stimme nicht den geringsten Zweifel an dessen brutaler Entschlossenheit. In die Knie gehen ... Waffe runter ... Hände hinter den Kopf ... langsam umdrehen – Halb bemühte sich, sowohl seine Mimik als auch seine Stimme möglichst unaufgeregt wirken zu lassen.

„Und, Herr Doktor, was nun? Also, was mich betrifft ... ich bin Ihnen fast dankbar, dass Sie mich mit der Waffe bedrohen, weil ich hatte schon befürchtet, hysterisch geworden zu sein und große Gespenster zu sehen, wo es nicht einmal kleine Geister gibt."

„Sehr hübsch formuliert ... nun, wie Sie sehen, sind wir weder kleine Geister noch Kleingeister. Aber große Gespenster sind wir ebenso wenig – wir sind lediglich zwei lebende Tote, die ihre letzte Mission erfüllen, bevor sie endlich wirklich tot sein dürfen."

„Herr Doktor, jetzt enttäuschen Sie mich aber sehr! Mission? Also von Ihnen hätte ich nicht erwartet, dass Sie ein so großes Wort für Ihren primitiven Rachefeldzug missbrauchen würden. Und etwas anderes ist es ja nicht, was Sie vorhaben. Kommen Sie mir jetzt bitte nicht auch noch mit Gerechtigkeit! Seien Sie wenigstens so ehrlich und geben zu, dass ..."

Doktor Schmiedinger hob die Luger, sodass Halb jetzt mitten in das kleine Loch des kurzen, aber tödlichen Pistolenlaufs blickte.

„Herr Hofrat, bitte keine Moralpredigten! Tote wie wir können nicht mehr hören. Und ... abgesehen davon, beleidigen Sie doch bitte nicht meine Intelligenz. Mir ist schon klar, dass Sie Ihre Leute verständigt haben und dass es hier in einigen Minuten nur so vor Polizisten wimmeln wird. Aber bis dahin haben wir noch Zeit genug, unseren Standort zu wechseln ... es sei denn, Sie würden weiterhin versuchen, auf Zeit zu spielen, denn dann – und es tut mir wirklich leid, Ihnen das so grob sagen zu müssen – dann hätten wir, meine Frau und ich, immer noch Zeit genug, aber Ihre Zeit wäre endgültig abgelaufen. Also, bitte keine Sonntagsreden! Hier entlang!"

Halb wusste genau, was ihm jetzt die Kollegen aus dem kriminalpsychologischen Büro geraten hätten – immer in Kontakt mit dem Geiselnehmer bleiben, eine

Gesprächsbasis aufbauen, denn ... wer schweigt, schießt schneller!

Reden ... er musste mit Schmiedinger reden. Aber er durfte nur etwas sagen, was nicht als moralisierend missverstanden werden könnte.

„Herr Doktor ..."

„Ruhe! Jetzt steigen wir die Treppen hinauf. Ja, und jetzt verlassen wir das Haus ... sehen Sie die dunkle kleine Türe vor Ihnen? So, und jetzt durch den Park, bis zum Waldrand. Marsch!"

Halb trottete vor sich hin. Reden! Nur was?

„Herr Doktor, bitte, schießen Sie nicht gleich, nur weil ich jetzt doch etwas sage, aber ... also, die Frage brennt mir auf der Zunge. Ich nehme an, dass Sie und Ihre verehrte Frau Gemahlin nicht im Haus waren, als ich soeben durch die Kohlenluke ..."

„Als Sie durch die Kohlenluke eingebrochen sind! Stimmt, da waren wir bereits ... na ja, Sie werden ja gleich sehen."

„Und wieso haben Sie mich dann gehört?"

„Herr Hofrat, jetzt enttäuschen Sie mich aber! Wir sind zwar alt, aber wir sind nicht von vorgestern oder gar senil. Selbstverständlich ist unser Haus mit einer Alarmanlage gesichert. Und die schickt mir eine Nachricht auf mein Smartphone, wenn einer der Bewegungsmelder angeschlagen hat – ich weiß also immer ganz genau, wann und wo jemand einzudringen versucht."

„Sehr imposant! Ja, daran hätte ich natürlich denken müssen, dass ein technisch brillanter Geist ... pardon, ich wollte sagen, ein Fachmann für alles Technische ..."

„Sparen Sie sich Ihren Atem, Herr Hofrat. So, jetzt bleiben Sie stehen! Wenn Sie sich bücken ... los, auf die Knie ... dann sehen Sie zu Ihrer Linken eine Falltür. Es ist dunkel, ja, aber Sie können sie auch ertasten."

„Also war das Gerücht gar kein Gerücht!"

„Wie meinen Sie?"

„Damals vor fünf Jahren gab es das Gerücht, dass in Ihrem Park noch Überreste aus dem Zweiten Weltkrieg zu finden wären ... geheime Bunkeranlagen und so was. Wir haben das damals für eine Legende gehalten, aber offenbar ..."

„Bunker war das aber keiner, das war ein stinknormaler Luftschutzkeller. Als wir das Haus gekauft und alles inspiziert haben, haben wir auch diese Räume gefunden, die damals völlig verfallen waren. Ich habe sie dann gemeinsam mit meinem Sohn etwas hergerichtet. So, genug geplaudert – jetzt öffnen Sie die Falltür und steigen ganz langsam die Leiter hinunter. Denken Sie daran, ich stehe über Ihnen mit einer geladenen Waffe. So, legen Sie sich auf den Boden. Gut, jetzt komme ich zu Ihnen hinunter ... denken Sie gar nicht dran, mich zu überwältigen. Ich hätte Sie in Nullkommanix erschossen. So, wieder aufstehen und da entlang. Hier, diese Türe vor Ihnen aufmachen. Ganz langsam!"

Kaum, dass er die Tür einen Spalt geöffnet hatte, musste sich Halb sehr zusammenreißen, um nicht sofort in Panik zu geraten. Denn die Geräusche hinter dem stählernen Ungetüm schienen direkt aus der Hölle zu kommen. Halb musste sich an der Klinke festhalten, um nicht in Ohnmacht zu fallen.

„Weiter! Da hinein!"

„Sofort ... das ist so ... ich muss mich erst ..." – die Sekunden, die Halb mit seinem Gestammel gewonnen hatte, nützte er, um wieder zu Sinnen zu kommen. Er versuchte, die schrecklichen Laute zu analysieren – es klang wie eine dadaistisch anmutende Mischung aus Kinderlachen und fröhlichen Erwachsenenstimmen, aus aggressivem Gebrüll und dem Schreien von

Menschen in Todesangst. Und plötzlich brach eine der Stimmen in sich zusammen und murmelte nur mehr vor sich hin ... monotone Phrasen, die Halb als Gebet identifizierte. Auch die Sprache erkannte er sofort ... tschechisch oder slowakisch. Dann noch mehr Gebrüll, dann ein Zischen, ein bestialischer Schrei. Noch ein Zischen, noch ein Schrei. Ein drittes Zischen ... kein Schrei. Kurzes Gebrüll ... und dann war Ruhe.

Fünf Sekunden Ruhe.

Und dann – noch ein helles übermütiges Lachen, der Tonhöhe nach von einem Kleinkind.

„Hinein da!" – als Halb die Pistolenmündung auf genau der Stelle seines Rückens spürte, in die ihn erst vor zehn Monaten eine Kugel getroffen hatte, sprang er erschrocken durch den Türrahmen und ...

Er wusste nicht, ob er in einer wahren Hölle gelandet war oder ob er vor der Höllenkulisse eines der großen Hollywood-Epen stand. Der Kellerraum war riesig – Halb schätzte ihn auf neun mal fünf Meter. Der Boden bestand aus gestampfter Erde, die Wände und die Decke aus rohen Ziegelsteinen. Auf der einen Schmalseite stand ein kleiner Tisch mit einem Computer und einem Beamer, der sein Licht auf die gegenüberliegende Wand warf. Daneben lag Patrick Dobler, er hatte die Hände auf dem Rücken gefesselt und wimmerte in einem fort vor sich hin. Hinter ihm stand Frau Schmiedinger, die sich gerade über den Laptop gebeugt hatte. Als sie Halb sah, warf sie ihm einen Blick zu, der selbst den Rachegöttinnen der griechischen Mythologie zur Ehre gereicht hätte.

„Herr Hofrat! Nein, ich kann nicht behaupten, dass es mir eine Freude wäre, Sie hier zu sehen. Aber da Sie nun schon einmal da sind – verraten Sie uns, wie Sie draufgekommen sind!"

Halb erkannte seine Chance – jetzt konnte er Zeit gewinnen, ohne gleich erschossen zu werden. Abgesehen davon – er fand es zwar selber sehr seltsam, aber sogar in dieser Situation freute er sich auf die Möglichkeit, seinen Kriminalistengeist zufriedenzustellen und auch noch die letzten Puzzlestücke, die ihm zur Komplettierung der Auflösung fehlten, ergänzen zu können.

„Guten Abend, Frau Schmiedinger, guten Abend, Herr Dobler." – bei der Erwähnung seines Namens hob Dobler ein wenig den Kopf, ohne aber seine Klagelaute zu unterbrechen.

„Eigentlich war es genau umgekehrt – es gab so viele Hinweise, dass ich Hornochse beinahe den Wald vor lauter Bäumen nicht gesehen habe. Lassen Sie mich nachdenken ... ja, das erste Detail, das mir aufgefallen ist, war der Name, den Herr Lauber bei seinem Totenbettgeständnis verwendet hat." Halb bemühte sich, den Namen „Lobeee" in einem halbwegs schönen Französisch auszusprechen. Er wusste, dass in dieser Sprache „au" wie ein offenes „o" und „er" wie ein helles, langes „eee" ausgesprochen wurden – daher war ein „Herr Lauber" in Frankreich ein „Monsieur Lobeee".

„Es war doch René Lauber, der Trauzeuge Ihres Sohnes und Ihrer Schwiegertochter, der Taufpate Ihres Enkels – er war es doch, der wie durch ein Wunder als Einziger diese Entführung in Südostasien am Ende des Jahres 2007 überlebt hat und als Gregor Auen und Anastasius Schwarz wiedergekehrt ist, um mit Ihnen gemeinsam seine und Ihre Rache zu planen und diese dann nach allen Regeln einer bitterbösen Kunst auszuüben. Oder irre ich mich da?"

„Nein, Herr Hofrat, Sie irren sich nicht. Und ... welches Detail?"

„Ah so, ja ... Herr Auen hatte davon gesprochen, dass er ‚... den dreijährigen Ferli ...' erschossen habe. Das ließ mir keine Ruhe, obwohl mir zu dem Zeitpunkt noch gar nicht klar war, was mich daran störte. Es war die Abkürzung an sich! Denn erstens hätte kein fremder Einbrecher, der dann zu einem Dreifachmörder geworden war, von einem seiner Opfer per Kosenamen gesprochen ... nicht einmal bei einem Kind. Aber zweitens ... Ferli, das ist eine Abkürzung, die ich noch nie gehört habe. Ferry oder Ferdi oder Ferdl ... ja, das hört man öfters. Aber Ferli ... nein, das war eine Erfindung Ihrer Familie. Und wie Sie dann auch von Ihrem Enkel Ferli gesprochen haben, da ... war ich noch immer zu blöd, um zu begreifen, was mich gestört hatte, aber ..." – Halb sah, dass Frau Schmiedingers Blick in das Paradies vergangener Zeiten abgeglitten war. Über ihr Gesicht hatte sich ein Lächeln gelegt, das erahnen ließ, wie glücklich sie einst gewesen sein musste.

„Als unser Wuzziwuzzi angefangen hat, reden zu lernen, hat er seinen Kosenamen Ferdi nicht über seine kleinen Lippen gebracht. ‚Ferli macht', ‚Ferli will', ‚Ferli brav' – ja, so hat er über sich gesprochen. Und das ‚Ferli' ist ihm dann natürlich geblieben."

Um Frau Schmiedinger jede Möglichkeit einer „Kurzschluss-Aggression" zu nehmen, fuhr Halb nahtlos fort.

„Und da war noch etwas in diesem Geständnis – Gregor Auen ... also, Monsieur Lauber ..."

„Bleiben Sie bei ‚Gregor Auen' und ‚Anastasius Schwarz', Herr Hofrat! René Lauber war an dem Tag gestorben, als diese Bestien seine Anneliese getötet haben."

„Also gut, Herr Auen hatte in seinem Totenbettgeständnis irrtümlich von ‚... sieben Toten für nix und wieder nix …‘ gesprochen. Er hat sich zwar rasch korrigiert, aber trotzdem … das war ein merkwürdiger Fehler. Leider ist mir erst vor einer Stunde klargeworden, wie er das gemeint hatte.“

„Herr Hofrat, bei aller Wertschätzung Ihres offenbar sehr scharfen Verstandes, aber das glauben wir Ihnen nicht.“ Herr Schmiedinger war inzwischen neben seine Frau getreten und hatte unter dem Tisch eine dicke Schnur hervorgeholt, mit der er Halb jetzt fesselte. Als er ihm Hände und Füße fixiert hatte, verließ er kurz den Raum, um mit einem Klappstuhl zurückzukehren.

„Bitte, Herr Hofrat, setzen Sie sich doch. Also, nur aus Neugier – wie soll Ihrer Meinung nach dieser Versprecher von wegen ‚sieben Toten‘ zustande gekommen sein?“

„Ja, also … da muss ich etwas ausholen.“

„Tun Sie das … aber bitte lassen Sie sich nicht zu viel Zeit. Es würde mir leidtun, Sie erschießen zu müssen.“

„Danke, ganz reizend. Also … sowohl Ihr Sohn als auch seine spätere Ehefrau waren, unabhängig voneinander, mit dem jungen Herrn Lauber befreundet. Durch einen Zufall haben sie sich bei ihm kennen gelernt … daher dann später die besonders enge Verbindung mit ihm. Aber neben den privaten Aspekten schätzte Ihr Sohn seinen Freund, der ja Diplomingenieur war, auch als Spezialisten für diverse Baufragen. Im Zuge meiner Recherchen habe ich erfahren, dass Ihr Sohn eine ‚geniale Hauswand‘ entwickelt hatte – also ein Material, das temperaturregulierend, kostengünstig, leicht und gut zu recyceln war … also das ideale Material, um in Katastrophengebieten rasch viele, halbwegs menschenwürdige Behausungen aus dem Boden zu stampfen. Ich nehme jetzt einmal an, dass

Ihr Sohn diese Wunderwand gemeinsam mit seinem Freund René entwickelt hatte?“

„Im Prinzip haben Sie Recht. Nur – leider hat sich das Material dann doch nicht bewährt. Das war auch eine schlimme Ironie in dieser grausamen Tragödie.“

„Schrecklich, das tut mir wirklich sehr leid. Und jetzt verstehe ich auch Ihren Hass immer besser, aber trotzdem – ich glaube nicht, dass deshalb weitere Gewalttaten gerechtfertigt sind und …“

Lähmend langsam hob Schmiedinger seine Luger. „Herr Hofrat, entweder Sie haben noch etwas Substantielles zu sagen, oder ich muss Sie doch jetzt gleich …“

„Nein, nein, Herr Doktor, ich will tatsächlich noch einiges komplettieren. Wo war ich stehen geblieben … ah ja. Als das UNO-Flüchtlingskommissariat dem neuen Material nach der Tsunami-Katastrophe quasi eine Chance geben wollte, war es für den Freund Ihres Sohnes keine Frage, den Bau der Unterkünfte vor Ort zu überwachen. Aber Lauber war nicht allein dort – er, der für Ihren Ferdinand und seine Elisabeth inzwischen Amor gespielt hatte, hatte sich selbst verliebt. Und so wie er war auch seine Angebetete Absolventin eines technischen Studiums. Das war …“

„Anneliese war Diplomingenieurin und hatte sich auf Statik spezialisiert, René war Spezialist für Bauwerkstoffe.“

„… Anneliese Cerna! Offenbar waren die beiden zu dem Zeitpunkt, an dem sich René entschieden hatte, auf einige Zeit nach Südostasien zu gehen, schon so eng liiert, dass Anneliese Cerna beschloss, mit ihrem Freund mitzugehen.“

„Herr Hofrat, in dem Punkt irren Sie! René war nicht nur Annelieses Freund, sie waren bereits offiziell verlobt.“

„Ich verstehe – sie hatten sich verlobt, und zwar am 2. März 2007."

Selbst in dieser Situation war es Halb gelungen, für eine Überraschung gut zu sein. Das Erstaunen von Herrn und Frau Schmiedinger war so groß, dass ihre Gesichter für einen Moment gewöhnliche Züge angenommen hatten.

„Woher wissen Sie denn das?"

„Wie gesagt, bei diesem Fall lagen die Hinweise haufenweise herum, nur dass ich sie nicht richtig einzuordnen wusste ... bis vor, na ja, eineinhalb Stunden. Herr Auen hatte einen Verlobungsring bei sich – und in diesem Ring war ‚Nelli – 2.3.2007' eingraviert. Im Übrigen ... ‚Nelli' – eine ungewöhnliche Abkürzung für Anneliese. Aber in diesem Fall wimmelt es ja geradezu von ungewöhnlichen Kosenamen."

„Aha. Und – wie ging es Ihrer Meinung nach weiter?"

„Ich muss gestehen, das habe ich erst heute Nachmittag erfahren ... durch einen wilden – und recht unangenehmen – Zufall. Aber ... egal – ich glaube, dass die Entführung schlicht und einfach ein Zufall war. Eine erste Tragödie, ja, aber ein Zufall. Wobei – das war nicht der schlimmste Zufall, nicht wahr? Den Entführern ging es hauptsächlich um Geld! Also quälten sie ihre Geiseln – sie sollten ihnen verraten, wer noch am ehesten bereit wäre, für jede von ihnen eine stattliches Lösegeld zu zahlen. Warum sich die Entführer nicht direkt an die Regierungen ihrer Opfer ... oder an die UNO wandten – ich weiß es nicht. Vielleicht wussten das nicht einmal diese Verbrecher so genau. Auf jeden Fall ließen sie ihre Geiseln dann ihre eigenen Lösegeldforderungen schreiben ... aber Anneliese Cerna hatte keine so reichen Verwandten oder Freunde. In ihrer Panik fiel ihr vermutlich niemand ein ... da hatte ihr Verlobter die rettende – und zugegebenermaßen auch logische – Idee. Er schrieb an seinen Freund Ferdinand ... und – sehr geehrte gnädige Frau, sehr geehrter Herr Doktor ...“ – Halb zwang seine Entführer, ihm direkt in die Augen zu sehen – „... ich weiß natürlich nicht, was genau in diesem Brief stand. Aber es muss furchtbar gewesen sein, Sätze wie ‚... ohne euer Lösegeld werden wir sicher getötet‘ zu lesen. Stimmt's? Nur! ... und das war der böseste Zufall, den sich das Schicksal überhaupt nur ausdenken konnte. Dieser Brief kam genau zu der Zeit an, als Ihr Sohn, Ihre Schwiegertochter und Ihr Enkelkind erschossen wurden! War es so?“

Noch einmal hatte es Halb geschafft, dass die eisigen Masken der Rache zerbrachen und die Gesichter dahinter zum Vorschein kamen. Allerdings wiesen auch diese Gesichter kaum eine Ähnlichkeit mit menschlichen Zügen auf – hinter den Tränen, die im Bruchteil einer Sekunde zu fließen begonnen hatten, sah Halb nur unmenschliches Leid.

„Auch wenn Sie hier etwas Schreckliches vorhaben ... und auch wenn ich um mein eigenes Leben fürchte – glauben Sie mir bitte, wenn ich Ihnen versichere, wie leid mir das tut, was damals geschehen ist!“

„Danke für Ihre Anteilnahme, Herr Hofrat, aber vielleicht verstehen Sie jetzt, warum wir den Mörder unseres Sohnes, unserer Schwiegertochter und unseres geliebten kleinen Ferlis auch als Mörder von Anneliese und René ansehen ... und auch als unseren eigenen. Und deshalb ...“ – in dem Moment ging Halb ein Licht auf, weshalb er ohne jegliche diplomatische Überlegung herauszusprudeln begann.

„Jetzt versteh ich erst! Wie Herr Auen auf diesem Geständnisvideo von sieben Toten gesprochen hat, hat er nicht Ihre drei Jungen und die drei Geköpften und sich selber gemeint! Nein, er hat die drei Mordopfer, seine Verlobte und ihn und ... ja, er hat auch Sie beide als Tote bezeichnet."

Als er diesen Satz vollendet hatte, drohte Halb zum zweiten Mal in der letzten Viertelstunde von einer Panik überrollt zu werden. Denn erst jetzt war ihm endgültig klargeworden, dass er es hier mit einer völlig anderen Kategorie von Tätern zu tun hatte. Er hatte schon gegen Psychopathen gekämpft, er hatte Sadisten verfolgt und er hatte völlig gefühllose Profimörder verhaftet und verhört, aber mit Toten in Menschengestalt hatte er es noch nie aufnehmen müssen. Um einer drohenden Ohnmacht zu entkommen, nahm er tief Luft und versuchte, noch schneller zu sprechen ... was allerdings seiner Absicht, auf Zeit zu spielen, widersprach. Aber das war jetzt egal, es galt einfach nur weiterzumachen!

„Ich nehme an, dass Sie diesen Brief mit der Lösegeldforderung erst nach Tagen gefunden haben ..."

„Nach drei Wochen!"

„... nach drei Wochen gefunden haben. Bis dahin war verständlicherweise alles um sie herum erstarrt. Auch die Post Ihres Sohnes blieb ungelesen liegen ... und dann ..."

„Dann war es zu spät! Diese Bestien waren gierig, aber auch nervös genug, René ein Ultimatum zu diktieren ... unser Sohn hätte eine Woche Zeit gehabt, die Million Dollar auf ein Schweizer Nummernkonto zu überweisen. Ja, sogar diese Terroristen aus dem hintersten Dschungel Südostasiens waren raffiniert genug gewesen, das Schreiben per Luftpost zu schicken und ein Bankkonto in der Schweiz anzulegen. Zeitlich wäre es sich ausgegangen, ihr Ultimatum zu erfüllen ...

vielleicht wären Anneliese und René dann wirklich freigekommen und ..."

„SIE WÄREN ES! GANZ SICHER!" – selbst Doktor Schmiedinger zuckte erschrocken zusammen, als seine Frau die Wut und das Entsetzen der vergangenen Jahre in diese fünf Worte packte.

„Darf ich Sie noch etwas fragen. Warum wurden auch Wallace und Hämäläinen hingerichtet? Hatte es für sie auch ... also, auch kein Lösegeld ..."

„Das wissen wir nicht. Besser gesagt, das wusste René nicht. Er selber hatte am Heiligen Abend ... also, an dem Tag, an dem sie geköpft werden sollten ... das haben ihnen diese Bestien über Tage immer wieder genüsslich angekündigt ... an dem Tag hatten René und Anneliese im Geheimen Schimmelpilze und ähnliche fürchterliche Sachen geschluckt, um schon vorher sterben zu können. Aber ... warum auch immer ... bei Anneliese hat es nicht funktioniert. Nur bei René ... wobei, wirklich gestorben ist er ja auch nicht. Aber er dürfte in so eine Art Leichenstarre verfallen sein – auf jeden Fall hielten die ihn für tot und ließen ihn liegen. Tage später haben ihn Angehörige eines der Stämme gefunden, die dort noch relativ abgeschieden von der Zivilisation leben. Die haben ihn dann so weit wieder aufgepäppelt, dass er sich mit uns in Verbindung setzen konnte. Wir haben ihn dann über Vertrauensleute unter falschem Namen nach Europa bringen lassen ..."

„... und zwar in ein Sanatorium, für das Sie fünftausend Euro im Monat gezahlt haben."

„Herr Hofrat, Sie verblüffen uns schon wieder!"

In diesem Moment beschloss Halb, Delia mindestens fünfhundert weiße Rosen zu schenken ... oder vielleicht nur vierhundertfünfzig weiße und fünfzig rote? Das konnte er immer noch mit sich ausdiskutieren, falls ihn seine Kollegen rechtzeitig finden und befreien sollten.

„Und nach zwei Jahren im Sanatorium haben Sie René dann mit einer neuen Identität ausgestattet, bei der österreichischen Sozialversicherung angemeldet und bei der SOZUPA untergebracht ... was für Sie kein Problem war, da Sie ja – wenn auch im Hintergrund – die wahren Herrscher über diese Firma sind."

„Als ich die SOZUPA vor knapp dreißig Jahren übernommen habe, schien es uns aus steuerlichen Gründen vernünftiger, im Hintergrund zu bleiben."

„Wie auch immer ... auf jeden Fall wurden von den rund sechzigtausend Euro, die Sie aber dann jährlich auf die Bank nach Jersey überwiesen haben, schlicht und einfach Renés monatliche Gehälter bezahlt. Ich nehme an, Sie sind nicht die einzigen Gesellschafter der SOZUPA, weshalb Sie die anderen mit dieser Maßnahme beruhigen wollten ... es würde ja kein Geld aus der SOZUPA herausgezogen werden, es würde ja sogar ein zusätzlicher Mitarbeiter von Ihnen querfinanziert werden. So was in der Art?"

Diesmal musste sich Halb lediglich mit hochgezogenen Augenbrauen als Antwort zufrieden geben, weshalb er gleich fortsetzte.

„Sie haben mich anfangs gefragt, wie ich Ihnen auf die Spur gekommen bin ... wie gesagt, gab es fast zu viele Hinweise – aber am meisten hat mich die Frage nach den Namen beschäftigt. Mir schien es klar, dass ‚Gregor Auen' und ‚Anastasius Schwarz' keine reinen Fantasieschöpfungen waren ... es musste einfach einen Grund für diese ungewöhnlichen Namenskombinationen geben. Leider habe ich viel zu spät begriffen, dass ‚Anastasius' – was ja soviel wie ‚der Auferstandene' bedeutet – nichts anderes als die griechische Version von

‚René' – ‚der Wiedergeborene' – war … offenbar liebte Herr Lauber solche Gedankenspiele. Und ‚Schwarz' hat er sich in Anspielung an seine geliebte Anneliese Cerna genannt … auf das bin ich erst gekommen, als ich mich wieder einmal über die Bedeutung des slawischen Namens meines Chefs lustig gemacht habe. Der heißt nämlich Straka … die Elster.

‚Cerna' heißt ‚schwarz' … deshalb hat sich René Lauber für seine finale Mission, nämlich die Ermordung von Patrick Dobler, ‚Anastasius Schwarz' genannt … aber ich habe bis jetzt nicht verstanden, warum er sich in seinem sonstigen neuen Leben ‚Gregor Auen' genannt hat? ‚Gregor' heißt soviel wie ‚der Wächter' … aber wofür steht ‚Auen'?"

„Für nichts, Herr Hofrat. Diese Namensschöpfung war fast so etwas wie eine kindische Spielerei. René kürzte seinen neuen Namen meist mit ‚Gr. Auen' ab … und das fand er sehr treffend."

Halb pfiff anerkennend durch die Zähne. „Er hatte quasi seinen eigenen Namen erlebt, und er wollte das ‚Gr. Auen' auch über Dobler bringen … ebenso originell wie krank. Apropos krank – seine Wohnung war auch so ein Sammelsurium an Hinweisen, die ich aber ebenso nicht gleich einordnen konnte. Ich muss Ihnen ein Geständnis machen …"

„Sie? Uns?"

„Ja … wenn auch ein viel harmloseres. Oder auch wieder nicht, weil meine Dummheit hat ja Dobler, Sedlacek und mich in diese grauenvolle Situation gebracht. Meine Dummheit … ja – ich hatte doch tatsächlich kurze Zeit geglaubt, dass sich hinter Auen-Schwarz in Wirklichkeit ein Profikiller verstecken würde, dessen Aufgabe es wäre … aber das ist nicht so wichtig. Auf jeden Fall dachte ich, dass die Leere dieser Wohnung und die Nahrungsmittel-Notration und das Zeug zur Wasseraufbereitung, das wir dort gefunden haben, für einen gedungenen Mörder sprechen würden. Wieder gilt ... leider habe ich erst vor kurzem begriffen, dass das typische Symptome für ehemalige Geiseln sind. Man weiß von Gefangenen aus dem Vietnamkrieg, dass die – auch wenn sie wieder in Amerika in Freiheit waren ...“

„Herr Hofrat, keine Sonntagsreden! Kurz und prägnant.“

„... dass solche ehemaligen Geiseln immer noch Nahrungsmittel horten, weil sie die Angst, verhungern und verdursten zu müssen, nie wieder loswerden. Und die leeren Rahmen, die waren fast so was wie Kriminalpoesie. Ich nehme an, dass Auen-Schwarz die glücklichen Bilder seines früheren Lebens zwar immer vor Augen hatte, es aber nicht ertrug, sie wirklich zu sehen.

Leere Rahmen vor einer weißen Wand – fast so entsetzlich wie das, was ihm wirklich geschehen ist.“

„So, aber jetzt haben Sie uns genug imponiert. Ich glaube, wir können langsam zur Tat schreiten, denn falls Ihre Kollegen uns doch auch hier finden sollten, dann ...“

„Nein, nein – ich bitte Sie, Ihr Versteck ist so genial, das bekommen die doch nie heraus. Außerdem finde ich es nicht sehr fair von Ihnen, mir meinen letzten Wunsch, zumindest noch einmal richtig angeben zu dürfen, zu verwehren.“

„Keine Angst, Herr Hofrat, Sie brauchen keinen letzten Wunsch zu äußern. Wir haben nicht vor, Sedlacek oder Sie zu töten. Wir wollen nur unsere Mission vollenden – nämlich an Dobler Gerechtigkeit zu üben!“

Halb hatte schon einige Male um Leben oder Tod gekämpft, aber er hatte noch nie mit dem Tod um die

Wette geredet … und er war sich nicht ganz sicher, was schlimmer war.

„Wollen Sie gar nicht wissen, wieso Dobler nicht schon längst tot ist?“ – doch, ja, mit diesem Satz schien er einen Etappensieg in dieser Nervenschlacht errungen zu haben. Denn beide Schmiedingers unterbrachen schlagartig ihre mörderischen Vorbereitungen und wandten sich zu ihm um. „Ach, das haben Sie gar nicht gewusst? Ja, logisch, dass Auen-Schwarz Ihnen davon nichts mehr erzählen konnte, denn ab dann lag er im Sterben.“

„Das stimmt so nicht ganz, aber … macht nichts. Bitte, Herr Hofrat, sprechen Sie weiter.“

Einen Moment lang war Halb so verdattert, dass er schon fürchtete, nicht mehr weiterpalavern zu können und damit auf ewig verstummen zu müssen. Erst ein weiteres, fast neugierig klingendes „Na? Und weiter?“ von Frau Schmiedinger ließ ihn wieder seinen roten Überlebens-Redens-Faden finden.

„Die Geschichte ist folgende – Herr Schwarz war wieder einmal bei ‚seinen‘ Häftlingen, um sich unter diesem Deckmantel Zugang zu Dobler zu verschaffen. Und er hatte es fast geschafft – er hat den sehr netten und klugen Anstaltspsychologen namens Magister Bauer dazu gebracht, mehreren Häftlingen – darunter auch Dobler – eine ‚kleine Freude‘ zu überbringen … und zwar Bonbonnieren. Die eine für Dobler, die hatte er natürlich vergiftet. Aber dann geschah ein weiterer ironischer Zufall – im Moment seines vermeintlichen Triumphes erlitt Anastasius Schwarz einen Herzinfarkt … vielleicht war die Freude zu groß, vielleicht aber hatte er in seiner hintersten Herzwindung doch so etwas wie ein schlechtes Gewissen. Wie auch immer – Schwarz brach mitten im Gefängnis zusammen. Aber er nahm diesem Psychologen noch das Versprechen ab, Dobler auf jeden Fall die richtige, also die vergiftete, Bonbonniere zu übergeben. Bauer hat es ihm versprochen ... und wollte es auch tun. Aber durch eine dumme Verwechslung bekam Dobler eine normale Bonbonniere – und die vergiftete landete auf einer Geburtstagsfeier eines der Wachebeamten. Gott sei Dank haben einige der Gäste dort jeweils nur eine Giftpraline genascht, weshalb sie alle glimpflich davongekommen sind ... die glauben bis heute, dass sie sich an ihrem Kantinenessen den Magen verdorben haben.

Was Sie vielleicht auch noch interessieren könnte ... dieser Magister Bauer hat den wahren ‚Herrn Schwarz' glänzend beschrieben – er habe aus konzentrierter Trauer bestanden, die ihn auf dunklen Wolken durchs Leben trug. Gut, nicht? Und auch einer der Häftlinge hat uns die Lösung des Falles eigentlich auf dem silbernen Tablett serviert, aber niemand von uns hat sie erkannt. Wussten Sie, dass Herr Lauber so traumatisiert war, dass er immer wieder in Tagträume weggebrochen ist und Selbstgespräche geführt hat? ‚Herr, lobe! Lobe – du musst das tun!' ... der Häftling hielt das für eine Art Religionswahn, aber in Wirklichkeit hatte ‚Monsieur Lobeee' nur mit sich selber in der dritten Person gesprochen – ‚Herr Lauber! Lauber – du musst das tun!'"

„Sehr schön, Herr Hofrat! Jetzt haben Sie uns dankenswerterweise auch dieses Geheimnis offenbart – nun wollen wir von Ihnen nur mehr wissen, ob ..."

„Oh nein! So funktioniert das aber nicht!" – in seiner Verzweiflung hatte Halb wie ein lästiges Kleinkind zu jammern begonnen. „Das ist nicht fair! Sie wissen jetzt alles, und ich muss – ob jetzt gleich oder später, spielt keine Rolle – als Dummkopf sterben. Nein, nein und nochmals nein ... Sie müssen mir jetzt schon noch einige Fragen beantworten, und zwar ...“ – vorsichtig blickte Halb unter seinen trotzigen Locken hervor, ob Schmiedingers ihm die kleine Komödie abnehmen würden. „... und zwar. Warum haben Sie gerade das Marienspital ausgesucht? Es ist mir schon klar, dass Auen-Schwarz einen neuerlichen Malariaschub fürchten musste, weshalb Sie eine verschwiegene, aber zuverlässige medizinische Anlaufstelle gebraucht haben. Aber warum gerade das Marienspital? Warum nicht ein anderes?“

„Herr Hofrat, es ist bei Ihnen vermutlich eine Berufskrankheit, dass Sie manchmal zu viel hineininterpretieren. Dafür gab und gibt es keine besondere Begründung. Wir haben nach einer Privatklinik gesucht, von der wir annehmen konnten, dass bei Privatpatienten keine allzu neugierigen Fragen gestellt werden würden. Weder nach der Malariaerkrankung noch ...“

„... noch nach den Narben auf Herrn Auens Rücken. Offenbar waren die Geiseln auch ausgepeitscht worden?“

Doktor Schmiedinger zögerte nur eine Sekunde. „Ja, mehrmals. Ah so, ja, natürlich, davon haben Sie erfahren, als René tot war.“

„Ja – und es war vielleicht der allererste Hinweis darauf, dass dieser Person Schreckliches widerfahren sein musste. Aber jetzt ... o.k., meine letzte Frage. Doktor Bäuler – welche Rolle hat er gespielt?“

„Kaum eine, Herr Hofrat. Allerdings wissen wir nicht, was er geahnt hat. Offiziell hatten wir ihn nur darum gebeten, alles zu tun, um eine Wiederaufnahme des Verfahrens gegen Patrick Dobler zu erwirken. Und gesagt haben wir ihm, wir seien uns nämlich doch nicht mehr so sicher, dass er wirklich der Mörder unserer Lieben ist ... und da ist es für uns natürlich unerträglich, mit dem Wissen zu leben, dass möglicherweise der Falsche in Haft sitzt … bla bla bla, Sie verstehen schon."

„Ja, das tu ich. So, und die allerletzte Frage – wie werden Sie Herrn Sedlacek und mich töten? Extra grausam oder human?"

„Weder noch! Herr Sedlacek sitzt in einem Verlies ein paar Meter weiter – keine Angst, wir haben ihn in den letzten zwei Wochen gut versorgt, und er hat immer noch genug zu essen und zu trinken, um auch die nächsten Tage zu überleben. Sie wissen natürlich längst, warum wir … also warum René … Herrn Sedlacek für die Zeit, die wir noch für unsere Mission gebraucht haben, außer Gefecht setzen mussten."

„Ja. Es gab Gerüchte, dass ihm Dobler während der U-Haft tatsächlich gestanden hat, Ihren Sohn und dessen Familie umgebracht zu haben. Und wenn Auens falsches Geständnis bekannt werden würde … und das würde es ganz bestimmt, dann hätte Sedlacek zur Polizei gehen und von der damaligen Beichte berichten können. Und das konnten Sie nicht riskieren. Daher die Entführung. Aber – wie soll es mit Sedlacek und mir weitergehen? Ich meine, wenn Sie uns nicht sofort umbringen …"

Mit einer diktatorischen Handbewegung machte Frau Schmiedinger klar, dass ihre Geduld am Ende war. „Ganz einfach. Wenn wir mit Dobler fertig sind, dann werden wir in die Villa hinübergehen und mit demselben Gift Selbstmord begehen. Wir haben alles vorbereitet … inklusive eines ausführlichen Briefes, in dem wir unsere Tat schildern und auch erklären, wo Doblers Leiche liegt und wo Sie und Herr Sedlacek gefangen sind. Übermorgen kommt unsere Mitzi wieder zurück … Sie mit Ihrer Spürnase haben es natürlich geahnt, dass sie nicht bei ihrer sterbenden Mutter ist.

Nein, wir haben sie einfach darum gebeten, endlich einmal ihre überschüssigen Urlaubstage abzubauen und wegzufahren. Wir nehmen an, dass sie geglaubt hat, dass wir uns in dieser Zeit das Leben nehmen wollen ... es gab da ein letztes, sehr offenes Gespräch, bei dem wir ihr einen neuen Arbeitsplatz schmackhaft machen wollten. Na ja, in gewisser Weise werden wir sie ja auch nicht enttäuschen – denn sie wird unsere Leichen und den Brief finden. Und dann ... nun, wir nehmen an, dass Herr Sedlacek und Sie schon bald wieder frei sein werden. So, aber jetzt, sehr geehrter Herr Hofrat ... jetzt müssen Sie sich entscheiden. Wollen Sie der Bestrafung Doblers zusehen ... ich sage Ihnen aber gleich, dass die folgenden Minuten selbst einen Profi wie Sie wahrscheinlich noch lange verfolgen würden. Wollen Sie? Oder sollen wir Sie vorher in Ihre Zelle bringen ... gleich neben Sedlacek. Das würde Ihnen sicher besser tun ... aber, bitte, wählen Sie aus."

„Sie wissen genau, dass ich es nicht dulden kann, dass Sie hier in einen Rache-Rausch verfallen und primitivste Lynchjustiz ..."

„Herr Hofrat, ob Sie es dulden oder nicht, ist uns egal! Wir werden Patrick Dobler für seinen dreifachen Mord und für die vier weiteren Toten, die er damit verschuldet hat, adäquat bestrafen! Wollen Sie dabei sein oder ..."

„Dann beantworten Sie mir bitte noch eine allerallerletzte Frage. Wie haben Sie es fertiggebracht, dass Dobler hier vor Ihnen liegt?"

„Oh, das war einfach. Wir wussten, dass er heute Vormittag in der Kanzlei von Doktor Bäuler sein würde, also haben wir dort angerufen und gebeten, ihn sprechen zu dürfen. Und dann haben wir ihm etwas vorgefaselt von unserem schlechten Gewissen ... wenn er wirklich unschuldig ist, dann würden wir ihn natürlich tausend Mal um Verzeihung bitten. Wir würden daher gerne mit ihm über eine finanzielle Entschädigung für sein erlittenes Unrecht sprechen – ob er uns nicht die Freude machen könnte, zur Jause bei uns vorbeizukommen. Was sollen wir Ihnen sagen, Herr Hofrat – Sie kennen ja diese Typen selber am besten. Unmoralisch, gierig und unwahrscheinlich dumm ... es haben schon ein paar Tropfen Schlafmittel genügt, um ihn in unsere Gewalt zu bringen. Und jetzt ... zum letzten Mal – wollen Sie es sich antun, zuzusehen, oder wollen Sie lieber weiterhin halbwegs ruhig schlafen können?"

Offenbar waren Halbs Nebennieren schon so erschöpft, dass sie kein Adrenalin mehr ausschütten konnten. Zu seiner eigenen Überraschung war Halb ganz ruhig, obwohl ihm klar war, dass die kommenden Minuten alle Grausamkeiten, die er schon hatte erleben müssen, noch weit übertreffen würden. „Um Gottes willen, was haben Sie mit Dobler vor?"

„Ganz einfach. Zuerst zwingen wir ihn, diese Videos ..." – Hölle, erster Teil, schoss es Halb durch den Kopf. Jetzt wusste er auch, was er für eine seltsame Klangmischung gehört hatte, als er die Tür zu dem unterirdischen Versteck öffnen musste. Schmiedingers hatten zwei Filme auf ihrem Computer gespeichert – und über den Beamer warfen sie nun die Bilder an die gegenüberliegende Ziegelmauer. Zum einen war da das Video mit den Enthauptungen, das die Terroristen ins Internet gestellt hatten, und zum anderen ... Halb musste sich sehr konzentrieren, um trotz seiner immer wieder aufwallenden Panik erkennen zu können, welche Bilder über diese reale Höllensequenz drüberprojiziert wurden. Es waren Aufnahmen von ... in dem Moment begriff Halb, was er sah, aber nur kurz, denn nun wurde ihm endgültig schwarz vor Augen. Was eine ganz eigene Ironie war, denn diese über den Schreckensbildern flimmernden Filmausschnitte zeigten eine strahlend-weiße Berglandschaft, in der ein Dreijähriger seine ersten Skiversuche unternahm. Neben ihm tauchten abwechselnd seine lachende Mutter und sein herumtollender Vater auf, die mindestens so fröhlich-kindisch waren wie ihr geliebter Ferli.

Als ob Frau Schmiedinger Gedanken lesen könnte, half sie Halb aus seiner Benommenheit, indem sie auf die Fragen antwortete, die er noch nicht einmal gestellt hatte.

„Die Aufnahmen haben wir Wochen nach dem Mord an unseren ... unseren Lieben in ihrer Videokamera gefunden – das war vier Tage vor ihrer Ermordung. Ferli war noch gesund, und ... na ja, Sie sehen ja, wie glücklich sie waren. Wie glücklich wir waren."

Guernica!, schoss es Halb durch den Kopf. Ja, diese völlig gegensätzlichen übereinandergeblendeten Bilder, dazu die Rohheit der Ziegelwand und des gestampften Bodens, die Schreie des einen und das Kinderlachen des anderen Films – das konnte keine Realität mehr sein. Das musste Kunst sein! Brutale Kunst, Kunst, wie sie Pablo Picasso aus seinem Kriegsentsetzen heraus geschaffen hatte ... „Guernica" eben. Kunst!

Kunst? – Halb wusste, wie sehr er aufpassen musste, um nicht doch noch verrückt zu werden. Zudem zwang ihn Schmiedinger mit einem lapidaren „Sie haben es nicht anders gewollt!" und mit der auf ihn gerichteten Waffe, wenigstens mit halboffenen Augen hinzusehen. Inzwischen hatte Frau Schmiedinger Dobler bei seinen Haaren gepackt und ihm mit der anderen Hand die Augenlider hinaufgezogen, sodass er den Bildern nicht entkommen konnte.

Er hatte schon viel gesehen, aber so etwas ...

„Hinschauen, Herr Hofrat!“ – Doktor Schmiedinger drohte ihm mit seiner Luger.

Nein – in dem Moment war es Halb vollkommen egal, ob er ihn erschießen würde oder nicht. Sollte er doch! ... auf jeden Fall könnte er nicht zusehen, wie ...

... und dann war nur mehr das Triumphgeheul dieser Bestien zu hören.

Die Magensäure brannte so sehr in seinem Mund, dass Halb kaum sprechen konnte. „Und jetzt? Fühlen Sie sich von diesen ... von dem da am Ende noch inspiriert? Wollen sie jetzt Dobler auch den Kopf abschlagen?“

„Nein, Herr Hofrat, das tun wir nicht! Das Schwert steht hier nur, weil es sich René ..., also Gregor Auen so gewünscht hat. Wie Sie vorhin davon gesprochen haben, dass Auen-Schwarz uns nichts mehr von seinem Bonbonniere-Gift-Attentat auf Dobler erzählen konnte – da haben Sie sich geirrt! Wir wissen zwar erst dank Ihrer Ausführungen, wieso das nicht geklappt hat, aber wir wussten schon seit einer Woche, dass unser lieber Freund ‚Gr.Auen-Schwarz‘ das so geplant hatte.“

„Woher? Er wird sich doch nach seinem Herzinfarkt kaum mehr mit Ihnen getroffen haben? Haben können?“

„Stimmt – aber wir haben telefoniert ... mit nicht angemeldeten Prepaid-Handys, über die wollten wir unmittelbar nach Doblers Tod gemeinsam jubilieren. Dazu kam es dann nicht mehr ... leider. Aber René hatte das Handy ja auch noch im Krankenhaus bei sich, und von dort aus hat er dann ein längeres Gespräch mit uns beiden geführt. Übrigens ... das war auch jenes Telefonat, in dem wir unserem Freund von der Halsentzündung unseres Enkels erzählt haben, damit sein Geständnis authentisch wirken würde. Mit einem Wort ...

der Plan, Dobler auf diese Art freizubekommen und gerade jetzt aus Rache hinzurichten, wurde wirklich aus der Not des Herzinfarkts heraus geboren!“

„Telefoniert? Wir haben bei ihm kein Handy gefunden.“

„Ach, das wird er in irgendeinen Kübel mit zu entsorgendem Krankenhausmist geworfen haben. Auf jeden Fall hat er sich in dem Telefonat gewünscht, dass wir Dobler grausam töten mögen ... wir haben dieses Gespräch mit einem Diktaphon mitgeschnitten.“

Die Stimme, die jetzt auf Knopfdruck über die Lautsprecher erklang, erinnerte nur entfernt an die letzten Worte von Auen-Schwarz, die Halb nach wie vor sehr gut im Ohr hatte. Diese Stimme nun war viel fester, freudiger, aber auch entfesselt brutal.

„Und wenn ihr Dobler habt, dann ... ja, ich weiß, dass es euch missfällt. Aber macht es mir zuliebe. Mir und der Anneliese zuliebe. Bitte! Erst recht jetzt nach meinem Herzinfarkt, nach meinem zweiten Tod. Er muss genauso leiden, wie Anneliese gelitten hat. Und wie ich damals mitgestorben bin. Und denkt daran, was er euch angetan hat – lasst ihn auch für den Ferry, die Eba und den Ferli leiden! ... bitte ... ich ... ich kann es nicht mehr machen, also müsst ihr ihn ... aber nicht mit einem Hieb. Nein, lang...“ – als Frau Schmiedinger sah, dass Dobler wieder ohnmächtig geworden war und Halb nur mehr Sekunden von einer Ohnmacht entfernt, drückte sie auf den „Stop“-Knopf des Aufnahmegeräts.

„Ja, das hat sich René gewünscht. Ganz besonders, nachdem sein Plan, Dobler in Stein zu vergiften, misslungen war. Das wusste er, denn wenn sein Plan aufgegangen wäre, hätte er davon etwas gelesen. Häftling in Stein stirbt unter mysteriösen Umständen‘, irgendsoeine Überschrift. René hat die zwei Tage bis zu seinem Tod noch eifrig Zeitungen gelesen ... aber, da war eben nichts.

Daher sein Wunsch, Dobler leiden zu lassen, bevor er stirbt. Wir haben uns das gut überlegt – seit diesem Telefonat haben wir die Argumente pro und contra abgewogen. Wir haben es x-mal in Gedanken durchgespielt, aber letztlich festgestellt, dass es für uns doch keine Befriedigung ist. Mehr noch, dass wir es einfach nicht können! Dobler ist eine Bestie, die mindestens sieben Leben zerstört hat, aber ... nein, wir können es eben nicht. Wir können nur hoffen, dass uns René da oben im Himmel versteht, dass wir ihm seinen letzten Willen doch nicht erfüllen können."

„Jetzt versteh ich gar nichts mehr. Heißt das am Ende, dass Sie Dobler doch ...?"

„Oh nein, Herr Hofrat, oh nein! Dobler muss mit seinem Leben büßen, das ist klar, doch ... hier." Vorsichtig griff Frau Schmiedinger in eine Lade unter dem Computer und zog eine kleine, aber umso furchterregendere Spritze heraus.

„Als Sie vor drei Tagen bei uns waren, haben Sie das Terrarium in unserem Wohnzimmer bemerkt. Das mit den – wie sagten Sie doch so treffend – ‚hüpfenden bunten Punkten'. Das sind ... aber das kann Ihnen mein Mann besser erklären."

„Ich habe Sie am Dienstag zwar nicht belogen, aber auch nicht ganz die Wahrheit gesagt. Es stimmt schon, diese bunten Punkte gehören zu den Lurchen, aber besser bekannt sind sie unter dem Namen Dendrobatinae ... Pfeilgiftfrösche. Sie kennen sie sicher aus diversen Naturdokumentationen – diese nur zwei, drei Zentimeter großen und sehr hübschen Tierchen produzieren tödliche Gifte. Allerdings nur, wenn sie mit entsprechend giftigen Futtertieren versorgt werden ...

was aber für uns kein Problem war. Seit zwei Jahren beschäftigen wir uns mit diesen entzückenden Todbringern – und mit ihren Pumilio- oder Batrachotoxinen."

„Bitte, wie heißen diese Gifte?"

„Herr Hofrat, bemühen Sie sich erst gar nicht, sich diese Namen zu merken! Denn selbst wenn Sie noch die Gelegenheit hätten, den Namen richtig auszusprechen – Sie kämen garantiert zu spät, um Dobler – oder eventuell sogar uns – zu retten. Denn in dieser Konzentration wirkt das Gift in wenigen Minuten tödlich. Im Übrigen – dagegen hilft höchstens das Gift des Kugelfisches ... originell, nicht? Aber bitte, wenn Sie es sich doch merken wollen – Pumiliotoxin und Batrachotoxin ... letzteres ist noch tödlicher, falls man überhaupt noch eine Reihenfolge bilden will. Und mit diesem Gift werden wir jetzt Dobler töten. Wir haben die Substanz natürlich nicht zufällig ausgewählt – Batrachotoxin lässt den Körper Stück für Stück kalt werden. Man nimmt noch wahr, wie der eigene Körper sukzessive – Bein für Bein, Arm für Arm ... – abstirbt. Mit einem Wort: Dobler wird so sterben, wie wir uns seit Jahren fühlen! Und dann werden wir ins Haus hinübergehen und uns eine ähnliche Dosis spritzen."

„Aber zuerst ..." – Frau Schmiedinger schob Doblers Ärmel so weit hinauf, dass sein Oberarm frei war – „... noch einmal die Frage, ob Sie nicht doch lieber in die Zelle geführt werden wollen? Weil, der Herr Dobler wird binnen kurzer Zeit von sehr hässlichen Krämpfen befallen werden und dann ..."

„Polizei! Weg mit der Spritze!" – der Keller schien plötzlich vor Hunden und Menschen überzugehen. Blitzschnell stieß Frau Schmiedinger die Injektionsnadel in Doblers Oberarm, aber fast in derselben Sekunde ertönte ein Krachen und dann ihr Schrei. Sie ließ die Spritze fallen und fuhr mit der linken Hand an ihre rechte Schulter. Zwischen ihren Fingern quoll Blut. Halb duckte sich automatisch … aller guten Dinge sind zwei … an einem Tag, dachte er sich mit seelenrettender Selbstironie. Insgesamt waren elf Waffen auf die beiden Schmiedingers gerichtet – noch während er die genauen Positionen von Schwejk, Toni, Verena und dem Ingeniöhr in dem Knäuel von Menschen zu bestimmen versuchte, zielte Doktor Schmiedinger blitzschnell auf die Stirn seiner Frau.

„Mein Liebling, wir sehen uns gleich wieder!" – er drückte tatsächlich ab.

„Waffe weg!" „Fass!" – noch bevor die drei Schäferhunde die Hand mit der Luger erreichen konnten, hatte Schmiedinger den Pistolenlauf an seiner Schläfe und …

## Samstag, 11. Mai, 00.18 Uhr

„Batrachotoxin – ja, so heißt das Gift, das sie gerade noch dem Dobler injizieren konnten. Zumindest teilweise. Batrachotoxin – das ist das gefährlichste Gift dieser bunten Pfeilgiftfrösche, sagen Sie das bitte der Notärztin da drüben. Und dass sie das Gift des Kugelfisches als Gegenmittel spritzen soll." Der junge Polizist nickte ganz kurz, bevor er zum Rettungswagen lief. Das war das Signal für den Notarzt neben Halb, dass er sich endlich wieder um seinen – ziemlich störrischen – Patienten kümmern konnte.

„So, Herr Hofrat, jetzt nehmen wir Sie mit ins Spital, um Sie zumindest noch heute Nacht …"

„Nein, wirklich nicht! Danke, ich bin soweit in Ordnung. Aber, sagen Sie, wie geht's dem Herrn, der gerade dort drüben versorgt wird?" Halb schob den Arzt beiseite, um einen Blick auf die Bahre zu werfen, auf der Sedlacek lag.

„Soviel ich gehört habe, geht es ihm körperlich erstaunlich gut. Der Rest wird sich erst zeigen."

Als Halb von der Trage, auf der er gelegen war, mit Schwung aufstehen wollte, merkte er erst, dass die letzte Stunde nicht ganz so spurlos an ihm vorübergegangen war. Dass er nicht doch noch kollabierte, verdankte er den schnellen Griffen des Arztes sowie von Haschek und Wilt, die ihn sofort stützten. Wie elend er aussah, konnte Halb ebenso an der übertrieben lächelnden Miene von Mayer wie auch am ehrlichen Entsetzen in Planners Gesicht sehen, die beide vor ihm bereitstanden, um weitere Hilfe zu leisten. Mit einem „Danke, kommt's, gehen wir zuerst zum Sedlacek" ließ er sich zu ihm führen.

„Herr Sedlacek, Halb ist mein Name. Ich hab gerade gehört, dass es Ihnen Gott sei Dank nicht so schlecht geht. Wie fühlen Sie sich?"

„Danke ... ich würde zwar lügen, wenn ich jetzt sage, dass es mir eine Freude ist, Sie kennen zu lernen. Aber ... ehrlich gesagt, nein, so stimmt das auch wieder nicht, weil ich freu mich schon, dass Sie noch rechtzeitig gekommen sind und mich ... außerdem sind Sie mir natürlich in meinem früheren Leben ein Begriff gewesen, und deshalb ..."

„So, die Dame und die Herren von der Polizei werden sich noch ein wenig gedulden müssen. Herr Sedlacek, Sie ruhen sich jetzt erst einmal aus. Meine Herrschaften, wenn ich Sie bitten darf ..."

„Sofort, Herr Doktor! Nur noch eine ganz kurze Frage. Herr Sedlacek, es ist wirklich sehr wichtig für uns – hat Ihnen der Herr Dobler damals in der U-Haft gestanden, dass er die Familie Schmiedinger ... also die

Jungen ... erschossen hat? ... und ich sag Ihnen gleich, dass Sie ihm wirklich nicht schaden, wenn Sie uns die Wahrheit sagen."

Plötzlich sah sie Sedlacek mit vollkommen klaren Augen an – die leichte Verwirrung von eben war wie weggeblasen. „Nein, Herr Hofrat, glauben Sie mir. Die ganze Schei... also das alles, was mir da in den letzten zwei Wochen passiert ist, das hätten sich diese Idioten sparen können, weil – nein, mir hat der Dobler nichts gebeichtet. Nie! Und im Schlaf hat der auch nicht gesprochen, der hat immer nur geschnarcht, als ob er ganze Wälder umsägen wollte."

„Na dann, wir wünschen Ihnen alles Gute ... und dass Sie bald wieder gesund und munter sind. Auf Wiedersehen!"

„Auf Wiedersehen und ... also, dass ich mich einmal bei einem Kieberer aus tiefer Seele bedanken würd – das hätt ich mir auch nie träumen lassen."

Grinsend sahen die fünf Polizisten zu, wie sich die Türen des Rettungswagens hinter Sedlacek schlossen.

Als sie sich Dobler zuwandten, erschraken sie ... vor ihnen lag ein zitterndes und weinendes Häuflein Elend, das von beiden Seiten der Bahre von professionellen Händen verschiedene Injektionen und Infusionen verabreicht bekam. Vorsichtig drehte sich Halb zur ihm am nächsten stehenden Ärztin. „Entschuldigen Sie, Frau Doktor, wäre der Herr Dobler in der Lage, uns zwei ganz kurze Fragen zu beantworten?"

„Wir konnten ihn einstweilen nur stabilisieren. Auf das Tetrodotoxin, das Kugelfisch-Gift, warten wir noch, aber ... na ja, Sie sehen ja, wie's ihm geht. Schwere akute Belastungsreaktion. Versuchen Sie halt Ihr Glück."

Halb stellte sich so hin, dass Dobler ihn gut sehen konnte ... ihn gut hätte sehen können, wenn er überhaupt etwas wahrgenommen hätte. So aber stierte er weiter vor sich hin, während sein jammernder Singsang unverändert weiterging. Im ersten Moment verstanden sie kein Wort, aber wenn man sich ein wenig daran gewöhnt hatte, erkannte man, dass Dobler immer denselben Text vor sich hin leierte. „Böse Pistole, böse! Nie mehr schießen, nie mehr ... aber bitte nicht töten! Nicht mich töten! Die Pistole war böse, böse! Nie mehr ..." Vorsichtig griff Halb auf Doblers Schulter.

„Dobler, hören Sie mich? Sie wissen, es ist alles vorbei, alles ist in Ordnung. Wir haben Sie gerettet! Jetzt wird alles wieder gut."

„Böse Pistole, böse! Nie mehr ..."

„Nie mehr schießen! Sie haben vollkommen Recht! Erzählen Sie uns doch, warum Sie damals die böse Pistole überhaupt mitgehabt haben?"

„Böse Pistole, böse ... nie mehr schießen. Aber sie ist doch nur in der Tasche ganz unten in einer Falte hängen geblieben, wie ich sie da vorher gestohlen habe und hineingetan habe. Ich ... nicht mich töten! Die Pistole war böse, böse! Nicht Dobler! Nicht ich ..."

„Nein, nicht der Dobler war böse, die Pistole war böse. Und, die böse Pistole hat also der arme Dobler gestohlen und in die Sporttasche gesteckt. Und in dieser Tasche ist die böse Pistole dann unten hängen geblieben und ..."

„Herr Oberhauptkommissar, Sie sehen doch, dass es keinen Sinn macht. Und fragen Sie mich bitte nicht, wann er voraussichtlich wieder ansprechbar sein wird, das kann ich Ihnen derzeit noch gar nicht sa..."

„Ja, die böse Pistole hat sich unten in der bösen Tasche versteckt. Und wie ich dann die böse Tasche ausgeräumt hab ..."

„Als Sie bei den Schmiedingers eingebrochen sind?"

„Das weiß ich nicht mehr. Aber die böse Pistole war dann ganz unten in der Tasche … und dann hab ich sie herausgenommen und auf die Tasche gelegt, damit ich sie dann wegwerfen kann. Weil so eine böse Pistole … aber nicht mich töten! Nicht Dobler … nein …"

„Guter Dobler! Böse Pistole! Guter Dobler! Und, was hat denn dann der gute Dobler gemacht? Da waren dann böse Leute, und die böse Pistole …"

„Jaja, Dobler ist ganz ganz ganz …. ganz schlimm war das. Dobler hat nichts gemacht, aber die böse Pistole, die hat plötzlich … und dann ist der große Mann einfach hingefallen. Und dann … weil das Schreien von dieser Frau und von dem Bub … nein, das hat Dobler nicht … aber nicht Dobler töten, nicht deshalb Dobler töten."

„Nein, keine Angst, dem Dobler tut niemand mehr irgendetwas. Der Dobler ist gut, die Pistole war böse."

„Ja, sehr böse."

„Und weiß der Dobler noch, dass der Bub eine Halsentzündung gehabt hat? Und die Frau …" – als ob er noch einmal all seine Kraft zusammennehmen wollte, setzte sich Patrick Dobler völlig überraschend auf und sagte mit klarer Stimme: „Nein, Herr Hofrat, davon hatten weder Frau Schmiedinger noch das Kind etwas gesagt. Ich weiß nur noch, dass …"

„Weg, weg mit Ihnen!" – die Ärztin stieß die Worte aus sich heraus und gleichzeitig die Polizisten weg von Dobler.

Halb, Planner, Haschek, Wilt und Mayer brauchten nur eine Sekunde, um zu erkennen, dass sich soeben gleich mehrere Kreise geschlossen hatten.

Es war eine Art makabrer Rahmenhandlung – die Arbeitswoche hatte mit einem tödlichen Herzinfarkt begonnen, und sie endete auch mit einem.

„Ja, gleich dürft ihr mich nach Hause fahren, aber vorher erklärt's mir noch, wieso ihr ..."

„Chef, wir waren natürlich eine Viertelstunde nach deinem Anruf bei der Villa. Und die Kollegen vom Einsatzkommando waren gleich nach uns da. Aber wer nicht da war, das warst du. Und deshalb ..."

„... Schwejk, du musst dich nicht rechtfertigen. Im Gegenteil, ich wollte sagen, wieso wart ihr so klug, die Hundestaffel anzufordern ... weil ohne die wäre der Dobler noch grausamer gestorben und mich hätte ganz sicher der Schlag getroffen."

„Das Kompliment gehört zur Gänze dem ..."

„Nein, Verena, nicht mir allein. Ich glaub sogar, dass der Toni am schnellsten sein Telefon am Ohr hatte und ..."

„Nein, Schwejk, Ehre, wem Ehre gebührt. Du warst der Erste, und daher ..."

„Kinder! Jetzt hört's auf, euch über die Lorbeeren zu streiten. Auf jeden Fall habt ihr rasch genug geschaltet und die vierbeinigen Kollegen angefordert. Aber wieso haben uns die so schnell gefunden? Ich meine, wir haben ja noch keinen Leichengeruch verströmt, und Blutspuren hat es auch noch nicht gegeben ... und ich glaube nicht, dass die österreichische Polizei schon mit Angstschweiß-Spürhunden arbeitet, oder? Also, was habt ihr denen unter die Nasen gehalten, dass die so schnell ..." – triumphierend-vorsichtig zog Planner die Überreste der Zeitungsseite mit Halbs Immobilienannonce aus ihrer rechten Jackentasche.

„Da, die hast du doch heute in der Hand gehabt – wenn auch nur kurz, dann ist sie dir ja Gott sei Dank aus der Hand gefallen ... na ja, auf jeden Fall habe ich sie dann nachher wieder aufgehoben und zurück in meine Jackentasche gesteckt. Und dort habe ich sie vergessen ... bis vorhin. Zum Glück hatte ich sie aber nur an einem Eck angefasst, wogegen du sie mit beiden Händen in der Mitte angegriffen hast."

Halb nahm die vom Hundespeichel durchweichten Papierfetzen so liebevoll in die Hand, als ob er mindestens das Rezept für ein Wahrheitsserum vor sich hätte. „Willst du mir allen Ernstes sagen, dass mir meine Annonce heute zwei Mal das Leben gerettet hat? Lieber Onkel Alois ..." – mit einem sanften Schütteln löste sich Halb von seinen Stützen und „Stützern", bevor er sich dem mit Sternen übersäten Himmel zuwandte – „... da sage noch einer, dass es nicht Glück brächte, aus einem potentiellen Bordell ein Mietshaus mit Swimmingpool, Wellnessbereich und sonstigen schönen Dingen für nette Menschen machen zu wollen! Und ... im Übrigen – danke!"

## Sonntag, 12. Mai, 16.30 Uhr

„Vorsicht, Frau Korber, passen Sie auf den Treppen auf. Und, wie hat Ihnen die Wohnung gefallen ... ich muss ja zugeben, dass auch ich sie das erste Mal so wirklich besichtigt habe. Da muss noch einiges renoviert werden – also, ich weiß nicht, ob das das Richtige für Sie wäre ... in Ihrem Zustand."

Frau Korber lachte schallend auf. „Herr Hofrat, ich sag das auch immer wieder meinem Mann – ich bin schwanger und nicht krank. Und außerdem – wie Sie leicht erkennen können, bin ich nicht mehr lange schwanger, sodass ich schon recht bald wieder eine Schlagbohrmaschine in die Hand nehmen werde. Fragen Sie meinen Mann, der wird Ihnen ungern, aber doch bestätigen, dass wir beide glänzende Handwerker sind. Und unser kleiner Hampelmann hier ist immerhin schon insofern eine Hilfe, als dass er meinen Mann immer tröstet, wenn der sich wieder einmal mit dem Hammer auf den Finger gehaut hat."

„Also, Maria, du stellst mich vor dem Herrn Hofrat ja als einen unfähigen Deppen hin, der ich aber wirklich nicht ..."

Halb hörte dem Miniduell zwischen liebenden Eheleuten nur peripher zu. Die ganze Zeit überlegte er, ob eine Familie mit einem Dreijährigen und einem Säugling die richtigen Mieter für seine Wellnessoase mit Swimmingpool im Innenhof wären. Denn wenn eines der Kinder dann am Ende in das Schwimmbecken fallen würde und was da sonst alles passieren könnte ... nicht auszudenken.

Andererseits – wenn er für jede Wohnung wirklich nur so viel Geld verlangen würde, dass er nicht kündigen könnte, dann würde es ohnehin mindestens ... ja, vermutlich Jahrzehnte brauchen, bis er sich all diesen Luxus überhaupt erst leisten konnte. Andererseits – dann wiederum wäre er ja schon in Pension, sodass kein Risiko mehr bestünde, verfrüht und gegen seine Natur zu kündigen, sodass er dann wieder die Mieten erhöhen könnte, weil ja mehr Geld kein Problem mehr darstellen würde. Andererseits – dann müsste er wieder bedenken, dass ...

„Frau Korber, Herr Korber, lieber Flitzi ... wenn Sie wollen, können Sie die Wohnung um siebenhundert Euro Miete haben. Zwei Bedingungen ... erstens, wir renovieren gemeinsam. Und zweitens – Frau Korber, ich sag Ihnen gleich, Ihr Mann wird noch eine Menge Prüfungen bestehen müssen, bevor er bei uns Kriminalern anfangen kann. Und noch etwas – Sie sollten sich im Klaren sein, dass Sie dann im Haus Ihres Chefs wohnen. Wollen Sie das wirklich?“

Die nächsten Sekunden taten Halb einfach nur weh, denn weder der kleine Flitzi noch seine Mutter noch sein Vater ließen einen Zweifel an ihrer Begeisterung ... die Umarmungen und Händedrucke schmerzten Halbs „Ganzkörper-blauen-Fleck“ doch sehr. Trotzdem hatte er das Gefühl, das erste Mal in dieser Woche unüberlegt, aber dafür richtig gehandelt zu haben.

„Herr Hofrat, erlauben Sie uns, dass wir Sie einladen! Wir haben zwei Ecken weiter eine kleine Teestube gesehen – vielleicht hätten Sie Lust, mit uns dort ein wenig zu feiern? Die haben da natürlich auch Kaffee, wenn Ihnen das lieber ist.“

In dem Moment läutete sein Telefon. „Delia! Heute Abend? Nachtmahl bei dir? Ja ... keine Frage, sehr gerne. Dann bis zwanzig Uhr!“

Bedächtig klappte er sein Handy zu. „Eine Teestube? Sehr gerne. Gehen Sie nur vor, ich komm Ihnen gleich nach.“

Als er auf dem viel zu großen Bund den richtigen Schlüssel suchte, um die Wohnung abzusperren, begann Halb leise vor sich hin zu murmeln.

„Der Vorhang schließt – was für ein Stück! Wie’s heißt? Schön schlicht ... Halb ganz im Glück!“

## Dankesworte

Ein Buch, mehrere helfende Hirne und Hände – ich danke für die wunderbare Unterstützung während der Arbeit an *Kommt Zeit, kommt Mord*!

Ohne die ebenso interessanten wie amüsanten Gespräche mit Mag. Jana Chyliková hätte Hofrat Halb nicht einmal so viel slowakisch bzw. tschechisch gekonnt, dass er sich auch nur ansatzweise über seinen Vorgesetzten hätte lustig machen können … und er hätte nie den gleichermaßen geheimnisvollen wie entscheidenden Zusammenhang einiger Namen und Sachverhalte erkannt.

Wie angenehm es sein kann, über Giftmorde zu schreiben, habe ich dank der charmanten und effizienten Gespräche mit Mag. Karoline Sindelar erfahren – sie hat mir mit ihrem reichen pharmazeutischen Wissen Pumilio- und Batrachotoxine geradezu „schmackhaft" gemacht.

Was die juristischen Aspekte von diesem Buch anlangt, möchte ich mich bei MMag. Volker Hornberg herzlich bedanken, der mir nicht nur mit seinem Fachwissen, sondern auch mit seinem Hausverstand sehr viel geholfen hat.

… und dass mich Rechtsanwalt Hon.-Prof. Dr. Michel M. Walter mit seinem außerordentlichen Wissen und besonderen Humor so großzügig unterstützt hat, hat mich sehr geehrt und gefreut – vielen lieben Dank!

Aber alle noch so interessanten und wichtigen Informationen nützen einem Autor nichts, wenn das Buch nicht erscheint. Deshalb gilt mein spezieller Dank den „Buchmenschen" Evelyn Rosenkranz-Haydn und Stefan Mödritscher sowie dem Team des Haymon Verlags, ohne die *Kommt Zeit, kommt Mord* nie das Licht der Druckmaschinen bzw. der E-Book-Reader erblickt hätte.

Mein größter Dank gilt meiner Mutter – ohne ihre emotionellen und intellektuellen „Fels-in-der-Brandung"-Qualitäten wäre der vorliegende Krimi ganz sicher nicht entstanden!